회생무사 10

초판 1쇄 발행 2025년 1월 17일

지은이 ㅣ 성상현
발행인 ㅣ 최원영
편집장 ㅣ 이호준
편집디자인 ㅣ 박민솔
영업 ㅣ 김민원 조은걸

펴낸곳 ㅣ ㈜ 디앤씨미디어
등록 ㅣ 2002년 4월 25일 제20-260호
주소 ㅣ 서울시 구로구 디지털로32길 30 코오롱디지털타워빌란트 1301-1308호
전화 ㅣ 02-333-2513(대표)
팩시밀리 ㅣ 02-333-2514
E-mail ㅣ papy_dnc@dncmedia.co.kr
블로그 ㅣ blog.naver.com/gnpdl7

ISBN 979-11-364-5908-4 04810
ISBN 979-11-364-5380-8 (SET)

※ 저자와 협의하여 인지는 붙이지 않습니다.
※ 이 책은 ㈜ 디앤씨미디어(파피루스)가 저작권자와의 계약에 따라 발행한 것으로 본사와 저자의 허락 없이는 어떠한 형태나 수단으로도 내용을 이용할 수 없습니다.

1장 …… 7

2장 …… 73

3장 …… 133

4장 …… 183

5장 …… 251

6장 …… 301

그 이후.

장평은 책상에 앉아 수많은 서류와 보고서를 확인했다.

'바쁘군……'

서류의 대부분은 장평의 질문에 대한 답변서나 장평이 요청한 자료였다. 그러나 밀려드는 서류의 해일은 잠시 허리를 펼 여유조차 없을 정도였다.

"후……"

장평은 잠시 고개를 돌려 창밖을 바라보았다. 바삐 움직이면서도 입가에 미소에 걸린 사람들의 미소를.

단비는 마른 땅을 적시는 동시에 사람들의 메마른 가슴 또한 적시고 있었다. 사람들은 동티날라 겁내며 입조심을 하면서도, 풍년의 예감에 기뻐하고 있었다.

텅 빈 곡창이 꽉 들어차리라는 기대만으로도 어깨춤이 절로 나는 모양이었다.

"……후후."

장평은 잔잔한 미소를 지었다.

그는 기뻤다.

마른 하늘을 우러러보며 좌절감과 악의만을 키우던 이들이, 논밭에서 허리를 굽혀 곡식을 키우게 될 것을 기뻐하는 모습을 보는 것이.

'내가 그 모습을 볼 일은 없겠지만.'

그러나, 그들의 희망과 기쁨은 장평과는 무관한 일이었다. 조룡어사로 파견되기 전까지, 이들이 겪는 기근과 굶주림은 장평과 무관한 일이었듯이.

'그들이 해야 할 일을 할 수 있게 돕는 것은 가능할 것이다.'

저들에게 저들의 삶이 있듯이, 장평에겐 그의 일이 있었다.

……빌어먹을 서류 작업이.

"……후."

장평의 앞에는 서류들과 보고서가 쌓이고 있었다.

"일하자. 일……."

장평은 적지 않은 시간 동안 악전고투하며, 산더미 같은 서류를 압축해 두 통의 보고서를 엮어 냈다.

하나는 조룡어사로서 황실에 보내는 보고서.

하나는 무림맹에 보내는 보고서였다.

"후……."

보고서를 파발마에 맡긴 장평은 봇짐을 싸서 기루로 향했다.

"……."

특실에는 넝마처럼 늘어진 채 히죽거리는 주정뱅이가 보였다. 지인이 아니었다면 눈길조차 주지 않을 꼬락서니였다.

"……척 형."

하지만 불행히도, 관계자였다.

장평이 무림맹으로 데리고 돌아가야 하는 사람. 척착호였다.

"어? 장평이다. 으헤헤."

술과 향수. 그리고 여체 특유의 향기에 떡이 된 그는 풀린 눈으로 장평을 바라보며 헤실거렸다.

"장평! 착호는 여기서 살래! 무림맹 갑갑해! 항마부 놈들은 맨날 수련만 시켜서 지겨워!"

"……."

장평은 그의 목덜미를 짚고, 내공을 퍼부었다. 척착호의 몸속을 흐르던 취기가 순식간에 증발했다. 모공을 포함한 전신의 모든 구멍에서 농축된 술기운이 수증기처럼 뭉게뭉게 뿜어져 나왔다.

후욱!

농축되어 더욱 진한 주향의 안개가 방 안을 가득 채우

는 동안, 풀어져 있던 척착호의 눈이 천천히 초점을 되찾았다.

"……음?"

주변을 돌아보며 상황을 파악한 그는, 자신의 옆에 서 있는 장평을 올려다보았다.

"……."

"……."

수많은 말이 담긴 잠깐의 눈빛 교환 끝에, 척착호는 부끄러움과 체념이 담긴 표정으로 옷매무새를 가다듬으며 헛기침을 했다.

"혹시, 내가 취중에 무슨 헛소릴 하진 않았소?"

그가 종아리를 걷어 올린 어린아이 같은 불안한 표정으로 묻자, 장평은 회초리를 곁에 둔 훈장 같은 엄격한 표정으로 답했다.

"했소."

"……잊어 주시오."

"잊겠소."

장평은 척착호를 일으켜 세웠다.

"혹시 이름을 외운 기녀가 있소? 몸이 엮인 것만이 아니라 인간적인 감정적인 교류를 가진 기녀 말이오."

"어…… 그러니까……."

"있군. 많소?"

"어……."

"많구려."

장평은 담담한 표정으로 말했다.

"다 잊어버리시오. 요 근래의 기억들과 함께. 어차피 다시 만날 일 없는 사람들이니까."

"……."

척착호는 시무룩한 표정을 지었다.

그는 조심스럽게 물었다.

"혹시나 해서 묻는 건데, 만약 내가 무림맹에 복귀하지 않고 남궁세가에 남으면……."

"척 형이라면 이미 잡은 고기에 미끼를 낭비하겠소?"

"……그도 그렇구려."

척착호는 기둥 뒤에 숨어 그를 바라보는 여자들에게 슬픈 표정으로 손을 흔들어 보였다.

"안녕. 안녕. 내 인생 최고의 밤을 만들어 준 고마운 사람들. 특히 연……."

"이름 잊어버리라고 했잖소."

"……이젠 이름조차 부를 수 없는 사람들아."

엄격한 표정의 장평은 티나지 않게 웃었다.

'천하의 천생투신도 의외로 사람 냄새나는 사람이로군.'

작별인사를 핑계로 조금이라도 뭉개 보려는 척착호의 목덜미를 쥐고 질질 끌고 가면서.

* * *

그렇게 장평과 척착호는 북경으로 돌아갔다.

갈 때는 급박했으나, 올 때는 급하지 않았다. 장평은 제 때 쉬고 제 때 자며 가능한 척착호를 배려했다.
"음식이 너무 거칠구려."
"올 땐 이거보다 싼 음식도 잘 먹었소."
음식 투정과.
"……혼자 자야 하오? 정말?"
"여긴 역참이지 기루가 아니오."
침상 투정을 하는 그가 투박하고 퍽퍽한 현실에 적응할 수 있도록.
"안휘성이 그립구려……."
"안휘성이 아니라 기루가 그리운 거겠지."
장평은 시무룩해진 그를 다독였다.
"그리고 사실, 풍류를 논하자면 안휘성은 북경에 댈 바가 못 되오. 마실 것이나 먹을 것. 그리고 밤 놀이 상대 모두 다 최고는 북경에 있다오."
"……?!"
척착호의 눈에 생기가 돌기 시작했다.
"그게 사실이오?"
"직접 확인해 보시오. 북경에 가서."
"좋소! 북경으로 갑시다!"
척착호의 눈이 기대감으로 빛나고 있었다. 대체 뭘 상상했는지, 순식간에 활기를 되찾은 그는 장평을 독촉하며 잰걸음을 걸었다.
"……음"

장평은 뭔가 실수한 느낌이 들었지만, 그 느낌을 그대로 덮어 두었다.

무림맹에 돌아가 척착호를 항마부로 돌려보내면, 장평의 일은 거기서 끝난다. 쾌락에 방금 눈을 뜬 혈기 왕성한 숫망아지는 이제 항마부가 감당해야 할 골칫거리였다.

'내 골치만 안 아프면 되지.'

그렇게 장평은 무림맹에 도착해 척착호를 항마부에 반납했다.

"부장님! 저 장기 임무에 무사히 복귀했는데 축하연이라도 열어 주셔야 하는 거 아닙니까?"

"……축하연?"

호연결은 장평을 바라보았다.

이 새끼 왜 이러냐는 눈빛이었다.

장평은 그의 시선을 피하며 말했다.

"보고하러 가 보겠습니다."

장평은 맹주실로 향했다.

등 뒤에 꽂히는 짜증스러운 시선에 점점 살기가 담기기 시작한다는 점을 애써 무시하며.

"장 대협."

도중의 한 골목에서 장신구 상인이 웃으며 인사했다.

"장기 임무. 노고가 많으셨습니다."

"보고서는 전달되었소?"

"예. 두 통 다, 늦지 않게 제대로 전해졌습니다."

"황실에도?"

"예."

"좋소."

장신구 상인은 비밀 통로로 장평을 안내했다. 이젠 익숙한 지하 회의실에, 두 사람이 앉아서 기다리고 있었다.

"안녕. 장평."

너털웃음을 짓는 용태계와.

"수고 많았다."

차분한 얼굴의 미소공주였다.

장평은 그들의 건너편에 앉았다.

"보고서는 전달되었다고 들었습니다."

"그래. 제대로 왔네."

장평은 미소공주를 바라보았다.

"무림맹의 대리인으로서 보낸 보고서에는 딱히 첨언할 것이 없을 것이고……."

그리고 그는 고개를 돌려 용태계를 바라보았다.

"조룡어사로서 보낸 보고서에 대해서는 나눠야 할 얘기가 좀 있을 것 같군요."

"그렇네. 안 그래도 황실에서 약간의 논쟁이 있었지."

"어느 부분에서요?"

용태계는 진중한 표정으로 말했다.

"총독 후연광을 비롯한 목민관들의 불경죄를 사면해 달라는 요청에 대해서."

"요청하는 것 자체는 월권이 아니었다고 생각합니다만."

"오조룡패에 월권은 있을 수 없지. 다만, 현실의 정치가 있을 뿐."

황백부 용태계는 무림맹주일 때와는 다르게 진중한 태도로 답하고 있었다.

"그들은 보고 체계를 건너뛰고 직소했네. 그 자체로 죄이거늘, 국록을 먹는 신하의 몸으로 황실과 황제 폐하의 위엄에 먹칠을 했네. 이 두 가지 죄 중 어떤 것도 쉽게 넘어갈 수 없는 일이네."

"기근을 견뎌 냈습니다. 수백만 명을 살려 냈습니다. 황충을 예방했고 민관 협동의 구휼 체계를 새로이 조직하였습니다. 그 공적 또한 넘어갈 수 없는 일입니다."

장평은 품속에서 두툼한 서류뭉치를 꺼냈다.

그가 서류뭉치를 든 채 손을 흔들자, 어둠 속에서 모습을 드러낸 무사 하나가 그 서류뭉치를 받아 용태계에게 전달했다.

"이건 뭐지?"

"개방과 남궁세가의 보고서를 섞어 저술한 것입니다. 지역 유지들과 현지 조직들을 이용한 새로운 구휼 체계에 대한 제안서요."

잠시 훑어보던 용태계는 고개를 끄덕였다.

"확실히 실용적이고 효율적인 계획이로군. 호족과 무림인들을 적극적으로 끌어들이는 대담함이 좀 불안하긴 하지만."

"호족들은 현지 사정에 해박하지요. 그 효율성은 이번

구휼 의회의 성과로 검증되었다고 생각합니다만."

"판단은 내가 하는 것이 아니야. 황제 폐하가 신료들과의 논의 끝에 하는 거지."

용태계는 그 서류를 탁자에 올려놓고 손가락을 톡톡 두드렸다.

"하지만, 지금의 그 주장은 상주해 두겠네."

그러자 어둠 속에서 나온 무사 하나가 그 서류를 가지고 통로 밖으로 빠져나갔다.

아마도 황제에게 직접 보내는 것이리라.

"자. 이걸로 하나의 죄는 면해 준다 치고. 다른 하나는?"

"다른 하나를 왜 논하십니까?"

장평은 담담한 목소리로 말했다.

"이번 기근에서, 관료들은 무림인들과 안휘성의 백성들을 도와 황제 폐하께 값을 논할 수 없는 보배를 바쳤잖습니까."

"그게 뭐지?"

"수백만 민초의 목숨을요."

장평은 용태계를 바라보았다.

"백성들의 마음조차 황제 폐하의 것이니 민심조차 함부로 훔쳐선 안 된다면, 그들의 목숨은 그보다 더 값어치가 있겠지요. 수백만의 목숨과 그들의 노동력이 황제 폐하의 체면 값도 못 되겠습니까?"

"……."

용태계는 잠시 장평을 바라보았다.

장평은 용태계와는 친밀했으나, 지금의 그는 장평이 알던 무림맹주 용태계가 아니었다. 황제의 대리인으로 보고를 받고 있는 황실 최고의 웃어른 황백부 용태계였다.

속내를 짐작할 수 없는 용(龍)의 눈빛에 장평이 긴장한 것도 잠시.

"……알았네. 나는 납득했네."

용태계는 평소의 친근한 미소를 지으며 말했다.

"황제 폐하께 그 논리를 진언해 보겠네. 하지만, 어떤 결정을 하실지는 나도 짐작할 수 없군."

"살아남은 자들과, 그들을 살리려 노력한 자들에 대한 포상이라고 진언해 주십시오."

"알겠네."

고개를 끄덕인 용태계는 넌지시 물었다.

"그런데, 그렇게 따지면 개방과 남궁세가는? 그들의 공적은 또 따로 계산해야 하는 거 아닌가?"

"개방과는 논의를 마쳤습니다. 애초에 아무런 포상을 바라지 않았으니, 민초를 아낄 줄 아는 명신들을 구명하는 일에 자신들의 공적을 지불해도 좋다고 했습니다."

"그럼 남궁세가는?"

"남궁세가는……."

장평은 잠시 침묵하다 말했다.

"……남궁세가죠."

"그래. 남궁세가는 남궁세가지."

용태계는 쓴웃음을 지었다.

남궁풍양은 불굴신개가 아니라는 사실을 그 또한 잘 알고 있었기 때문이었다.

 이제부터 길고 텁텁한 막후교섭이 이뤄질 터였다.

 "가능하면 다른 사람이 맡아줬으면 좋겠군. 남궁풍양이랑 교섭하는 건 골치 아픈 일이니까."

 용태계는 장평을 빤히 쳐다보았고, 장평은 딱 잘라 말했다.

 "장인어른에게 뭘 뜯길지에 대한 교섭에, 그집 사위를 보내시려고요?"

 "……쳇."

 용태계는 한숨을 내쉬며 말했다.

 "어쨌건, 이번 임무 수고 많았네. 여러 세력의 여러 속셈이 뒤엉킨 복마전이었던 안휘성에서, 예상을 뛰어넘는 최선의 결과를 내놓은 것을 치하하네. 무림맹에서 제공할 적당한 보상에 대해 시간을 갖고 논의해 보세나. 물론…… 황제 폐하의 포상도 따로 있을 것이고 말이야."

 용태계는 손을 내밀었다.

 "오조룡패를 주게. 지금 알현하러 가는 길에 황제 폐하께 반납하지."

 장평은 오조룡패를 품에서 꺼냈다.

 "그 전에, 확인하고 싶은 것이 있습니다."

 "그게 뭐지?"

 "제가 오조룡패를 들고 있는 동안에는 조룡어사인 거지요?"

"맞긴 한데, 임무 끝났잖나."

"아뇨. 오조룡패의 조룡어사로서, 황권의 대리인으로서 한 가지 사안에 대해 개입하고 싶은 것이 있습니다."

"아직 반납 안 했으니 굳이 따지자면 맞는 말이긴 한데…… 그 권한을 어디에 쓰려고?"

고개를 갸웃거리는 용태계를 향해, 장평은 엄숙한 표정으로 말했다.

"조룡어사 장평이 오조룡패의 권위로서 무림맹에 명하겠습니다."

"무림맹주 용태계가 오조룡패를 받듭니다."

용태계는 고개를 갸웃거리면서도 일단 예를 갖췄다. 그 순간, 미소공주는 흠칫 놀라며 용태계에게 고개를 돌렸다.

장평이 하려는 말을 짐작했기 때문이었다.

그러나 그녀가 뭐라고 말하기도 전에, 장평은 엄숙한 표정으로 명했다.

"무림맹의 요원 백리흠을 구속 상태에서 해방하고, 그의 가족과 함께 자유롭게 지낼 수 있게 조치할 것을."

무림맹. 아니, 미소공주가 제일 받고 싶지 않았던 황명을.

* * *

정치가 황백부 용태계의 몫이라면, 백리흠은 첩보의 주인 미소공주의 몫이었다.

미소공주는 미간을 찌푸리며 말했다.

"장평. 네가 지금 무슨 말을 한 것인지 알고 있느냐?"

"오히려 제가 묻고 싶군요."

장평은 미소공주를 보며 말했다.

"무림맹이 지금 백리흠에게 무슨 짓을 하고 있는지 알고 계시는 겁니까?"

불가능한 임무를 완수한 밀정.

족쇄가 망가진 '계몽된 자' 백리흠.

그는 조사를 명분으로 지금 근 일 년 가까운 시간 동안 무림맹 내부에 구속되어 있었다.

사방의 감시까지 더해져, 사실상 감금과 마찬가지였다.

백면야차 작전의 관계자이자 마교의 전문가인 장평 또한 중간중간 보고를 받아 왔다. 덕분에 현 상황을 잘 알고 있었다.

"백리흠이 원하는 것은 가족과 함께 살아가는 것뿐입니다."

"상생은 통제에서 벗어난 청소반이고, 백리영은 백화원에서 교육을 받고 있다."

"예. 그러니 이대로 시간이 가면 갈수록 상황은 악화될 뿐이지요. 긍정적인 변수는 존재치 않고, 부정적인 변수만 남아 있으니까요."

"그게 뭐지?"

"백리흠의 마음이요."

장평은 두 황족을 바라보며 말했다.

"충성심이란 참으로 중의적이고 복잡미묘한 개념입니다. 민초들에게 충의란 뜬구름과 같으니, 쌀 한 바가지면 만리 밖의 천자보다 눈 앞의 은인에게 마음이 기울지요."

장평의 말에는 무게감이 실려 있었다.

구휼 의회에서 보고 겪은 것들 덕분이었다.

"그리고 백리흠의 충성은 희망입니다. 가족을 돌려주겠다는 약속이 있기에 그는 불가능에 가까운 임무에 도전했고, 결국 성공했습니다."

"성공이 아닐 수도 있다."

미소공주는 지적했다.

"마교는 네가 마교를 이해한 것을 확인한 뒤에야 그를 들여보냈다. 백리흠의 귀환은 마교의 술수일지도 모른다."

"동의합니다. 하지만, 그것과 백리흠의 처우와는 별개의 문제입니다. 무림맹은 그에게 보상을 약속하며 임무를 맡겼고 백리흠은 임무에 성공했습니다. 그러니 약속된 보상을 받아야 합니다."

장평은 미소공주를 바라보았다.

"무림맹과 황실은, 그리고 저와 미소공주님은 마교와 계속 싸워야 하겠지요. 바둑판 위의 두 기사(棋士)처럼, 우리는 계속 서로 수를 주고 받아야겠지요. 그리고 백리흠은……."

"마교가 우리에게 내민 기수(奇手)지."

실수(失手)인지, 묘수(妙手)인지, 악수(惡手)인지 모를 이해 불능의 한 수.

"그를 보낸 목적을 판단할 수 있을 때까지, 그를 가둬두어야 한다."

"그게 마교가 원하는 바라면요? 배신감을 느낀 그가 변절하여 무림맹 내부의 배신자가 된다면요?"

"변절했다면 더더욱 감금해야지. 무슨 수작도 부릴 수 없도록."

"공주님."

장평은 타이르듯 말했다.

"저는 공주님의 입장을 이해합니다. 황족의 일원이자 첩보전의 총책임자로서, 황실과 무림맹이 위험에 빠질지도 모르는 일을 방관하실 수 없겠지요."

"그렇다면 왜 오조룡패를 휘둘렀느냐?"

"대신해드린 겁니다. 공주님이 결코 내릴 수 없는 결단을요."

미소공주가 뭐라고 말하려 하자, 용태계가 손을 뻗어 만류했다.

"백리흠은 아직 배신자가 아닐 수 있으니 풀어주는 편이 더 나을 수도 있다 이건가?"

"예."

"만약 배신자라면? 무림맹에 복귀하기 전까지는 아니었더라도, 최근 일 년 동안의 감금으로 배신감을 품게 되었다면?"

"그렇다면 단순하게 적이라고 생각하면 됩니다."

장평은 담담한 목소리로 말했다.

"그리고 그가 적이라면, 지금의 대응은 비합리적입니다. 훈련된 첩보원이자 계몽된 자이며 절정고수급 마교도라면, 최고 수준의 위험인물. 고급 정보들이 집결한 무림맹과 황제 폐하가 머무시는 황궁에서 떨어트려 놓아야 정상 아닙니까?"

"맞는 말이다."

"그의 귀환이 마교가 둔 수라면, 우리 또한 그를 움직이는 것으로 한 수를 둡시다."

장평은 덧붙이듯 말했다.

"언제나 그의 곁에 있을, 두 사람의 감시자와 함께요."

용태계는 생각에 잠겼다. 자유롭고 소탈한 무림 맹주가 아닌, 황제의 수호자이자 황실의 최고 웃어른으로서.

"자네가 조룡어사로서 내린 황명은 그냥 풀어주라는 것 뿐이었지. 아닌가?"

"맞습니다."

"그럼, 그에게 어떤 조치를 취한 뒤에 어디에 풀어 줄지는 무림맹이 결정할 일이겠군?"

"예."

"풀어준 다음에 어떻게 할지도?"

"물론입니다."

"좋다."

무림맹주 용태계는 미소공주를 바라보았다.

"풀어주는 편이 나은 것 같구나."

"하지만……."

"장평의 말이 옳다. 백리흠을 더 붙들고 있어봤자 할 수 있는 것도, 좋아질 것도 없다. 그 사실은 우리 모두가 알고 있지 않느냐."

미소공주는 침묵했다.

"민감하고 까다로운 골치거리는, 해결하겠다고 나서는 사람에게 떠넘기고 잊어버리자꾸나. 만약 일이 꼬인다면, 그 책임도 본인이 질 테니까."

용태계가 장평을 돌아보자, 장평은 고개를 끄덕였다.

"이미 늦어 백리흠이 변절했다면, 혹은 훗날 변절하게 된다면, 마두가 수작을 부리기 전에 제 손으로 베겠습니다."

"보거라. 천하에서 가장 많은 마교도를 제거한 자가 저리 약조하지 않느냐."

침묵하던 미소공주는 결국 고개를 끄덕였다.

"그가 문제를 일으킨다면, 네가 직접 해결해야 할 것이다."

"예."

용태계는 고개를 끄덕였다.

"그럼, 일단락된 셈이로군."

"세부사항은 논의해 보아야 하겠지만요."

풀어준다고 해도, 세부적이고 실무적인 문제는 아직 많이 남아 있었다.

석방한 백리흠에게 감시를 붙일지 말지. 어디로 보낼지. 그리고 무엇보다도, 그가 간절히 원하는 보상이자 통제불능의 위험인물인 상앵과 백리영을 어떻게 해야 할지 등등이.

"백리영은 아직 훈련이 덜 끝나서 임무 수행 능력이 불안하고, 상앵은 아예 통제불능의 청소반이다. 그건 어떻게 해결할 거지?"

"한 번에 하나씩, 차근차근 해결해야지요."

"황궁의 그림자를 헤집는 것은, 꽤나 골치 아플 걸세. 천하의 파사현성이라 해도 말이야."

장평은 쓴웃음을 지었다.

"각오해 두겠습니다."

"자, 그럼 슬슬 얘긴 마무리 짓지. 황제 폐하께 보고해야 할 안건들이 아주 많으니……."

용태계는 손을 뻗었다.

"일단 오조룡패부터 반납하게. 더는 사고 치지 못하게."

"……넵."

장평은 다가가 오조룡패를 반납했다.

텁.

그러자 용태계는 웃으며 그의 어깨에 손을 얹었다.

"수고 많았네. 자네가 없었다면, 안휘성의 일이 이렇게 깔끔하게 끝나진 못했을걸세."

"모두가 노력했기 때문입니다."

장평은 진심을 담은 미소를 지었다.

"그곳에 있었던 모든 사람이요."

"그래. 그렇겠지."

용태계는 장평의 어깨를 두드려 주었다.

"그럼 이만 가 보게. 새신랑. 구박받을 일들이 밀려있지 않은가."

"……상냥하신 배려 감사드립니다."

돌아서는 장평을 향해, 용태계가 말했다.

"아, 맞다. 자네 집 말인데."

"집이요?"

"그래. 집. 언제까지나 고서관에서 으흠! 하며 지낼 수는 없지 않은가?"

장평은 새삼 깨달았다.

'아, 맞다. 여기 무림맹이었지.'

초감각을 지닌 무림인들이 득시글거리는 곳이었다. 소리나 움직임. 혹은 달아오른 숨결이나 밤놀이 끝의 체취 등등. 적잖은 이들이 직접 보는 것만큼이나 확실하게 느꼈으리라.

"그럼 제 숙소에서 함께 머무는 것은……."

"……거기라고 안 들리겠나?"

용태계는 말했다.

"이제 홀몸이 아니니, 슬슬 숙소 생활은 끝낼 때가 됐네. 가정을 이뤘으면 집에서 출퇴근해야지."

"집…… 이요?"

능력을 인정받은 실권자인 장평은 그의 임무에 필요한 모든 지원을 받을 수 있었다.

 계획조차 보고할 필요 없이, 필요하다는 말만 하면 천금이건 만금이건 바로 지급하리라.

 그러나 그것이 장평 개인의 재산이 넉넉하다는 뜻은 아니었다.

 '지금 내가 가진 거라고는…… 쓰다남은 급료 약간과 흑검 정도로군.'

 명목상으로는 무림맹의 일개 과장. 그 급료 또한 과장에 걸맞은 금액이었다.

 '이제부터 급료를 모아서 두 사람이 살 만한 집을 구하려면…….'

 장평은 새삼스레 이곳이 집값 높기로는 으뜸가는 제국의 수도임을 절감해야 했다.

 '……오십 년 정도는 걸리겠군.'

 장평은 차분한 미소를 지으며 말했다.

 "괜찮습니다. 저는 숙소에 머물면 되고, 제 안 사람은 고서각 밖으로 나가는 경우가 드무니까요."

 "어, 그래? 그럼 괜한 짓을 했나?"

 용태계는 머쓱한 표정으로 말했다.

 "무림맹 서쪽 입구 근처에 자네가 머물만한 작은 집을 마련해 두었는데……."

 "집을요?"

 "아직은 황족이 아닌데 궁을 내줄 수는 없지 않은가?"

용태계는 머리를 긁적거렸다.
"그래서, 집은 필요 없는 건가?"
"아뇨. 필요합니다."
장평은 뻔뻔스레 손을 내밀며 말했다.
"다른 사람들에게 으흠! 소리를 들려주는 취향은 없으니까요."
"자네. 황궁에서는 못 살겠구만."
피식 웃은 용태계는 집문서를 쥐어 주었다.
"남궁 소저. 아니, 남궁 부인은 이미 거기로 이사 했다네. 자네 짐도 옮겨 놓았고."
"감사합니다. 맹주님."
"빚졌다고 생각할 필요는 없네. 이번 임무에 대한 무림맹의 포상이기도 하니까."
"예."
예를 표한 장평은 몸을 돌려 걸음을 옮겼다.
그리고, 용태계와 미소공주는 서로를 마주 보았다.
"그럼, 황제 폐하께서는……."
그들이 심각한 분위기로 이야기를 시작한 순간이었다.
"……방해해서 죄송합니다만."
장평은 머쓱한 표정으로 출구에서 고개만 빼꼼 내밀었다.
"제 집이 어디 있는지를 못 들어서요……."
"무림맹 서쪽 출구로 나가서 녹색 기와 얹은 작은 집 찾으면 될 걸세. 출구 바로 근처니까 너무 멀리 가지 말게."

"예. 맹주님."

장평은 머쓱한 표정으로 말했다.

"하던 얘기 계속 하십쇼……."

장평이 떠나자, 두 사람은 다시 심각한 표정으로 논의를 마쳤다.

두 다경 뒤.

한창 논의 중인 두 사람 사이로, 장평이 다시 고개만 빼꼼 내밀었다.

"맹주님. 죄송합니다만……."

"……못 찾았나?"

"예……."

"출구 바로 앞이라서 못 찾기도 힘들텐데?"

용태계는 고개를 갸웃거렸다.

그는 어쨌건 다시 설명했다.

"서쪽 출구 바로 앞에서 작은 녹색 기와집 찾으면 되네. 정 헷갈리면 경공술로 뛰어올라서 기와 색깔로 찾아보게나."

"예."

그리고 반 시진 뒤.

"맹주님……."

"……내가 데려다주지."

용태계는 한숨을 내쉬며 자리에서 일어섰다.

"아니, 명색이 무림인이란 사람이 이렇게 길눈이 어두워서야 어쩌려고 그러나?"

그는 비밀통로를 걸으며 장평을 타박했다.

"못 찾기도 힘들 정도로 가까운데, 녹색 기와로 된 작은 집이 안 보이던가?"

장평은 겸연쩍은 표정으로 뒤통수를 긁적거렸다.

"경공술로 올라갔을 때 녹색 기와를 얹은 작은 집은 몇 개 보였는데, 하나 같이 무림맹에서 먼 성곽 근처에 있더군요."

"그래? 혹시 남궁 부인이 그 사이에 기와를 새로 칠했나?"

용태계는 고개를 갸웃거렸다.

어쨌건 두 사람은 무림맹의 서문에 섰다.

"있잖아! 녹색 기와!"

"……없는데요?"

장평이 어리둥절한 표정을 짓자, 용태계는 발끈하며 손을 가리켰다.

"저깄잖나. 녹색 기와로 된 작은 집!"

한심한 표정을 짓는 용태계를 보며, 장평은 미묘한 표정을 지었다.

"아니. 저 집 기와가 확실히 녹색은 맞습니다만……."

"바로 앞에 있는 걸 왜 못 찾았나?"

장평은 용태계가 가리킨 곳을 보며 미묘한 표정을 지었다.

"작은 집이라면서요……."

그곳에는 크고 작은 전각이 서른 개가 넘는 대장원이

세워져 있었다.

 단순히 건물만 많은 것도 아니었다.

 고명한 건축가의 독자적인 설계에 따라 지어졌는지, 외인이나 하인들이 중심지인 중앙의 전각을 엿보거나 들을 수 없도록 각 전각들이 넉넉한 간격을 두고 원을 두르고 있었다.

 특히 주인이 머무는 중심부는 맑고 아름다운 연못들을 해자처럼 두르고 있었다.

 평범한 건축방식으로 이만한 크기의 부지에 장원을 짓는다면, 족히 예순 칸이 넘게 지었으리라.

 그러나 여유로운 간격은 검소함이 아니었다.

 그 반대였다.

 이곳은 북경. 그것도 황궁에 인접한 무림맹에 딱 붙어 있는 지역이었다.

 어지간한 고관대작들도 이런 대장원을 살 돈이 없고 어지간한 대부호들은 황궁 인근에 거주할 권력이 없어서 구할 수 없는 명당자리.

 황궁에 가까울수록 높은 권세의 상징. 황궁에 가까울수록 땅값은 비쌀 수밖에 없었다.

 북경 정중앙에 위치한 이 땅의 땅값을 감안하면, 서른 칸 정도의 공간을 비워놓는 것은 금은으로 벽과 지붕을 칠하는 것보다도 더한 사치였다.

 "신혼부부가 첫 살림을 시작하기에는 딱 좋은 작고 아담한 집 아닌가. 남궁 부인이 일하는 고서각에 가까우니,

출퇴근 하기도 편할 걸세."

장평은 녹색 기와의 대장원과 흐뭇한 미소를 짓는 용태계를 번갈아 바라보았다.

"맹주님."

"왜?"

"혹시 일반인들의 집에 가 보신 적 있습니까?"

"남궁세가랑 하북팽가."

무림최고의 명문가와 북경 인근에서의 활동을 허락받은 유서 깊은 명문세가였다.

"무림맹주 맡은 직후에, 신생 무림맹의 역할확대 및 조직 재편에 대한 회의를 했었지."

"그 사람들 사는 집 보며 무슨 생각이 드시던가요?"

"검소하고 조촐하게 산다?"

"……"

"뭐, 무림인들은 거느린 식솔들이 워낙 많지 않은가. 형편이 넉넉하지는 못하겠지."

장평은 새삼 깨달았다.

'맞다. 이 사람 황태자였지.'

태어나고 자란 집이 황궁. 출궁한 이후 살아온 곳이 무림맹.

그런 용태계의 기준에는 몇몇 대부호를 제외한 모든 이들은 '서민'이고 친왕들의 별궁보다 작은 건축물은 모두 '작은 집'이라는 사실을.

"하여튼 이 정도면 신혼부부 둘이서 오붓하게 살기에

딱 적당하지 않은가?"

"……둘이서 저걸 어떻게 다 씁니까?"

"각자 옷 보관할 전각 하나씩 쓰고, 안 사람이 책 좋아하니 서고로 전각 세 개 쓰고, 예물이랑 귀중품 전시용 전각 여덟 개 정도 쓰고, 귀빈실 포함해서 손님용 전각 열 개 정도 비운 다음에 나머지는 하인들 행랑채로 주면 되지 않나?"

옷 전각은 둘째치고, 예물과 귀중품 보관용 전각을 여덟 개나 쓰라니. 맥이 탁 풀린 장평은 하려던 모든 말을 그대로 목구멍 너머로 밀어 넣고 고개를 끄덕였다.

"정말…… 적당한 집이네요……."

"그렇지? 내가 잘 골랐지?"

"예. 맹주님. 맹주님답게……."

확실히 이해했기 때문이었다.

전직 황태자 겸 현직 무림맹주에게……

"……참 잘도 고르셨네요."

……상식을 기대하면 안 된다는 사실을.

* * *

"일 생기면 부를 테니, 그전까진 출근 안 해도 되네. 바깥일은 잊고, 신혼생활을 즐기러 가게."

용태계는 넋이 나간 장평의 등을 탁 치며 말했다.

"그래도 너무 많이 즐기진 말게! 뼈 삭아!"

"아, 예……."

장평은 반쯤 떠밀리듯이 녹색 기와의 대장원으로 향했다. 대문 위, 본래 붙어 있었던 현판은 깨끗하게 지워져 있었다.

새 주인이 왔으니 새 이름을 지으라는 용태계의 세심한 배려인 모양이었다.

그 배려는 고마운데……

'……상식만 있었다면 얼마나 좋았을까?'

어쨌건, 이 전각들 속에서 사람을 찾는 것도 일이었다. 장평은 둔하게 낮춰 두었던 기감을 높여 주변의 인기척을 탐색했다.

'중심부.'

연못들로 둘러싸인 본채였다.

장평은 연못 위를 가로지르는 나무다리를 지났다. 슬쩍 밑을 보니, 거대한 크기의 잉어들이 화려하고 선명한 빛을 뽐내고 있었다.

장평은 전생의 자신이 조경이나 관상어 관련 취미가 없었던 것에 안도감을 느꼈다.

저런 크기와 색상을 가진 잉어 한 마리의 가격이 얼마인지, 그리고 키우기 위해 얼마나 많은 손이 들어가는지 도저히 짐작할 수 없기 때문이었다.

때론 모르는 것이 아는 것보다 나을 때가 있었고, 지금의 이 집 상태가 그러했다.

무림맹 맹주실보다 고급스러운 것이 확실한 문 너머

로, 작고 아담한 인기척이 있었다.

헛기침을 한 장평은 문을 두드렸다.

"남궁 소…… 아니. 연랑. 나 왔소."

몇 달만의 재회였다.

낭만적이고 달콤해도 부족함이 없었다.

그러나 새신랑을 맞이하는 새신부는 활짝 웃으며 반기는 대신, 지친 눈과 퀭한 얼굴로 장평을 바라보았다.

"……왔어?"

"왔소."

남궁연연은 지친 표정으로 주변을 살폈다.

"……이 상황. 어떻게 된 건지 설명 좀 해 봐."

"맹주님이 일 잘했다고 선물로 주셨소."

장평은 움츠러드는 기분으로 물었다.

"왜, 무슨 일이 있었소?"

"얼마 전에 맹주님이 갑자기 고서각에 찾아 오셨더라. 결혼 축하한다면서 신혼집은 어디냐고 물으시길래, 돈 모일 때까지 무림맹 숙소에서 머물겠다고 했지. 그랬더니 집 구해 주겠다면서 뭐 바라는 거 없냐고 물어보길래……."

"……출퇴근 하기 편한 곳이면 된다고 한 거요?"

"응……."

"고서각에 제일 가깝다는 얘길 굳이 하던 것이 그래서였구려……."

장평은 주변을 돌아보며 한숨을 내쉬었다.

우아하고 고급스러운 기본 가구들에 안 어울리는, 장평과 남궁연연의 초라한 가재도구들을.

"나야 서민 출신이니 그렇다 쳐도, 남궁세가는 나름 대장원 아니오?"

"크기는 문제가 아닌데, 물건 건드릴 때마다 가격표가 보여서……."

장평은 몰랐다.

졸부들의 화려하기만 조야한 취향이 아닌, 우아함과 단아한 고급스러움이 묻어나는 각종 소품들과 가재도구들의 가격이 얼마나 할지를.

덕분에 장평은 현기증을 훗날로 미룰 수 있었다.

그 순간, 주변을 돌아보던 장평의 눈에 낯익은 담요가 바닥에 깔려 있는 것을 보았다.

남궁연연이 고서각에서부터 애용하던 낡은 담요였다.

'담요가 왜 바닥에 있지?'

그리고 아예 손을 댄 적 없는 건지 흐트러짐 없는 침상이 보였다.

장평은 조심스럽게 물었다.

"침상이 마음에 안 들었던 거요?"

"자단목 침상이 얼마짜린데 마음에 안 들겠어. 백조깃털을 넣은 비단 이불이랑 원앙을 새겨 넣은 옥침(玉枕)을 마다할 새신부가 어디 있겠고."

듣고 보니, 한눈에 보아도 귀한 물건들이 분명해 보였다. 단순히 가격 문제를 떠나, 특권이나 권세가 없으면 소지하는 것 자체가 국법에 어긋나는 수준의 물건들이었다.

'실권자로서의 대우인가? 아니면 벌써부터 황실의 부마로 취급하는 건가?'

미묘한 불편함을 느끼는 장평을 보며, 남궁연연은 잔잔한 미소를 지으며 말했다.

"저런 침상을 갖는 것은 모든 신부의 꿈일 거야. 그래서 저 침상을 나 혼자 쓰고 싶진 않았어. 내가 저 침상을 처음으로 쓰는 날은, 네가 돌아온 날이라고 정했어."

"……."

그 순간, 집과 물건들로 심란하던 장평의 마음이 한 점으로 뭉쳐졌다.

두 삶에 걸쳐, 언제나 곁에 있어 준 친구이자 은인. 그리고 이제는 자신의 품에 안겨 준 소중한 반려에 대한 사랑스러움이.

"그래서 굳이 바닥에서 잤던 거요?"

"응."

"……왜 불편함을 자처했소?"

"괜찮아. 넌 날 잘 알잖아. 책무더기나 책상에서 자는 것도 익숙하다는 거."

장평은 미소를 지었다.

"혹시, 내가 돌아오면 하려고 했던 것이 또 있소?"

"많지. 아주 많지. 밥도 해 주고 싶고, 별도 같이 보고 싶고, 봄볕을 쬐면서 시시한 잡담도 하고 싶고, 밤이 되면 너랑 침상에서……."

"침상에서?"

남궁연연은 새초롬한 눈으로 입술을 삐죽거렸다.

"……내 입으로 말하게 할 거야? 정말로?"

장평은 미소를 지었다.

그리고, 남궁연연의 몸을 두 팔로 들어 품에 안았다.

"꺅! 뭐 하는 거야?"

"침상에 누워서 하고 싶은 일이 있다고 했잖소. 그럼 침상에 눕혀야지."

"밤에! 이 짐승아! 밤에!"

당황한 남궁연연이 발버둥을 쳤으나, 장평의 두 팔은 궁궐의 기둥처럼 억세고 흔들림이 없었다.

장평은 그렇게 모든 새 신부가 꿈꾸는 침상에, 자신의 새 신부를 눕혔다.

원앙옥침 위로 검고 긴 머리카락이 비단이불을 덮었다. 부드럽고 윤기나는 머리카락이었다. 장평은 상냥한 목소리로 속삭였다.

"좋은 냄새가 나는구려."

"창포물로 머리 감았어. 꽃잎을 띄워 목욕을 했고."

"전에는 안 그랬잖소?"

"예전엔 남들이 날 어떻게 생각하건 신경 안 썼으니 그랬지."

그녀의 크고 둥근 눈은 초롱초롱 빛나고 있었다. 지혜로움과 순수함. 그리고 사랑스러움이 담겨 있었다.

"이젠, 신경 쓰이는 사람이 생겼으니까."

남궁연연은 두 팔을 뻗어 장평의 두 뺨을 어루만졌다.

"냄새를 아주 잘 맡는 어떤 사람이 말이야."

장평은 남궁연연의 흰 목덜미에 입을 맞췄다. 그녀의 옛 피부가 창백하고 거칠었다면, 지금의 피부는 희고 부드러웠다.

"난 정말 운이 좋은 사람이요."

"왜?"

"왜냐면……."

두 사람은 서로의 인생을 바꾸었다.

병약한 천형의 책벌레와, 진흙탕에서 구르다 악당의 노예로서 끝났어야 할 인생을.

힘과 권력을 얻은 무림의 거물로, 누군가를 사랑하고 아이를 가질 수 있는 건강한 처녀로 거듭날 수 있었다.

서로가 서로를 도와 여기까지 올 수 있었다.

그런 의미에서 남궁연연은 장평에게 특별한 사람일 수밖에 없었다.

친구였고, 공범이었고, 유일하게 마음을 열 수 있는 사람이었다.

사랑하지 않는다면 그게 더 이상한 일이라.

"……이 침상을 대낮부터 쓸 수 있어서?"

"아, 맞다."

남궁연연은 장평을 밀쳐내려 했다.

"밤! 밤에 쓰자니까?"

"그건 눕기 전에 말했어야지."
"네가 억지로 눕혔잖아!"

장평은 침상 위로 몸을 올렸다. 그의 손길은 능숙하게 남궁연연의 옷으로 파고들어 모든 고름을 흔적 없이 풀어 헤쳤다.

교활한 손길은 그녀의 피부와 살의 감촉들을 자각했다. 몸 깊은 곳에서 혼란스러움이 피어오르는 가운데, 장평의 단단한 몸의 무게감이 천천히 실렸다.

흙냄새와 땀냄새. 그리고 수컷 특유의 강렬한 체취. 평소라면 불쾌해야 정상이지만, 지금의 남궁연연에게는 그 체취마저도 이성을 뒤흔드는 강렬한 자극이었다.

"밤. 밤에……."

그러나, 그녀 스스로 느낄 수 있었다. 신음에 가까운 그 말은, 이미 촉촉한 열기에 젖어 있음을.

모든 것이 흐릿해지고 몽롱해지기 시작했다. 몸 안에서 밀려 올라오는 감각의 격류가, 이성을 포함한 모든 것을 뒤덮고 있었다.

남궁연연은 알고 있었다. 그 모두가 장평이 원하고 이끄는 대로라는 것을.

지성과 이성을 중시하는 그녀였지만, 자신의 여체가 이성의 반항을 짓누르고 수컷에게 길들여지는 것을 느껴야만 했다.

그러나 남궁연연은. 자유로운 영혼이자 반항적인 학자인 역설적이게도 충족감과 행복감을 느꼈다.

살과 살을 맞댄 이 존재가, 언제나 자신의 편일 것을 알기에. 자신을 길들이려는 이 수컷이, 언제나 자신을 배려할 반려자임을 믿기에.

그렇기에 그녀는 마지막 이성조차 놓아 버리고 감각의 격랑에 몸을 맡겼다.

"……바보."

남궁연연은 장평의 목에 팔을 감았다.

* * *

남궁연연이 정신을 차렸을 때는, 이미 창밖이 어두워진 뒤였다.

"……축축해."

썰물처럼 몸에서 밀려나는 감각들 속에서, 전신과 이불을 흠뻑 적신 땀방울들이 느껴졌다.

"많이 불쾌하오?"

귓가에 속삭임이 들려 온 순가, 남궁연연은 그제서야 자신이 원앙옥침을 배고 있는 것이 아님을 깨달았다. 원앙옥침을 몰아내고 그녀의 뒤통수를 갈취한 것은 장평의 왼팔이었다.

"불쾌하지. 당연히."

"더운 물을 준비할 수 있소. 몸을 씻으러 가겠소?"

그녀의 귓가에 스며드는 장평의 속삭임은 상냥하고 부드러웠다. 그리고 그 상냥함은 그녀만의 것임을 알기에,

묘한 행복감과 도취감이 피어올랐다.

"으응. 아냐."

불쾌해도 좋으니, 이대로 계속 있고 싶었다.

그녀의 부드러운 몸에 닿은 단단한 근육들과, 따뜻한 체온. 그리고 아늑함과 편안함까지.

거기에 몸 안에서 징징 울리는 감각의 여진들 탓에 축축함은 사소하게 느껴졌다.

장평은 그녀의 속마음을 읽기라도 한 것처럼 부드럽고 솔직한 미소를 지었다.

"그렇다면 다행이오."

천하에서 단 한 사람. 남궁연연만이 볼 수 있는 표정을.

"아버지랑 얘기는 잘 됐어?"

"잘 됐다면 잘 됐고, 안 됐다면 안 됐소."

애매한 말처럼 들렸지만, 남궁연연은 그 말의 의미를 정확히 이해하고 있었다.

"정 오라버니가 죽었다는 소문을 들었어."

그녀의 아버지를 잘 알기에.

"그게 누구요?"

"남궁정. 내 사촌 오빠."

장평은 깨달았다.

"남궁운성의 아들이오?"

"응."

장평은 조심스럽게 물었다.

"……친했소?"

"그렇진 않았어. 세가의 다른 사람들처럼 날 없는 사람 취급했고, 나도 그를 다른 사람들과 마찬가지로 없는 사람 취급했으니까."

"꽤나 팍팍한 집안이었던 모양이구려."

"우리 아버지를 봤잖아."

남궁연연은 힘없는 미소를 지었다.

"이용 가치가 없는 사람에게는 냉정한 사람이란 거."

"내겐 온화하게 말하더구려. ……적어도 겉으로는."

"너한테도 아버지답게 굴었나보네……."

장평과 남궁연연은 이마를 맞대고 웃었다.

그녀는 미소를 지은 채 물었다.

"동부용에게 그럴 가치가 있었어? 아버지에게 빚 하나를 질 만한 가치가?"

장평은 흠칫 놀랐다.

그는 무의식적으로 떠오르는 그럴듯한 변명을 짓누르기 위해 정신을 집중해야 했다.

장평은 솔직하게 말했다.

"잘 모르겠소."

"천하의 파사현성이 모르는 것도 있어?"

"이성적으로 한 판단은 아니었소."

남궁연연은 잔잔한 미소를 지었다.

"그 여자. 동부용을 사랑했어?"

"그녀의 순진함을 이용했소. 그녀를 잘못된 길로 이끌었소. 그 사실에 대해 죄책감을 품었소. 그래서 보호……."

잠시 주저하던 장평은 말을 고쳤다.

"……아니. 속죄를 하여 내 안의 죄책감을 해소하려 했었소."

"지금도 죄책감이 남아 있어?"

"사라지진 않았지만, 매듭은 지었소. 우리가 다시 마주칠 일은 없을 거요."

"그래. 알았어."

남궁연연은 장평을 끌어안았다.

"네가 매듭을 지었다면, 더 이상 아무것도 묻지 않을게."

실오라기 하나 걸치지 않은 가슴이 서로의 심장 박동을 느끼고 있었다.

그 울림은 순수했다. 생명만큼이나.

"내게 중요한 건 네가 내 곁에 돌아왔다는 거니까."

"……."

"왜?"

"아무리 생각해도, 나는 내게 과분한 아내를 얻은 것 같소."

"그거 우연이네."

남궁연연은 배시시 웃으며 말했다.

"나도, 내게 과분한 남편을 가졌다고 생각하던 중이었는데!"

＊　＊　＊

그 이후 며칠.

황궁이나 무림맹의 호출은 없었다.

장평의 보고서를 검토하는 한편 상주된 사안들에 대해 논의하는 중이리라.

'사실상의 휴가로군.'

흔치 않은 여유였다. 장평은 남궁연연과의 신혼생활을 만끽했다.

　　　　　　＊　＊　＊

녹색 기와의 대장원은 부담스러울 정도로 잘 준비되어 있었다.

수리와 미장은 물론, 담벼락조차 새로 칠해져 있을 정도였다.

담벼락을 훑으며 걷던 장평은 문득 기이함을 느꼈다.

'우리 옆집은 대체 뭐 하는 곳이지?'

그들 입장에서는 북면에 위치한 집은 폐가처럼 조용했다. 절정고수의 감각으로 점검해 보니 사람이 있긴 있는데, 생활감이 없었다. 말은 귓속말이었고, 발걸음은 소리가 없었다.

마치 그림자 속에 세워진 궁전 같았다.

'크기만 보면 우리 집이랑 비슷비슷한데……'

장평은 생각하는 것을 그만두었다.

이웃과 친하게 지낼 이유는 없었고, 주변 사람들의 눈에 띄지 말아야 할 이유는 많은 것이 그의 직업이었으니까.

'황궁과 무림맹 사이에 있는 궁궐이라.'

장평은 쓴웃음을 지었다.

'어쩌면 내가 아는 사람일지도 모르겠군.'

그러나 부담스러울 정도로 세심하게 준비된 녹색 기와의 장원이라 해도, 몇몇 물건과 가구들은 새로 마련해야 했다.

"장평. 잠옷 없지?"

"없소."

"그럼 시장 가자. 책상도 바꿀 겸."

"마음에 안 드시오?"

"최고급 명품이긴 한데, 남자 체형에 맞춘 책상이라 나한테는 잘 안 맞아."

"그럼 사러 갑시다."

그러나, 그 모든 것이 하나의 즐거움이었다.

이젠 한쌍이 된 두 남녀는 보폭을 맞춰 느긋하게 걸었다. 붉은 노을이 세상을 덮고 등불이 하나둘씩 오르는 길거리에서, 소소한 잡담을 나누었다.

"저 잉어들 밥 주긴 해야 하는데, 잉어밥은 대체 어디에서 팔지?"

"시장 가서 물어보면 누군가는 알지 않겠소?"

"그렇겠지?"

그 거리를 걷는 것은 명성과 악명 모두 무림을 떨쳐 울리는 문무겸비의 괴물 파사현성도. 오해와 편견의 장막을 겹겹이 두르고 있는 마교의 본질을 꿰뚫은 지혜롭고 강인한 학자도 아니었다.

그냥 장평이고 그냥 남궁연연이었다.

"생각해 봤는데, 그 잉어들 그냥 팔아 버릴까? 낫지 않을까? 값도 꽤 나갈 것 같은데?"

"어디에 팔면 되오?"

"그러게. 그걸 모르겠네."

남궁연연은 배시시 웃었다.

두 사람은 시장을 걸으며 이런저런 물건들을 구경했다. 필요한 것은 사고, 필요 없는 것도 구경했다.

"장평. 언제 다시 출근해?"

"아마도 사나흘 정도?"

"그렇구나. 그럼 그 이후에는 지금처럼 떠들 날도 없겠구나."

"아는 사람이 없소?"

"나랑 얘기할 사람이 있었다면 책을 읽었겠어?"

묘하게 쓸쓸한 말이었다.

그녀의 인생을 한 문장으로 요약한 것이기 때문이리라.

장평은 남궁연연의 볼을 부드럽게 쓰다듬으며 말했다.

"이제부턴 아닐 거요."

"응. 그래. 이제부턴 아니겠지."

남궁연연은 미소 지었다.

"아니어야 하고."

석양빛으로 물든 그녀의 미소를 보며, 장평은 잔잔한 미소를 지었다.

가슴 속에서 따뜻한 온기가 가득 번지고 있었다. 불굴신개의 불길과는 또 다른, 무더위 속에서조차 편안하게 느껴질 온기였다.

장평은 그 온기가 행복감이라는 사실을 직감했다.

'나는 행복하구나.'

이 순간, 장평은 행복했다.

이 시간들이 영원하길 바랄 정도로.

하지만, 그는 잘 알고 있었다.

언제, 어느 순간에도……

'백면야차는 죽어야 한다.'

……백면야차는 그를 놓아주지 않을 것이란 사실을.

* * *

사흘 뒤.

"장평 과장님."

아침 일찍 무림맹의 사자가 온 때는, 남궁연연의 휴가가 끝나는 날이기도 했다.

"출근하시랍니다."

"알았네."

아직 침상에 누워 있던 남궁연연은 물었다.

"출근해?"

"그런 모양이오."

"잠깐만. 옷 입지 말고 기다려 봐."

침상에서 일어난 그녀는 장평의 옷을 가져다주고, 옷고름을 매어 주었다. 옷매무새를 다듬고 허리띠를 채워 주었다.

솔직히 말하면, 서툰 솜씨였다. 장평 혼자 입는 편이 더 편할 정도로.

그러나 남궁연연은 행복한 미소를 지으며 말했다.

"한 번쯤 해 보고 싶었어."

"할 수 있게 되어 다행이구려."

"응. 다행이지 뭐야."

장평은 웃으며 말했다.

"하고 싶은 건 다 해 보시오. 나는 언제나 연랑 곁에 있을 테니까."

"그래. 장평. 일단 오늘은, 퇴근하는 남편 마중하는 것부터 해 보자."

남궁연연은 발돋움을 하며 장평의 볼에 입을 맞췄다.

"무사히 돌아와야 해?"

"……누가 들으면 천마 목이라도 따러 가는 줄 알겠구려."

피식 웃은 장평은 몸을 돌렸다.

"저녁 때 봅시다."

* * *

짧은 밀월이었다.
 그러나, 장평에게 주어진 시간이 며칠이 아닌 몇 년이었다 하더라도 끝난 뒤에는 짧다고 느꼈으리라.
 신혼이란 원래 그러한 것이었으니까.
 "오래간만이군. 장평."
 무림맹 지하. 비밀 회의실에는 미소공주가 장평을 맞이했다.
 그녀의 말투가 예전보다 냉랭하게 여겨지는 것은, 장평의 귀가 달콤한 속삭임에 너무 익숙해진 것일까?
 알 수 없는 일이었다.
 그리고 장평은 미소공주의 속내를 헤아리지 않기로 정한 상태였다.
 "맹주님은 참석하지 않으십니까?"
 그저, 사무적인 태도로 답할 뿐이었다.
 "그래."
 "불길하게 여겨야 합니까?"
 "그건 아니다. 네 보고서와 의견 모두 상주 되었다. 그저, 황제 폐하께 보고한 이상 맹주님은 개입하지 않으려 하시는 것이다."
 "그렇군요."

제위를 거부한 황태자. 무림지존 용태계.

그는 최고위 황족이었고, 무림맹주였다.

그 존재감은 황제조차도 넘어섰다고 할 수 있었다.

용태계가 자유분방할 수 있는 것은 무림뿐.

황실과 얽힐 때마다, 그는 신중하고 조심스럽게 움직여야 했다. 너무나 거대한 자신의 존재가 현 황제의 권위를 침범하는 일이 없도록.

"안휘성에 대한 일들은 이제 조정에서 맡는다면…… 저를 부른 것은 백리흠 때문이겠군요."

"그래."

미소공주는 차분한 위엄을 잃지 않은 모습으로 말했다.

"네게 전권을 맡기겠다. 관련자의 생사여탈을 비롯한 모든 것을. 너 스스로 궂은 일을 자처하였으니, 꼬일 대로 꼬인 실뭉치를 재주껏 풀어 보아라."

"예. 공주님."

장평은 사무적인 태도로 물었다.

"제가 알아야 할 다른 사항들이 있습니까?"

"첩보부에서 보고서를 전달할 것이다."

"알겠습니다."

대화는 끝났다.

물러나기 위해 장평이 예를 표하는 순간.

미소공주는 감정을 억누른 목소리로 물었다.

"행복한가?"

"예."

 장평은 주저 없이 대답했다. 미소공주의 얼음가면에 쩍 하고 금이 가는 것이 눈에 보였다.

"그렇구나. 너는 지금, 행복하구나……."

 장평의 대답보다도, 그 대답에 어떠한 주저도 없다는 사실에 동요한 모양이었다.

 장평은 불편함을 느꼈다.

 미소공주가 품은 감정이 아닌, 그 감정이 그녀의 평정심을 깨트릴 정도로 진하다는 사실에.

"물러나도 좋다. 장평."

 잠시 침묵하던 미소공주는 애써 평정을 되찾고 말했다.

"내게 할 말이 남아 있는게 아니라면."

"물러나겠습니다."

"……그래."

 착 가라앉은 대답을 뒤로 한 채, 장평은 몸을 돌렸다. 오늘따라 유난히 길고 가파른 비밀통로를 걸으며.

* * *

 통로 밖에는 낯익은 사내가 기다리고 있었다.

 미소공주의 심복. 장신구 상인이었다.

"청소반을 만나고 싶네."

"언제까지요?"

"가능한 빨리."

장평은 그대로 걸음을 걸었다.

그가 걸음을 멈춘 곳은, 이제는 주인이 없는 빈집이었다.

장평은 안으로 들어갔다. 더 허름하고 더 지저분해지긴 했지만, 눈에 익은 모습이었다.

이제는 땅에 묻힌 옛 주인만큼이나.

'조헌.'

장평은 그 노화백을 위해 자신답지 않은 선택을 했다. 간편하게 죽여 없애는 대신, 그와 함께 위해 불가능해 보이는 과업에 도전했다.

'그때, 내 선의는 보답받았다.'

그리고, 장평은 진공원을 보았다.

종이 위에 그린 원이 아닌, 그 원을 제외한 현실 전체를 화폭으로 삼는 대담한 유작을.

그 덕분에 장평은 현실의 세계관을 얻을 수 있었다.

'이번 일에도 선의를 품을 수 있기를. 그리고 그 결과가 만족스럽기를.'

장평은 마음속으로 속삭였다.

발설한 적 없으니 아무도 못 듣지 못할 기도를.

그리고 잠시 뒤.

가벼운 발걸음 소리가 삐걱이는 대문을 열고 다가오고 있었다.

이 집을, 그리고 이 집에 장평이 있을 거라는 사실을

예상할 수 있는 사람은 단 하나뿐이었다. 장평은 의자에 앉은 채 자신이 부른 사람을 맞이했다.

"청소반의 사람인가?"

"부르심을 받고 왔어요."

문간에 선 서수리는 장평을 향해 미소 지었다.

"새로운 청소반장. 서수리가요."

장평은 놀랐으나, 동요를 드러내지는 않았다.

"네가 청소반장이 되었나?"

탈주한 첩보원들의 비밀결사 청소반. 그 수장은 빈틈을 보여선 안 될 상대였다. 서수리도 더 이상 진심을 나눌 대상이 아니었고.

"출세한 걸 축하해야 하나?"

"받을 수 있다면, 애도를 받고 싶네요."

서수리는 농염한 미소를 지었다.

"장평 대협과의 거래 덕분에, 저는 자유를 얻는 것이 더 힘들어졌으니까요."

"날 원망하나?"

"제가 누군가를 원망할 수 있을 것 같나요?"

그녀는 청소반이기 이전에 백화요원이었다. 충성심을 넘을 가능성이 있는 모든 감정을 절제 당한 황제의 도구. 그리고 지금은 충의에도 회의를 느껴 이탈한 청소반이기까지 했다.

"미안하다. 실언이었군."

장평은 무감정한 목소리로 말했다.

"오래간만에 현장 복귀라 감이 무뎌졌다. 이해해 줬으면 좋겠군."

"뭐, 그럴 수도 있죠."

서수리는 장평의 맞은 편에 앉았다.

그녀의 친근한 미소와 침착한 눈빛은 묘한 거리감을 유지하고 있었다.

"하실 얘기가 있으시죠? 하세요."

"상앵과 백리영은 잘 지내고 있나?"

"둘 다 건강해요."

"상앵이 청소반임은 안다. 백리영은?"

"아직 백화원에서 훈련받는 중이에요."

"그럼, 백리영을 일반인으로 되돌릴 수는 있나?"

"이미 백화원에서 훈련받는 중이에요."

장평은 잠시 생각하다가 물었다.

"백화요원을 정상인으로 돌릴 방법은 없는 건가?"

"불가능해요."

"방법이 있는데 실행하지 못하는 건가? 아니면 아예 방법을 못 찾은 건가?"

"방법이 없어요."

서수리는 웃었다.

"그런 방법이 있다면 저 먼저 배우고 싶네요."

장평은 차가운 눈으로 서수리를 바라보았다.

"내가 농담이나 헛소리를 하러 온 것 같나?"

"없는 걸 있다고 할 수는 없잖아요?"

"알았다."

장평은 가능하다면 피하고 싶었던 질문을 꺼냈다.

"그럼, 상앵과 백리영이 정상인 연기를 수행할 수는 있나?"

서수리는 흥미로운 표정을 지었다. 감탄 속에서 미량의 냉소가 감도는 중의적인 표정을.

"그거, 정말 냉혹한 질문이군요."

"답해라."

"백리흠을 속일 수 있냐는 질문이시죠? 상앵 언니는 충분히 가능해요. 백리영은 불안하고요. 만약 그들이 동거하게 된다면, 백리영과의 접촉시간을 가능한 줄이는 편이 중요할 거예요. 아니면 아예 백리영이 훈련과정을 마칠 때까지 미루시던지요."

서수리는 장평을 바라보며 미소를 지었다.

"물론, 그 계획에는 근본적인 문제가 남아 있지만요."

"잊지 않았다. 황실과 동창에는 청소반을 통제할 방법이 없다는 것을."

"그래요. 그걸 알면서도 얘길 꺼내셔서 묻는건데."

서수리는 웃었다.

"누가 청소반원에게 명령하실 거예요?"

"네가 명령할 거다."

"제가 왜요?"

장평은 서수리를 바라보았다.

"내가 너와 거래를 할 생각이니까."

"전 제가 뭘 바라는지도 모르는걸요."

"너희는 결락된 인간이다. 인간성을 초월한 존재가 아니라 인간성을 깎아 낸 존재다. 너희들의 사고방식을 추측하는 것은 어렵지 않아."

서수리는 불쾌한 표정을 지었다.

그리고 장평은 그녀의 불쾌감을 마주하며 말했다.

"증오를 가질 수 없는 네가 품을 수 있는 한계가, 불쾌감인 것처럼."

"……."

잠시 침묵하던 서수리는 고개를 끄덕였다.

"인정하죠. 인간 이하인 저로서는, 장평 대협이 지금 무슨 얘길 하는 것인지 모르겠다는 것을요."

솔직함과 자괴감. 그리고 조소가 뒤엉킨 복잡한 감정이었다.

감정에 한계가 있는 백화요원으로서는, 미약한 감정들을 섞어서 표현하는 것이 최선인 모양이었다.

"그러니, 직접 가르쳐 주세요. 제가 뭘 바라는지를."

"가장 확실한 것은 자유고, 제일 간편한 방식은 죽음이겠지. 그리고 나는 네게 죽음을 줄 수 있다."

"……."

"말해 봐라. 서수리. 죽고 싶지 않나?"

"……."

"너는 죽음이란 이름의 자유를 얻고, 백리흠은 가족과의 삶을 얻는 거다. 서로가 원하는 것을 얻는 거지."

침묵하는 서수리를 보며, 장평은 차분한 목소리로 물었다.

"이 정도면 공정한 거래 아닌가?"

* * *

미소공주는 보고서 뭉치를 내려놓았다.

"이게 백리흠에 대한 조사 결과 전체인가?"

"예. 주군."

장신구 상인은 고개를 끄덕였다.

"십만대산에 들어가 있던 시간을 제외한 모든 행적을 재조사했습니다."

십 년에 가까운 시간을 되짚어 보아도, 의심의 여지는 없었다.

마교에서 머물렀던 짧은 시간을 제외하면.

"너는 어떻게 생각하지?"

"저는 주군과 동일한 자료를 접했습니다. 제 사견은 주군의 판단에 방해가 될 뿐입니다."

"조언해라."

"명령입니까?"

"그래. 명령이다."

장신구 상인은 주저 없이 말했다.

"백리흠을 죽여야 합니다."

"의심스러운가?"

"그의 행실과 활동 과정들을 짚어 볼 때, 백리흠의 의지력에는 의심의 여지가 없습니다. 그가 가족을 원하는 마음은 진심입니다."

장신구 상인은 답했다.

"그래서 죽여야 한다고 판단했습니다."

"왜?"

"우린 그에게 가족을 돌려줄 방법이 없으니까요."

* * *

"죽음. 죽음이라."

서수리는 장평의 제안을 음미했다.

"확실히, 죽음은 저희가 누릴 수 있는 가장 확실한 자유죠."

그러나 서수리는 고개를 저었다.

"하지만 전 아직 죽음을 맞아도 될 정도로 헌신하지 않았어요. 제 동포들을 삶 속에 남겨두고 무책임하게 도망치고 싶진 않아요."

"기대에 어긋나는 답이로군."

"예상은 하셨을 거 아니에요."

"그래. 예상은 했지."

"그럼, 차선책도 있겠네요?"

서수리는 흥미로운 표정을 지었다.

"죽지 못해 사는 이들에게 죽음을 준다. 너무 뻔하죠.

하지만, 차선책은 예측이 안 되더군요."

"간단한 방법이다. 그저, 너희들은 생각할 수 없을 뿐이지."

"가르쳐 주세요. 장평 대협. 저는 짐작할 수도 없는 그 간단한 차선책을요."

장평은 담담한 표정으로 말했다.

"자유."

서수리는 실망과 경멸, 그리고 한심함이 뒤섞인 표정을 지었다.

"분명, 저희가 자유를 원하긴 하죠. 그건 사실인데……."

그녀는 자리에서 일어나며 말했다.

"장평 대협이 줄 수 없는 물건이군요."

"아니. 내겐 있다."

장평은 담담한 표정으로 말했다.

"너희들이 자유로워질 방법을 찾을 자유가."

* * *

"백화요원들은 자신들을 제국의 자산이라 생각합니다. 그리고 태조의 유명을 곡해하는 청소반원들조차도 직접적인 불충을 금한다는 제약에는 변함이 없지요. 그러니 그들은 제국의 자산인 스스로를 함부로 죽일 수 없고……."

장신구 상인은 말했다.

"……청소반에는 자신들이 자유를 얻을 방법을 연구할 자유가 없습니다. 다른 사람이 자유를 찾을 방법을 대신 연구해 주지 않는 한요."

"왜 지금까지 그런 시도를 하지 않았지?"

"하지 못했던 겁니다. 자신들에 대해 아는 외부인이 없었으니까요."

백화원은 기밀조직의 요원 양성소였고, 청소반은 그 존재를 아는 사람조차 드문 기밀조직 내부의 비밀결사였다.

그들에 대해 알고 있는 자는 관계자들이었고, 그 관계자들은 신임받는 황족이나 동창의 관계자들 뿐이었다.

장평이 처음이었다.

외부인으로서, 청소반의 존재와 그 사고방식을 알게 된 사람은.

"장평이 이 사실들을 파악했을 것 같나?"

"아시다시피 저는 '심복'입니다. 고위 황족을 보좌하기 위한 양성된 고성능 백화요원이요."

"……알고 있다."

같은 '심복'인 맹목개는 자유를 명령받자 개방에 들어갔다. 자신의 주군인 무림맹주 용태계를 보필할 수 있는 지위와 능력을 획득하기 위해서였다.

심복으로 제조된 자의 능력과 충성심을 동시에 증명하는 사례였다.

"하지만 저도 지금껏 외부인에게 연구를 맡긴다는 발상은 하지 못했습니다. 장평이 청소반장을 소환했다는 사실을 듣기 전까지는요."

"……."

"주군. 그가 장평이라는 것을 잊지 마십시오. 그러면, 백화요원의 제약에 대해 듣는 순간에 떠올렸을 겁니다."

"무엇을?"

"저들의 제약을 풀어준다는 발상과…… 그 발상을 이용하여 청소반과 거래할 방법을요."

* * *

서수리는 침묵했다.

그녀는 골똘히 생각에 잠긴 채 다시 의자에 앉았다.

"무슨 말인지 이해하기 힘들군요."

"그럴 거다. 내 제안을 판단하는 것조차 불충이니까."

장평은 차근차근 설명했다.

"하지만, 생각할 수 없다는 것 자체가 너희들에게 금지된 것이라는 뜻이다. 아닌가?"

"맞아요."

"그리고 너희들에게 금지된 일이라는 말은, 너희가 자유로워질 가능성이 있는 일이라는 뜻이고. 아닌가?"

"그것도…… 맞아요."

서수리의 움직임이 멈췄다.

"그리고 그 말들이 맞다면……."

조각상처럼 굳어 있던 그녀는, 뻑뻑한 톱니바퀴처럼 느리고 부자연스럽게 움직이기 시작했다.

움직여선 안 된다는 무의식과, 움직이고 싶다는 자의식이 서로 맞물린 탓이었다.

"당신이 우리 대신 생각해 줄 수 있다는 논리도…… 맞아요."

장평은 말했다.

"이젠 거래할 생각이 드나?"

"거래는 가능…… 하지만…… 자유는…… 불충……."

서수리의 온몸에 땀이 흘렀다. 자의식과 무의식이 근육들에게 상반된 지시를 내린 탓이었다.

"충성은…… 충의는……."

모순이 한계에 달했다. 생각을 중지시켜야 했다.

장평은 서수리의 혈도를 짚어 혼절시켰다.

잠시 뒤. 눈을 뜬 그녀는 혼란스러운 눈으로 주변을 두리번거렸다.

"……어?"

"생각하지 마라. 너와 내가 무슨 대화를 했는지 그 자세한 내용을 생각하지 마라."

어리둥절한 서수리가 정신을 차리기도 전에, 장평은 빠르게 말했다.

"그저, 한 가지만 인정해라. 나는 네게 금지된 것들이 가능하다는 사실을."

"그렇죠."

"간단한 거래다. 나는 너희들을 위해 너희들에게 금지된 일을 하겠다. 그 대신, 너희들은 상앵에게 백리흠의 아내이자 백리영의 어머니로서 활동하라는 명령을 내려라."

"우린 명령하지 않아요. 부탁하죠."

"부탁이건 요청이건 상관없다. 무슨 수를 쓰건 상앵을 움직여라. 내가 너희들에게 줄 수 있는 것을 원한다면."

"장평 대협을 어떻게 믿죠?"

서수리는 의례적인 질문을 했다.

그래서 장평은 의례적인 대답을 했다.

"내가 약속을 어긴다면, 상앵을 복귀시키면 되잖나?"

"그렇군요."

서수리는 멍한 표정을 지었다.

"기분이 좋아요. 왠지 모르게, 답답함이 줄어든 것 같아요. 모든 일이 잘 풀릴 것 같은 근거 없는 기분이 들어요."

"그건 희망이다."

장평은 차분한 목소리로 말했다.

"너희들이, 제일 먼저 빼앗겼을 감정이지."

"희망……?"

서수리는 멍한 눈으로 장평을 바라보았다.

"제가 그런 걸 가져도 되나요?"

"아마 아닐 거다."

"그럼 전 고장난 건가요?"

"되찾은 거다. 네가 가져야 했던 것을 빼앗을 사람들에게서."

"절 도와준 거군요."

"그래."

"앞으로도 도와줄 생각이고요."

"그래."

서수리는 혼란스러운 표정을 지었다.

"대협의 저의를 추측할 수 없어요."

"호의다."

"호의를 베푸는 이유를 짐작할 수 없어요."

"희망 때문이다."

장평의 가슴 속에 작은 불씨가 일렁이고 있었다. 천하에서 가장 뜨거운 사내가 옮겨 준 불꽃이.

물론, 그의 두뇌는 여전히 차가웠다. 필요하다면 냉혹해지고 잔인해질 것이다.

'백면야차는 죽어야 한다.'

목적을 위해서라면 얼마든지 냉정해질 수 있었다.

하지만, 상황이 허락한다면.

〈우리는. 함께 이 비를 맞는 우리는 참으로 복된 자들이라네.〉

온기를 나누어 주어도 문제가 되지 않는다면, 가슴 속의 불씨를 외면하고 싶지도 않았다.

〈그렇지 않나, 벗이여?〉

장평의 메마른 가슴에 불씨를 나누어 준 사람을 위해서

라도.

 "어쩌면 나도, 지금보다 더 좋은 사람이 될 수 있을지도 모른다는 희망."

 "잘 모르겠어요."

 서수리는 좀 전과 다른 시선으로 주변을 돌아보았다.

 "하지만 희망을 품는다는 것은…… 기분이 좋은 일이네요."

 "그래. 그렇지."

 "제 동포들에게도 희망을 줄 수 있을까요?"

 "내가 성공한다면."

 "그럼, 대협이 성공할 거라는 희망을 가져 볼게요."

 서수리는 조용한 목소리로 말했다.

 "백리홈이 풀려난다면, 상생 언니를 보내죠. 하지만 백리영은 동창의 자산이에요. 그녀에 대해서는 동창과 논의하세요."

 "그러지."

 서수리는 미소를 지었다.

 예전보다는 조금 더 진심이 담긴 미소를.

 "우리에게 우리 자신을 돌려줘요. 그러기 위해서라면, 우리 청소반은 장평 대협을 위해 무슨 일이든 할게요."

 "그래."

 장평은 고개를 끄덕였다.

 '빼앗겨선 안 될 것까지 빼앗긴 이들이 그것을 되찾을 수 있다면…… 나도 될 수 있을지도 모른다.'

희망을 품는 그녀를 보며, 장평 또한 희망을 품었다.
'지금보다, 더 좋은 사람이.'

* * *

"장평이라면 찾고도 남습니다. 청소반에게 감정을 되찾는다는 목표를 제시하여……."
장신구 상인은 어두운 표정으로 말했다.
"……황실이나 동창이 아닌, 장평 본인이 청소반을 통제할 방법을요."

* * *

그날 저녁.
남궁연연이 퇴근했을 때, 식탁 위에는 갖가지 음식들이 차려져 있었다.
그녀는 식탁에 앉으며 물었다.
"직접 한 거야?"
"내 요리 솜씨는 여행자 수준에 불과하오."
남궁연연이 묻자, 장평은 미소를 지으며 고개를 저었다.
"근처 객잔에서 사 왔소."
"요즘 남편은 밥도 안 해 주네?"
"너무 도발하지 마시오. 정말로 밥을 해버리는 수가 있으니까."

남궁연연은 까르르 웃었다.
두 사람은 식사를 하며 사소한 일상 얘기를 나누었다.
"요즘은 무슨 책을 읽고 있소?"
"천문학 관련 서적을 좀 읽고 있어."
그녀는 장평에게 물었다.
"이번에 하는 일은 잘 되어가고 있어?"
"잘 모르겠소."
장평은 솔직하게 말했다.
"일단 지금 당장은 잘 풀릴 것 같은데, 길고 까다로운 숙제를 떠맡게 되었소."
"무슨 숙제?"
"미안하오. 연랑의 도움을 받고 싶은 마음은 굴뚝 같지만, 기밀 업무라 허락을 받기 전에는 발설할 수 없을 것 같소."
"아냐. 내가 미안해. 잠시 잊고 있었어. 네가 무슨 일을 하는지 물어보면 안 된다는 걸."
남궁연연은 쓴웃음을 지었다.
"이제부터는 네 일에 대해 먼저 묻지 않을게. 내 도움이 필요하면 네가 먼저 말해 줘."
"이해해 주어 고맙소."
저녁 식사를 마치고, 남궁연연은 그릇들을 챙겨 부엌으로 향했다.
"설거지라면 내가 하겠소."
"아냐. 내가 할게. 목욕물이나 좀 데워줘."

장평은 장작불을 때워 물을 덥혔다. 그리고 동시에, 손을 목욕통에 넣고 내력으로 물을 덥혔다.

설거지를 마친 남궁연연이 머리에 천을 감은 채 들어왔을 때, 물은 이미 따끈하게 데워져 있었다.

알몸의 두 사람은 자연스럽게 탕으로 들어갔다. 장평의 다리 위에 앉은 그녀는 물에서 풍기는 은은한 향기에 기분 좋은 미소를 지었다.

"무슨 향이야?"

"유채향이오."

"기분 좋아……."

남궁연연은 몸을 기울여 장평의 가슴에 머리를 기댔다.

모든 긴장이 풀어진 그녀의 얼굴은. 수온으로 달아오르고 땀이 송골송골 맺힌 나른한 미소에, 장평은 자신도 모르게 미소를 지었다.

그의 품 안에 정인이 있었다.

세상에서 가장 소중한 사람이.

행복하고 만족스러우면서도, 동시에 막연한 불안감이 느껴졌다.

'잃고 싶지 않다.'

남궁연연의 아담한 몸이. 그리고 그녀와의 행복한 나날들이 아슬아슬하고 불안했다. 조금만 무게가 실려도 깨져 버릴 늦겨울의 얼음장처럼 느껴졌다.

'비록 내가, 사람의 목숨이 너무나도 쉽게 사라지는 세상에 속해 있다지만.'

풍진강호와 구중궁궐 모두, 방식만 다를 뿐 음모와 궤계. 폭력이 난무하는 곳이었다.

 장평은 그 둘 모두에 속한 사람으로서, 인명을 빼앗고 마음을 부수는 것이 얼마나 간단한 일인지 잘 알고 있었다.

 '나는 이 사람을 잃고 싶지 않다.'

 그 순간, 장평의 눈앞에 한 사람이 스치고 지나갔다.

 〈내 목표는 하나뿐이네. 내 아내와 딸을 되찾는 것.〉

 다른 사람들의 무책임 속에 아내와 딸을 빼앗긴 한 사내를.

 "……."

 장평은 조심스럽게 남궁연연의 몸을 끌어안았다. 아무 저항 없이 안긴 그녀는 반쯤 감긴 나른한 눈으로 장평을 올려다보았다.

 "왜에?"

 "그냥, 좋아서 그렇소."

 "나도 좋아."

 그녀는 환한 미소를 지었다.

 "네가 있어서, 정말 좋아."

 장평은 그녀의 몸을 끌어안았다.

 〈절망한 내가 자포자기하여 멍청한 짓을 하기 전에 말이야.〉

 백리흠의 쓸쓸한 목소리를 떠올리면서.

2장

그 이후, 장평은 백리흠과 관련된 책임자들을 만나 이런저런 논의를 나누었다.

"백리영이 필요하다고 했소?"

동창. 정확히는 백화원의 원장은 불편한 표정이었다.

"임무에 투입하자는 것이오."

월권이자 관할 침범이기 때문이었다.

동창의 최중요 기밀시설인 백화원. 그 책임자 입장에서는 더더욱 불쾌할 수밖에 없었다.

"……무슨 임무에 투입하겠다는 거요?"

그러나 문제는, 상대가 장평이라는 것이었다. 공식적으로는 무림맹의 일개 과장에 불과하지만, 그가 지닌 무형의 영향력은 어마어마했다.

"조언을 해 주기 위함이오? 아니면 간섭하려는 거요?"

용태계가 신뢰하고 미소공주가 전권을 준 이상, 그는 일개 무림인일 수가 없었다.

"……조언을 해 주기 위함이오."

"들은 걸로 하겠소. 더는 논하지 마세요."

사무적이지만 고압적인 장평의 태도에, 백화원의 원장은 이를 악물었다.

'일개 무림인 놈이 시건방지게……!'

그러나, 이 상황 자체가 장평의 권세를 증명하는 것이나 마찬가지였다.

무림인. 그것도 초절정고수라는 위험인물이 황궁에 입궐해 동창의 기밀시설인 백화원의 원장을 대면하고 있지 않은가?

"허락은 이미 상부에서 받아 두었소. 근시일 내로 백리영은 백화원을 나서 임무에 투입될 것이니, 필요한 것이 있으면 미리 조치하시오."

백화원의 원장은 표독스러운 표정으로 말했다.

"그 전에, 확실히 합시다."

"무엇을 말이오?"

"백리영은 미완성이오. 나는 그녀의 임무 투입을 반대하오."

그는 자신이 표할 수 있는 최대한의 불쾌감을 담아 말했다.

"그 미숙함 탓에 실수나 사고가 일어난다 해도, 내겐

어떠한 책임도 없는 것이오."
"그건 내가 알아서 하겠소."
장평은 자리에서 일어났다.

* * *

다음에 만날 것은 서수리였다.
주인을 잃은 조헌의 집의 거실에서, 두 사람은 사무적인 대화를 나누었다.
"상생 언니는 이 임무에 동의했어요."
"청소반의 해방을 위해서?"
"예."
"그녀는 백리흠을 속이는 동시에 백리영을 관리해야 하오. 가능하겠소?"
"백리흠과 백리영이 함께 있는 시간을 줄여보죠. 서당이나 다른 교육을 받는 방식으로요."
"좋소."
"그 전에, 확인받고 싶어요."
서수리는 장평을 바라보았다.
"정말로, 우리에게 자유를 줄 수 있나요?"
"이론상으로는 가능하오."
장평은 담담히 말했다.
"백화요원들의 세뇌는 약물이나 의학적 시술이 동원된 것이 아니오. 그저 반복된 교육과 암시일 뿐이오. 서 소저가 희망을 되찾은 것을 보면, 다른 감정들도 되찾을 수 있을 거요."

"어떻게요?"

"부숴 버리면 되오."

장평은 서수리를 바라보았다.

"당신들의 감정을 억제하는 암시를."

"그게 가능할까요?"

"사람의 말과 가르침이 다른 사람의 마음에 족쇄를 채울 수 있다면, 그 족쇄를 풀 말과 가르침도 있을 것이오. 적어도 나는 그렇게 믿고 있소."

"그 말을 믿어 볼게요."

장평은 고개를 끄덕이며 말했다.

"정말 날 믿는다면, 청소반에 한 가지 부탁하고 싶은 것이 있소."

"그게 뭔가요?"

"청소반을 동창과 황궁에 복귀시키시오."

서수리는 미간을 찌푸렸다.

"우린 거기서 도망치기 위해 청소반이 된 거예요."

"알고 있소. 하지만, 나는 청소반의 도움이 필요하오. 지금 상황에서 내가 믿고 부탁할 사람들이 청소반 뿐이기 때문이오."

"다른 첩보원들도 있잖아요?"

"그들은 내 자원이 아니고, 신뢰할 수도 없소. 나는 신뢰할 수 있는 사람들이 필요하오."

"왜죠?"

장평은 서수리를 바라보았다.

"황궁에서 조만간 변란이 일어날 것이오. 빠르면 여름. 늦으면 겨울이나 내년 봄. 황제 폐하를 비롯한 다수의 고위 황족이 살해되는 대규모 변란이."

"근거는?"

"없소."

"주모자는?"

"모르겠소."

"그럼, 어떻게 그 일이 벌어질 거라고 확신하는 거죠?"

"말할 수 없소."

장평의 문제가 바로 여기서 발생했다. 누가, 그리고 언제 벌인 일인지 알고 있다면 어렵지 않게 막을 수 있었다.

하지만 뒷골목의 낭인이던 '장평'은 황실의 일에 관심이 없었고, 그 때문에 모든 이를 의심하고 대비해야 했다.

그렇기에 장평은 청소반을 끌어들이려는 것이었다.

변란을 일으킬 가능성이 전혀 없는 유일한 집단. 역심을 품는 것이 불가능한, 고장난 충신들을.

서수리는 차분히 말했다.

"예의상 거짓말이라도 해 봐야 하지 않아요?"

"거짓말을 꾸며내긴 쉽지만, 하지 않겠소."

장평은 어깨를 으쓱해 보였다.

"그저, 믿어 주길 바랄 뿐."

서수리와 장평은 잠시 서로를 바라보았다.

밀도 높은 침묵이 흘렀다.

눈으로 상대방의 안색과 눈빛을 관찰하는 동시에, 주장의 허점을 찾아 논파하기 위해 머리가 회전했다.

"……좋아요."

침묵이 흐른 끝에, 서수리는 결국 고개를 끄덕였다.

"어차피 당신을 신뢰하기로 했다면, 끝까지 신뢰해 보죠. 장평 대협 말대로 궁내에 변고가 일어난다면, 그걸 막는 것이 우리들의 소임이기도 하니까요."

"믿어 주어 고맙소."

"만약 궁 내에 개인적인 첩보망을 만들고 싶었던 거라면, 포기하세요. 시해 음모를 제외한 어떠한 첩보도 전달하지 않을 거니까요."

"황제와 황실을 보호하시오. 그 이상 아무것도 요구하지 않겠소."

서수리는 장평을 바라보았다.

"그건 그렇고, 지금의 이 '부탁'은…… 미소공주나 황실과 합의된 사항인가요?"

"아니오. 내 개인적인 판단이오."

"그렇다면 저도 개인적으로 충고하죠. 정말로 변란이 일어날 거라는 확신이 있는 것이 아니라면, 이 부탁을 취소하세요."

"이유는?"

"당신은 지금, 상부의 허락도 없이 황궁에 개인적인 첩보망을 만드는 거예요. 그것도 위험인물들을 복귀시키는 형식으로요."

서수리는 차분히 말했다.

"백리흠을 잊지 마세요. 그저 의심스럽다는 이유만으로 갇혀 있는 사람을요. 그리고, 이번 부탁은 아무리 장평 대협이라 해도 의심 받을만한 일이라는 사실을요."

"알겠소."

"취소할 건가요?"

"황궁으로 복귀하시오."

서수리는 더 이상 아무 말도 하지 않았다.

"그러죠."

그녀는 자리에서 일어났다. 밖으로 걸어 나가던 서수리는 문득 문 앞에서 발걸음을 멈췄다. 잠시 주저하던 그녀는 뒤를 돌아보며 말했다.

"그러고 보니, 인사가 늦었군요. 결혼. 축하해요."

"고맙소."

그녀는 힘없는 목소리로 말했다.

"가능하다면, 제가 그 자리에 있고 싶었어요. 이렇게 축하의 말을 건네는 대신에요."

"언젠가는 가능해질 거요."

서수리의 눈에 희망이 번져나가는 순간, 장평은 온화한 미소를 지으며 말했다.

"서 소저가 자유를 얻고 감정을 되찾는다면, 다른 사람을 사랑할 수 있을 테니까."

잠시 침묵하던 서수리는 희미한 미소를 지으며 말했다.

"그래요. 그때는 저도 사랑할 수 있겠죠."

그녀는 다시 몸을 돌려 걸음을 옮겼다.

"……저를 사랑해 주는 사람을요."

버려진 폐가에, 받아 주는 이 없는 쓸쓸한 말을 흘리면서.

"……."

장평은 잠시 그녀가 흘린 말을 곱씹었다.

어쩌면, 서수리일 수도 있었다.

애국심의 족쇄를 채운 제국이 그녀의 사랑을 집어삼키지 않았다면. 그녀가 나라가 아닌 사람을 사랑할 수도 있었다면, 장평의 곁에 있는 것이 서수리였을 수도 있었다.

함께 했던 시간들이, 달콤한 기억들이 샘솟았다. 이제는 쓸쓸한 서글픔 없이는 떠올릴 수 없는 추억들이.

"……후."

장평은 폐허 한가운데서 탄식을 흘렸다.

오래 품어선 안 될 감정이라면, 버리고 가야 했으니까.

'어쨌건, 준비는 끝났다.'

장평은 자리에서 일어났다.

남은 것은 단 하나.

'이건 좀 편하겠지.'

감금을 지시한 미소공주의 허락뿐이었다.

'어차피, 이미 반쯤은 합의한 상태니까.'

장신구 상인은 귀신처럼 장평이 가는 길에 서 있었다.

두 사람은 당연하다는 듯이 동행했다.

지하의 회의실로 향하는 비밀통로로.

그러나, 그때의 장평은 알지 못했다.

"입실하기 전에, 검은 제게 맡겨 주시지요."

"내 검을?"

"너무 불쾌하게 생각하지는 마시지요."

장신구 상인이 과하게 친절한 미소를 지으며 무장해제를 요청하기 전까지는 도저히 짐작할 수 없었으니까.

"그저, 보안 규정이 변경되었을 뿐이니까요."

그가 이미, 신뢰를 잃었다는 사실을.

* * *

미소공주는 늘 그렇듯이 그 자리에 앉아 있었다.

비밀 회의실의 어둠을 슥 훑어본 장평은 무미건조한 목소리로 말했다.

"호위가 늘었군요."

"나도 잘 알고 있다. 호룡단이 몇이건, 네 앞에서는 별 의미 없다는 것은."

미소공주는 피곤한 표정으로 말했다.

"그저, 황제 폐하의 배려를 떨쳐내지 못했을 뿐이다."

"그러시겠지요."

장평은 의자에 앉았다. 그는 한층 위의 돌옥좌에 앉은 미소공주를 올려다보았다.

"제가 의심스러우십니까?"

"나는 모든 사람을 의심한다. 우리 같은 부류의 사람들이 응당 그래야 하듯이."

"이유를 말씀해 주십시오."

"경호 체계를 바꿨을 뿐이다."

"공주님."

장평은 착 가라앉은 눈빛으로 미소공주를 바라보았다.

"이유조차 말하지 않으실 거라면, 더는 묻지 않겠습니다. 제가 묻지 않기를 바라십니까?"

순간적으로 미소공주의 눈동자가 흔들렸다.

그러나, 그것도 잠시. 그녀는 변함없는 말투로 말했다.

"……그래."

"알겠습니다."

장평은 차분한 태도로 말했다.

"백화원과 청소반은 합의를 했습니다. 백리흠을 석방한다면, 그의 가족으로서 행동할 것입니다."

"백리영이 미숙하다는 보고가 있었는데."

"상생이 관리할 겁니다. 함께하는 시간을 줄이고, 추가 훈련을 진행하는 방식으로요."

"그럼, 결국 문제는 원점으로 돌아가는군."

백리흠을 풀어주냐 마느냐.

아니, 백리흠을 믿느냐 마느냐.

신뢰의 문제였다.

"신뢰하실 수 없으십니까?"

백리흠은 변함이 없었다.

변한 것은 단 하나.

"그를 풀어주려는 제 의도를?"

이젠, 장평 본인에 대한 신뢰가 흔들리고 있었으니까.

* * *

"그렇다."

미소공주의 말에, 장평은 건조한 목소리로 말했다.

"백리흠을 풀어주는 것은 이미 논의가 끝난 일이라 생각했습니다만."

"조룡어사가 황권의 대리자로서 내린 명에 동의했을 뿐이다. 하지만, 실제 황명이 내려온다면 굳이 대리인의 말을 따를 필요가 있을까?"

"요점을 말씀해 주십시오."

"그를 풀어주지 않을 것이다."

"그렇다면 석방에 조건을 붙이는 것은 어떻겠습니까? 함께 논의한다면 안심하실 수 있는 환경을 만들 수 있을 겁니다."

"논의도, 협상도 없을 것이다. 그는 갇혀 있을 것이다."

"어째서요?"

"너무 많은 것을 알고 있다."

"그게 문제라면, 그보다 위험한 사람이 있지 않습니까?"

장평은 등받이에 몸을 기댔다.

"저는 백리흠보다 훨씬 많은 것을 알고 있습니다. 마교에 대해서도, 무림맹과 황실에 대해서도요."
"잊지 않았다."
장평은 피로감을 느꼈다.
"후……."
이런 대화를 무한히 반복해 봤자, 결실은커녕 끝조차 없으리라는 것을 깨달았기 때문이었다.
"평소와는 다르시군요. 뭐가 바뀐 겁니까?"
"바뀐 것은 없다."
"그럼 제가 바뀐 거로군요."
장평은 지친 목소리로 물었다.
"제가 신뢰를 잃었습니까?"
"대답하지 않겠다."
"무의미한 시간 낭비는 그만하고 싶군요."
장평은 차분히 말했다.
"제가 사직하길 바라신다면, 명하시면 됩니다. 맹주님과 공주님의 신뢰를 제외한 그 어떠한 것도 가진 것이 없으니, 거두시면 끝입니다."
"너를 무림에 풀어 놓지도 않을 거다."
"위험하니까요?"
"그래."
"척착호나 호연결에 대해서는 정보가 있으니, 나름대로 저항할 수 있을 겁니다. 그 와중에 예상 밖의 인명 피해가 생길 수도 있고요. 절 처리하시려면, 맹주님을 부르시는 것이 확실할 겁니다."

"협박처럼 들리는구나."

"절 죽이라는 말조차도 거부하신다면, 제가 무슨 말을 해야 할지 모르겠군요."

장평은 지친 목소리로 말했다.

"이젠 슬슬 말씀하시지요. 진짜 문제가 무엇인지를."

"너에 대한 신뢰를 잃었다."

"계기가 무엇입니까?"

"넌 내 허락 없이 청소반과 거래를 했다. 그리고, 청소반을 황궁에 복귀시키고 있다."

"안 그래도 경고해 주더군요. 황궁에 개인의 첩보망을 까는 걸로 생각할 수 있다고요."

"이유를 말해라."

"황궁에서 변고가 생길지도 모릅니다. 그걸 막기 위해 부탁을 했습니다."

"무슨 변고지?"

"저도 모릅니다. 제가 아는 것은, 그럴 가능성이 있다는 것뿐입니다."

"근거는?"

"말할 수 없습니다."

미소공주는 굳어진 얼굴로 말했다.

"황궁에 개인적인 첩보망을 설치하는 사람의 설명치고는 부실하기 짝이 없구나."

"압니다."

"그럼 설명해 봐라."

"믿지 않으실 겁니다."
"말해라."
"무의미합니다."
"말해라. 장평!"
그 순간, 미소공주는 격노하여 외쳤다.
"너는 왜 내겐 아무것도 말해 주지 않는 것이냐?! 대체 왜!"
장평의 눈에 비친 미소공주는 무언가와 겹쳐 있었다. 그때, 동정호에서 아무 대답도 듣지 못했던 사람이. 신뢰하고 싶었던 사내에게, 의지하고 싶었던 사내에게 거절당했던 여자가 이 자리에서 함께 외치고 있었다.
"나는 너에게 많은 것을 허락했다. 내가 줄 수 있는 모든 것을 주었어! 그런데 너는, 고작 대답 하나조차도 주지 않았어!"
그날, 그 순간부터 아물지 않은 상처. 그저 덮어두기만 한 탓에 이젠 곪아 버린 감정이 이성의 둑을 넘어 범람했다.
"한마디만 해 주면, 많은 것이 바뀌었을 텐데. 거짓말이라도 좋으니 한마디만 해 주었다면!"
"그 한마디 말을 했다면."
장평은 차분한 목소리로 말했다.
"저를 사랑하실 수 있었겠지요."
미소공주의 가는 몸이 화살을 맞은 사람처럼 휘청거렸다.

"……뭐?"

그녀는 이를 악물고 입술을 깨물었다. 미소공주는 그야말로 피가 흐르는 목소리로, 배신감이 가득한 눈빛으로 장평을 바라보았다.

"알고…… 있었어……?"

"예."

"……언제부터?"

"동정호. 제게 대답을 요구하시던 그 순간부터요."

미소공주는 그 자리에 풀썩 주저앉았다.

"왜?"

묻는 이와 답해야 할 이가 바뀌었다.

장평은 씁쓸한 표정으로 말했다.

"답할 수 없었기 때문입니다."

장평은 미소공주의 마음을 잘 알고 있었다.

처음엔 소모품으로 쓰려고 무림맹에 들였고, 백면야차의 정체를 꿰뚫은 순간 동료로 여겼음을. 누구도 의지할 수 없는 첩보원으로서의 삶 속에서, 어느새 장평에게 의지하게 되었음을.

의지하고 싶은 마음은 오래 지나지 않아 더 깊은 감정으로 숙성되었음을.

"제 정체를 설명할 수 없기에, 그 마음 또한 외면할 수밖에 없었습니다."

잘 알고 있었다.

장평이 동정호에서 거절했던 것은 단순히 대답뿐만이

아님을. 한 여자가 조심스럽게 드러낸 소박한 연심을 밀쳐낸 것임을.

마주하기 불편한 감정이니 덮어두려 했을 뿐, 잘 알고 있었다.

"알면서도…… 거절한 거야?"

그리고 미소공주 용윤도 이제 알게 되었다.

장평이 아무것도 모르고 밀쳐낸 것이 아니었음을. 그녀의 마음을 알면서도 거절했다는 것을.

"왜? 왜 내게만 그렇게 냉정한 거야?"

빈틈없던, 아니 빈틈을 보이지 않으려 노력하던 첩보계의 수장은 어디에도 없었다. 배신감에 무너진 한 여인의 흐느낌이 있을 뿐.

"다른 여자들에겐 그렇게 쉽게 몸도 마음도 주면서, 왜 내겐 대답조차도 주지 않는 거야?"

"대답할 수 없었기 때문입니다."

"거짓말이라도 하지 그랬어? 넌 거짓말 잘하잖아. 나도 속여 넘길 수 있었잖아."

"발각되지 않는 거짓말은 없습니다. 훗날 더 큰 문제가 될 뿐입니다. 공주님과 저는 이후로도 협력해야 하기에, 거짓말을 하고 싶지 않았습니다."

장평의 말은 정론이었다.

그저, 잔인할 정도로 냉혹했을 뿐.

"……장평!"

격렬한 배신감이 담긴 용윤의 울부짖음에는 살의마저

실려 있었다.

"……."

그 순간, 어둠 속에 머무르던 살인기계들이 명령권자의 살의를 인지했다. 평소보다 많은 여덟 명의 절정무사들은 그녀의 살의를 실현하기 위해 몸을 날렸다.

'호롱반?!'

무공이 낮은 용윤은 그들이 몸을 날린 뒤에야 상황을 파악했다.

"멈춰! 호롱반! 죽이라고 명령한 게 아니야!"

용윤의 명령은 너무 늦었다.

'온다.'

그러나, 장평은 늦지 않았다.

〈난전이거나 적에게 포위 당했을 때, 적들의 위치와 무기의 사정거리, 그리고 속도를 기억하는 거요.〉

그는 주변을 돌아보며 여덟 그림자 모두를 확인했다.

〈그러면 어디가 생지(生地)이고 사지(死地)인지를 계산할 수 있게 되지.〉

하늘이 내리고 실전이 벼린 것이 척착호의 전투 본능. 장평에게는 그와 같은 본능적인 움직임은 불가능했다.

〈내 움직임으로 사지를 생지로 만들 수도 있고 말이오.〉

그저, 계산할 수 있을 뿐.

장평은 반보 움직이며 몸을 뒤틀었다.

앞선 적과 늦은 적들의 경로가 서로 겹쳤고, 그들은 충돌을 피하기 위해서 서로 속도를 조절했다.

전열과 후열이 갈렸다.

'이제, 상대해야 할 것은 넷.'

타악!

제일 처음 부러트린 것은 반사광을 막기 위해 어둡게 칠한 극(戟)을 쥔 절정고수였다.

장평은 손을 뻗어 극의 중간 부분을 부러트렸다. 부러진 극은 흔들려 겨냥이 빗나갔고, 장평은 다음 공세 전까지 극 무사의 몸으로 자신을 가렸다.

'다음은 장검.'

장평은 발을 뻗어 검수의 손목을 찼다.

우득!

뼈가 부러지는 둔탁한 소리와 함께, 비반사 처리된 장검이 허공으로 날아갔다.

장평은 그 검을 쥐는 동시에, 대도의 일격을 검신 위로 미끄러트리며 흘려보냈다.

채앵!

그러나, 장평은 대도무사를 그냥 스쳐 지나가게 놔둘 생각이 없었다.

퍼억!

대도무사의 뒷덜미에, 검의 손잡이가 내리 찍혔다.

쿠웅!

대도무사가 바닥에 꽂히는 것과 동시에, 장평은 좌권으로 검수의 복부를 후려쳤다.

파괴력을 줄이고 반동을 줄인 파쇄권이었다.

'네 번째.'

네 번째로 달려드는 권법가 너머로, 암기가 날아왔다. 어둡게 칠한 세침(細針). 아마도 독이 칠해져 있을 암기였다.

발견이 어렵지, 발견한 이상 튕겨 내는 것은 어렵지 않았다.

그러나, 장평은 튕겨 내는 대신 일부러 손잡이를 내밀어 세침을 받아냈다.

'다섯 번째.'

검을 내던진 장평이 권법가의 옷소매를 틀어쥐고 내던지려는 순간이었다.

"멈춰! 호룡단! 죽이라고 명령한 게 아니야!"

용윤의 뒤늦은 명령에, 호룡단이 일제히 움직임을 정지했다. 그들은 일사불란한 움직임으로 어둠 속으로 되돌아갔다.

침묵과 어둠 속에서, 장평은 옷매무새를 가다듬었다.

'끝났구나.'

그 순간 용윤은 깨달았다.

그녀의 풋사랑도, 장평과의 관계도 끝났다는 것을. 용윤의 가슴 깊이 묻어두었던 연심이 드러난 이상, 두 사람은 더 이상 예전과 같을 수 없다는 것을.

"……네 아내는. 남궁연연은 나와 달라?"

"예."

"뭐가?"

"제가 답할 수 없는 것을 묻지 않습니다."

"그렇구나. 처음부터 묻지 말았어야 했던 거구나."

쓴웃음을 지은 그녀는 풀어헤친 머리카락과 흐트러진 옷매무새를 정리했다.

"그래도 나는…… 네가 진실을 말해 주길 원했어. 거짓말 속에서 살아가야 하는 우리들에게, 진실보다 소중한 것은 없으니까."

"압니다."

"그래. 잘 알겠지. 너는 장평이니까……."

용윤은 눈물을 닦으며 말했다.

"물러나도 좋아. 장평. 아니. 나가 줘."

"공주님."

"부탁이야. 내게 시간을 줘."

용윤은 장평을 내려다보며 말했다.

"내 감정을 추스를 시간을."

"……."

장평은 용윤을 올려다보았다.

잠시 침묵하던 그는, 단상을 오르는 계단을 천천히 올랐다.

용윤은 입술을 깨물며 말했다.

"……오지 마."

장평은 대답하지 않았다.

애써 침착함을 되찾았던 용윤의 눈동자가 흔들리기 시

작했다.

"……오지 말라고 했잖아."

장평은 대답하지 않았다.

더 이상 잡아 둘 수 없던 눈물이 용윤의 두 볼을 따라 흘러내리고, 장평이 손만 뻗으면 그 눈물을 닦아 줄 수 있는 거리에 닿을 때까지.

"……하지 마."

용윤은 흐느끼며 말했다.

"내게 아무 관심 없으면서 날 위로하는 척 하지마. 굳이 네가 더해 주지 않아도, 내 인생에 거짓말은 차고 넘치니까."

장평은 한쪽 무릎을 꿇고 앉았다.

그는 손수건을 꺼내 용윤의 두 볼을 닦아 주었다.

"이러지 마."

닦아 내는 것 이상으로 눈물이 흘러넘쳤다.

용윤은 이 손길을 거부하고 싶지 않다는 사실에 수치심을 느꼈다.

"가. 제발 부탁이니 나가 줘. 더 이상 네게 추한 모습을 보이고 싶지 않아."

그녀는 고개를 돌리며 흐느꼈다.

"네 상관으로서라도 널 다시 볼 수 있게, 내 밑바닥을 더 이상 보지 말아줘……."

장평은 조용히 말했다.

"제 정체가 아직도 궁금하십니까?"

"이제 와서 그게 무슨 의미가 있겠어? 네가 누구건, 제국은 너를 버릴 수 없는데."

"제국이 아닌, 미소공주님께 묻는 것입니다."

눈물을 닦던 장평의 손이 용윤의 볼을 덮었다. 무부의 거친 손바닥이었지만, 거짓말처럼 부드러운 손길이었다.

"동정호에서 받았던 질문에 답할 수 있다면, 되돌릴 수 있는 겁니까?"

"이제 와서 답할 필요는 없어."

"필요는 없겠지요. 하지만……."

장평의 손은 부드럽게 용윤의 고개를 돌렸다. 혼란스러운 그녀의 눈동자를 보며, 장평은 차분히 말했다.

"답하고 싶습니다. 제 대답이 미소공주님의 상처를 아물게 할 수 있다면, 대답해드리고 싶습니다."

"왜?"

"더 이상 동정호에서의 장평이 아니니까요."

이해득실을 따진다면, 여전히 비밀을 지키는 것이 합리적이었다. 용윤이 자신의 말을 믿는다면 위험요소가 늘어날 뿐이고, 믿지 못한다면 조롱으로 여길 뿐이었다.

그러나, 장평은 말해 주고 싶었다.

가슴 속에 옮겨붙은 작은 불씨가, 장평에게 사람을 믿어 볼 용기를 주고 있었다.

"그럼…… 대답해 줘. 장평."

주저하던 용윤은 조심스럽게 속삭였다.

"네 정체가 대체 뭔지를."

그래서 장평은 차분히 말할 수 있었다.

"저는, 회귀자입니다."

영원히 감춰두려 했던 진실을.

용윤은 혼란스러운 표정을 지었다.

"회귀? 그게 대체 무슨 소리야?"

장평은 간략하게 설명했다.

"자신에게는 전생의 기억이 있습니다. 그리고 그 기억들을 이용하여 지금의 성공을 이뤘지요."

"……."

"믿기 힘든 이야기임은 압니다. 거짓말로 생각하셔도 상관없습니다."

"……허황된 이야기야."

용윤은 차분함을 되찾고 말했다.

"하지만, 너에 대한 의문점들을 해소할 수 있는 유일한 답이기도 하고."

"믿으시는 겁니까?"

"믿을 거야. 믿을 만한 이야기이기도 하고……."

용윤의 눈동자는 편안함과 호감이 듬뿍 담겨 있었다.

"믿고 싶은 사람이 들려 준 대답이니까."

어쩌면, 한 번은 찢겨졌던 연심마저도.

"그거 다행이군요."

장평은 복잡한 기분이 들었다.

신뢰해서 다행이라는 생각과, 차라리 허무맹랑한 거짓말이라고 일축하는 편이 더 편했을지도 모르겠다는 모순

된 생각이.

"그렇다면 청소반을 황궁에 복귀시킨 것도, 전생의 기억 때문이야?"

"예."

장평은 고개를 끄덕였다.

"황궁에 변란이 있을 겁니다. 황제 폐하는 물론이고 피휘해야 할 정도의 고위 황족은 모두 몰살 당하는 대혈겁이요."

"……확실해?"

"시정잡배 시절에 풍문으로 들었을 뿐이라 세부적인 사항은 모릅니다. 그저, 다음 황제가 새로 지은 이름이 용견이라는 것밖에요."

"피휘하기 전의 이름이 용견이 아니라, 피휘한 다음의 이름이 용견이라고?"

"예."

"피휘하지 않을 정도의 방계 황족이라."

용윤은 골똘히 생각에 잠겼다.

"그렇다면, 누군지 모르는 거나 마찬가지네?"

"제 결론도 같습니다. 그래서 청소반을 황궁에 투입시킨 겁니다."

"합리적인 판단이네. 청소반은 절대로 황제를 죽일 수 없는 첩보원들이니까."

"문제는, 근거를 말할 수 없다는 점이지요."

첩보원들은 지극히 현실적인 사람들이었다.

그들 중 누가 괴력난신의 극치인 회귀 따위를 귀담아듣 겠는가?

거짓말로 이뤄진 사회의 일원답게, 회귀 또한 흔한 거 짓말 중 하나로 여길 터였다.

"알았어. 그럼 방계 황족들에 대해서 조사를 좀 해 볼 게. 그들을 허수아비로 삼아 궁내를 뒤엎을만한 세력을 가진 권신들도."

"허수아비?"

"황제라고 해서, 늘 실권을 지니고 있는 건 아니니까."

장평이 미처 생각하지 못한 부분이었다.

"그렇군요."

장평은 미묘한 기분으로 물었다.

"제 말을 믿으시는 겁니까?"

"그래."

"제가 회귀했다는 것을 믿는다 해도, 제 말이 진실이라 는 보장은 없지 않습니까?"

"확실히, 그날 동정호에서 이 얘길 들었다면 네 말을 믿지 못했을지도 몰라. 하지만 네가 이뤄낸 업적들을 보 면, 회귀라는 것을 했다는 말이 신뢰가 가지. 신뢰하고 싶기도 하고."

용윤은 착잡한 표정을 지었다.

"그저 순수한 능력만으로 이 모든 것을 이뤄냈다면, 그 거야말로 두려운 일이지. 네 능력이 천하를 쥐락펴락한 다는 뜻이니까."

"저는 그 정도로 유능하지 않습니다. 회귀하기 전에는 흔해 빠진 일급 첩보원에 불과했으니까요."

"아니. 회귀와는 별개로, 네 순발력과 판단력은 범상치 않아. 오히려 전생의 네가 능력을 제대로 평가받지 못한 것이겠지."

용윤은 거짓 없는 목소리로 말했다.

"어쨌건, 지금의 너는 '백면야차'라는 적과 싸우고 있다는 거지? 마교의 부교주를 자처하는 무림맹 내부의 배신자를?"

"예."

"그게 누구인지 알아?"

"전생에는 알지 못했고, 현생에서는 찾지 못했습니다. 그저, 단편적인 정보들만을 가지고 있을 뿐이지요."

"용의자는?"

"맹목개. 화선홍. 그리고 백리흠이었습니다."

"앞의 둘은 아닐 거야."

"저도 그렇게 생각합니다."

맹목개는 용태계의 '심복'이었고, 화선홍은 의술 이외의 것에 별 관심이 없었다.

"그래서 백리흠을 풀어주려 했던 거야? 그가 '백면야차'일 수도 있으니까?"

"그 이유만은 아니었지만, 염두에 두고 있었습니다. 그가 순순히 황궁과 무림맹이 있는 북경에서 멀어진다면……."

"……백리흠은 '백면야차'가 아니라는 것이 증명되는

셈이지."

용윤은 장평을 바라보았다.

"알았어. 청소반 쪽의 준비가 되는 대로 그를 석방하자. '백면야차'일 가능성이 있는 자를 북경 안에 둘 수는 없으니까."

"예."

"하……."

용윤은 깊고 진한 한숨을 내뱉었다. 짙고 질척한 감정들을 가슴 속에서 털어 내는 듯한 한숨이었다.

"……그동안, 너에 대해 많은 생각을 했었어. 네 정체가 뭐길래 대답하지 않는지. 네 진짜 목적이 뭐길래 나한테까지 비밀로 하는지를. 모든 가능성을 염두에 두고 분석했었어."

그녀는 복잡한 표정으로 말했다.

"하지만…… 회귀라니. 정말이지 상상도 못 했어. 그리고, 내가 괴력난신에 귀를 기울이게 될 줄도 몰랐고."

"공주님……."

"용윤이라고 불러줘."

용윤의 섬섬옥수가 장평의 손을 덮었다.

그녀의 볼을 덮은 두꺼운 손바닥을.

"하다못해, 둘이 있을 때만이라도."

"화는 풀리신 겁니까?"

"그래."

"신뢰는요?"

"회복했어."

"다행이군요."

"정말 다행이라고 생각해?"

용윤의 깊은 눈이 장난스러움으로 빛났다.

"내 연심도 되살아났는데?"

"……네?"

난처한 표정의 장평을 보며, 용윤은 웃었다.

"천하의 장평이 이런 모습도 다 보이네? 예상 못했어?"

"배신감이 더 클 거라고 생각했습니다."

"그래서 복수하고 있잖아. 널 난처하게 만드는 걸로."

"……용의 피가 흐르는 금지옥엽께서 어찌 함부로 몸을 다루십니까?"

"왕후장상의 씨가 따로 있어? 태조께서도 처음에는 반란군의 말단 병졸로 시작했는데?"

"어……."

그 누구도 반박할 수 없는 말이었다.

왕후장상인 용윤의 입에서 나온 말이기에.

뭔가를 말해 보려는 장평을 보며, 그녀는 교활한 미소를 지었다.

"넌 날 아내로 맞아야 할 거야. 내 입을 막아야 하니까. 그리고, 난 네 아내가 될 거야."

용윤은 손을 뻗어 장평의 귀를 잡았다. 그녀는 장평의 귀를 끌어당기며 속삭였다.

"내가, 그럴 거라고 정했으니까."

수세에 몰린 장평은 변명처럼 말했다.

"저는 아내가 있습니다."

"둘째 아내가 되면 되지. 세상에 아내 여럿인 사내가 한둘이야?"

"아니, 하지만 저는……."

"알아. 아버님께서는 젊을 적에 상처(喪妻)하신 이후 재혼하지 않으셨지."

장평은 그녀가 장대명을 은근슬쩍 '아버님'이라고 불렀다는 사실을 놓치지 않았다.

'누가 오누이 아니랄까 봐…….'

빈틈만 보이면 호형호제하려 드는 용태계와 마찬가지였다.

"아버님은 좋은 남편이고 좋은 아버지시지. 그런 면모는 존경하지만, 아버님은 아버님이고 너는 너야. 네가 그런 면까지 닮을 필요는 없어."

"……."

"알아. 지금 당장 대답하기 힘든 거. 네 아내와도 의논을 해야 할 테니까. 시간을 줄게. 다시 보기 전까지 진지하게 생각해둬."

용윤은 화사한 미소를 지으며 말했다.

"입막음을 위해 날 죽이고 역적이 되던가, 아니면 날 아내로 삼고 백년해로 하던가."

"……알겠습니다."

"그리고, 백리흠과 청소반에 대한 일은 네게 전권을 줄게. 정리되는 대로 보고하러 와."

"언제까지요?"

"내일까지."

"청혼에 대한 답변은……."

"그전에 준비해 둬야겠지?"

장평은 혼란 섞인 심란함을 느꼈다.

'어쩌다 이렇게 된 거지?'

배신감에 흐느끼고 다가오지 말라며 밀쳐내던 여자가, 순식간에 암사자로 돌변해 장평의 목줄기를 찍어 누르고 있었다.

대역죄인이 되기 싫으면 자길 아내로 삼으라는 협박을 하고 있었다.

"가도 좋아. 장평. 가서 네가 해야 할 일들을 해."

용윤은 미소를 지었다.

상큼하고 청량하지만……

"내 남편이 되기 전에, 해결해야 하는 일들을."

……숨 막힐 듯한 압박감이 느껴지는 미소를.

* * *

"……후."

터털터털 비밀통로의 계단을 오르며, 장평은 쓴웃음을 지었다.

'그럭저럭 잘 해결된 셈…… 인가?'

적으로 돌리기엔 위험한 상대를 동료. 아니, 동지(同志)로 만들었다.

용기를 내어 회귀라는 비밀을 털어놓은 덕분이었다. 냉정하고 교활한 이성 대신, 가슴에 옮겨붙은 불씨에 귀를 기울인 덕분이었다.

이제, 미소공주. 아니, 용윤은 장평이 의지할 수 있는 가장 든든한 조력자가 될 것이었다.

'……새 장가를 들게 되었지만.'

장평은 한숨을 내쉬었다.

"후……."

비밀통로의 출구에서는 장신구 상인이 기다리고 있었다.

"생각보다 빨리 돌아오셨군요."

붙임성 좋은 미소와 친근한 말투. 장신구 상인이 애용하는 '가면'이었다.

장평 또한 자신의 가면을 쓰며 물었다.

"용윤이 날 경계하게 만든 것이 자네인가?"

장평은 일부러 미소공주를 이름으로 불렀고, 장신구 상인 또한 그 의미를 이해했다.

"보아하니, 얘기는 잘 풀리신 것 같군요."

"그래. 너무 잘 풀려서 문제지."

"잘 안 풀려서 생기는 곤경이, 안 풀려서 생기는 곤경보다는 낫지 않겠습니까?"

"물론 그렇지."

장평은 차분한 목소리로 말했다.

"그건 그렇고, 내 질문에 대해 아직 대답을 하지 않은 것 같네만."

"저는 늘, 제 본분을 다할 뿐입니다."

장신구 상인은 붙임성 좋은 미소를 띤 채 말했다.

"주제넘은 행동이긴 했지만, 직언을 명하시니 따를 수밖에요."

"정말 용윤을 위해 네 의견을 말했나?"

"저는 늘 제 본분을 다할 뿐입니다. 이미 명령이 있었다면, 판단은 제 몫이 아닙니다."

"네 본분은 뭐지?"

장신구 상인은 잠시 멈칫했다.

그러나, 장평은 이미 청소반과 백화요원에 대해 알고 있는 몸.

감춰 봤자 의미가 없었다.

"제 주군을 보필하는 것입니다."

"나는 용윤에게서 전권을 받았다. 백리흠은 물론, 청소반과 거래하는 것에 대한 전권을. 네 주군의 일을 맡은 내게 도움이 될만한 조언이 있나?"

장신구 상인은 갈등했다.

용윤에 대한 충성심과 제국에 대한 애국심이 충돌했기 때문이었다.

"……필요하다면, 그들을 이용하십시오. 그리고 가치를 다하면 토사구팽하십시오. 백리흠과 청소반 모두를요."

장신구 상인의 말은 팁팁했다. 그의 짧지 않았던 숙고만큼이나.

"청소반에는 지인이 있지 않나?"

"감정은 사치입니다. 여유가 있을 때만 품는 것입니다. 이 사안은 빈틈이 별로 없습니다."

"그런가……."

장평은 문득, 장신구 상인에게서 자신의 옛 모습을 겹쳐 보았다.

가슴에 불씨가 옮겨붙기 전. 오직 이성만을 신봉하며 여유가 있을 때만 감정을 허락하던 자신의 모습을.

"그 판단이 틀렸기를 바랄 수밖에."

"저도 제가 틀렸기를 바라겠습니다."

장신구 상인은 비밀통로로 걸어 내려가며 말했다.

"대협의 존재가, 제 주군이 감당해야 할 짐이 되지 않기를요."

* * *

용태계는 의자에 앉아 있었다.

쭉 뻗은 두 다리를 책상 위에 얹은 불량한 모습으로, 중원에서 가장 높은 건축물인 무림맹의 맹주실에 앉아 있었다.

원한다면, 그는 모든 것을 들을 수 있었다.

북경 안에 머무는 모든 사람의 속삭임을 들을 수 있었

고, 무림맹 안에 있는 모든 심장 박동도 느낄 수 있었다.

그래서, 용태계는 노력해야 했다.

듣지 않고, 느끼지 않기 위해서.

자신의 정신은 물론, 다른 이들의 자유를 보장하기 위해서는 그래야만 했다.

그러나, 듣지 않기 위해 노력하는 것은 쉬운 일이 아니었다.

듣기 위해 노력하는 것보다 훨씬 더.

〈주군.〉

감각을 닫은 용태계가 거부하지 않는 속삭임은 단 하나뿐이었다.

"누굴 찾는 거지? 난 네게 주군이라 불릴 이유가 없는데?"

〈제 주군이 주군 말고 또 있겠습니까?〉

자유롭게 살라는 명령을 내렸음에도, 자신을 섬길 자유를 선택한 자. 용태계의 '심복' 맹목개의 혼잣말뿐이었다.

용태계는 쓴웃음을 지었다.

맹목개를 대할 때마다, 용태계는 권력의 허망함을 느끼곤 했다.

"그건 그렇고, 형이라고 불러 달라는 부탁은 대체 언제쯤 받아 줄 것인가?"

〈명령이시라면 지금 당장이라도 그리 부를 겁니다.〉

"그게 무슨 의미가 있겠나……."

한 사람의 마음을 꺾어 '심복'으로 양성하는 것은 쉬운 일이었지만, 한번 길들여진 '심복'에게 자유를 주는 것은 불가능했다.

자신의 명령조차 되돌리지도 못한다면, 그 권력을 어찌 절대권력이라 부를 수 있겠는가?

모순이었다.

권력 그 자체의 한계를 증명하는 모순.

"그래. 무슨 일이지?"

〈청소반이 황실에 복귀하고 있습니다. 황궁으로 재배치 되고 있습니다.〉

"청소반이 황궁에 복귀했다고?"

〈단순히 복귀한 정도가 아닙니다. 그들은 궁내 요인들에 대한 사찰 작업에 들어갔습니다. 황궁 내의 병력들은 물론, 동창의 요인들까지 포함한 광범위한 사찰을요.〉

용태계는 미간을 찌푸렸다.

"갑자기 왜?"

〈자세한 정황은 모르겠지만, 청소반이 장평의 영향력 아래로 들어간 것 같습니다.〉

"장평이 시켰다고?"

〈예.〉

"위험한 일을 벌이는군……."

청소반을 흡수한 것도 이미 위험한 일이거늘, 황궁 내에 첩보망을 깔다니.

무림인으로서는 물론, 신하로서도 선을 넘는 일이었다.

누군가가 보호하지 않는다면, 지금까지의 행동만으로도 역적으로 몰리기에 충분했다.

"미소는?"

누군가가 보호하지 않는다면.

"미소가 허락한 일인가?"

〈정황을 봐서는 그런 것 같습니다.〉

"그렇다면 장평의 행동에 미소도 납득했다는 건데……."

용태계는 고개를 갸웃거렸다.

"어떻게? 그리고 왜?"

〈모르겠습니다.〉

"궁내에 수상한 조짐은 없었나?"

〈제 정보망 내에서는 없습니다.〉

맹목개는 차분히 물었다.

〈청소반과 첩보전을 벌일까요?〉

"아니. 됐어. 그냥 놔둬."

〈괜찮으시겠습니까?〉

"미소가 납득했다면, 그럴만한 근거가 있는 일이겠지. 장평의 판단을 믿어 보자고."

용태계는 느긋한 표정으로 말했다.

"그의 예감은 틀린 적이 없으니까."

* * *

십만 대산. 혹은 샴발라.

사람에 따라 달리 부르는 그 험악한 산지에는, 크고 작은 평탄한 분지들이 숨겨져 있었다.

그 분지 중 하나는 무인들과 전쟁을 다루는 자들을 위한 땅.

성전 사령부(聖戰 司令部)였다.

중원인들은 존재조차 모르는 그 비처에, 오래간만에 그 군주가 착좌(着座)하였다.

과학자들의 수호자이자, 성전의 지휘관. 진리를 찾아 보금자리를 박차고 나온 무적자들을 보호하는 집주인이자 무공과 전쟁의 교수.

십만대산의 샤. 일 무르자.

혹은, 천마 일물자라고 불리는 사내가.

내면에서부터 성스러운 서기(瑞氣)를 발하는 그의 앞에는, 두 사람이 서 있었다.

"나의 동기. 변함없는 북궁산도여. 오랜 벗과의 재회에 반가움을 감출 수 없겠군."

"물자, 당신도 잘 지냈어요?"

"또 물자라고 부르는군."

일물자는 소탈한 미소를 지으며 말했다.

"일 무르자나 일물자 둘 중 하나만 해달라고 하지 않았던가?"

"애칭이에요. 애칭."

북궁산도는 생글생글 웃었다.

죄를 청하듯이 무릎을 꿇고 부복한 파리하와는 달리.

일물자는 그녀를 보며 물었다.

"파리하. 본교의 자랑인 필두 대마가 어찌하여 무릎을 땅에 맡기고 있느냐?"

"제 죄를 알기 때문이에요. 교주님."

"무엇이 죄란 말이냐?"

일물자가 가볍게 손짓하자, 부드럽지만 거부할 수 없는 힘이 파리하를 일으켜 세웠다.

"너보다 유능한 자를 만난 것이? 아니면 그에게 패한 것이? 이기고 지는 것은 언제나 있을 수 있는 일이다. 오히려 네가 그간 상승(常勝)한 것이 칭송받아 마땅한 것이지."

"저는 죄인이에요. 교주님."

파리하는 입술을 깨물며 말했다.

"혈조대마 제갈염이 평생에 걸쳐 구축한 첩보망을 소실했어요. 동정호에서의 실패 때문에, 중원에서의 모든 영향력을 잃었어요. 새로이 첩보원을 심는 것도, 중화에 타격을 입히는 것도 실패했어요. 그리고 저는…… 저는……."

자상한 일물자의 미소와는 달리, 파리하는 울 것 같은 표정으로 말했다.

"……저는, 필두 대마로서 중원 전선의 책임자인 저는. 중원인의 말에 마음이 꺾였어요."

"그래. 네 얼굴과 목소리에서 두려움과 혼란스러움이 느껴지는구나."

"저를 벌해 주세요. 교주님."

"파리하. 총명하고 용감한 내 딸아. 네가 품은 감정을 외면하지 말거라. 처벌로서 도망치려 하지 말고, 용기를 내어 직시하거라."

일몰자는 부드럽게 물었다.

"두려움과 혼란 둘 중 무엇이 더 너를 괴롭게 만드느냐?"

"혼란스러움이에요. 저는, 왜 우리가 동방의 사람들과 싸워야 하는지 의심하기 시작했어요."

파리하는 솔직하게 털어놓았다.

"우리는 현자이고 과학자인데, 왜 저들과는 오직 증오와 폭력으로만 교류해야 하나요?"

장평에게 받았던, 가장 예리한 일격을.

* * *

창문 너머에서 햇볕이 들어오고 있었다.

까슬한 수염에 봉두난발. 피폐한 몰골의 한 사내가 볕에 의지해 글을 쓰고 있었다.

"……으흠."

작지만 분명한 헛기침 소리.

사내. 백리흠은 조용히 말했다.

"들어오게."

감금된 그를 찾아올 사람은 드물었고, 그중에서 예의를

갖출 사람은 하나밖에 없었다.

　장평은 문을 열고 안으로 들어왔다.

　"앉게."

　백리흠과 장평.

　누구도 알아서는 안 되는 비밀을 밝혀낸 두 첩보원이 서로를 마주 보았다.

　"아내를 얻었다는 얘기는 들었네. 축하가 늦은 것을 사죄하지."

　"어차피 예식도 없이 몸만 합쳤을 뿐입니다. 축하의 말씀만으로도 충분합니다."

　"백년해로하길 빌겠네."

　예의 바르지만 공허한 말들 속에서, 두 사람은 서로를 바라보았다.

　백리흠은 지치고 흐트러진 모습이었고, 장평은 면도날처럼 예리하고 빈틈없는 모습이었다.

　"평소와 다른 모습이군."

　"대협을 뵙는 것은 오늘이 마지막일 수도 있으니까요."

　백리흠은 흥미로운 표정을 지었다.

　그 또한 첩보원. 장평의 긴장감이 무슨 의미인지 짐작하고 있기 때문이었다.

　"날 죽이러 온 것인가?"

　"아닙니다."

　첩보에 있어, 작전을 시작할 때보다 위험한 것이 작전을 끝낼 때.

만약 장평이 백리흠에 대해 오판한 것이라면. 마교에서 복귀한 무림맹의 첩자가 아니라 마교에서 변절한 이중첩자라면, 지금 이 순간 결단을 내려 제거해야 했다.

지금밖에 기회가 없으니까.

그러나, 장평의 날카로운 눈빛을 본 백리흠은 편안한 미소를 지었다.

"그럼, 좋은 소식을 기대해도 되겠나?"

하지만 이 의심은 장평이 백리흠을 불신하기 때문이 아니었다. 그 반대. 관례적이며 습관적인 절차에 가까웠다.

"예."

백리흠에게 자유를 주기 전, 마지막으로 거쳐야 하는 절차.

"이제, 백리 대협은 자유입니다. 부인과 따님도 마찬가지고요."

"아……."

백리흠은 눈을 지그시 감았다. 그의 눈꺼풀이 떨려왔다. 바늘 끝에 서 있는 듯한 긴장감 속에 보내 온 나날들. 모든 불안감과 압박감에서 마침내 자유로워진다는 해방감이 그의 짧은 탄식 속에 섞여 있었다.

보는 이마저 공감하게 만들, 절제되었지만 강렬한 감정의 격랑이었다.

'저 감정조차 거짓이라면, 백리흠은 정말 최고의 거짓말쟁이일 것이다.'

장평은 신뢰와 동시에 의심을 품었다.

'하지만, 백리흠은 최고의 거짓말쟁이가 되도록 훈련받았다.'

엇갈리는 두 감정이 장평을 서로 다른 방향에서 압박해 들어왔다. 묵직한 긴장감 속에, 백리흠은 절제된 표정으로 물었다.

"석방 조건은?"

"거주지는 북경 밖이어야 합니다."

"그게 전부인가?"

"공식적인 조건은 그게 유일합니다. 하지만, 가능한 무림이나 마교의 눈에 띄지 않는 곳에 정착하여 조용히 살아갈 것을 권하고 싶군요."

"그럴 셈이네."

백리흠은 지친 목소리로 말했다.

"모략은 모략을. 칼은 칼을 부르지. 좀 더 솔직한 삶을 살고 싶다네. 쟁기와 그물을 든 사람들만을 만나는 삶을."

장평은 잠시 백리흠을 바라보았다.

음모에 농락당한 아버지. 혹은 마교의 음모를 수행하고 있는 배신자를 재어볼 마지막 기회이기에.

"그렇다면 다행이군요."

그리고, 장평은 미소를 지었다.

"대협께서 무림을 멀리하신다면, 우리가 다시 마주칠 일도 없을 테니까요."

백리흠은 편안한 미소를 지었다.

"석방 일자는 언제인가?"

"짐을 꾸리시지요."

장평은 웃으며 말했다.

"무림맹 밖에서 가족들이 기다리고 있으니까요."

"그런가?"

"준비는 되셨습니까?"

"되어 있었네. 이미 오래전부터."

백리흠은 벽에 걸린 봇짐을 챙겼다.

아마도 매일 아침마다 싸놓고, 매일 저녁마다 풀었을 봇짐을.

그는 책상 주변의 종이더미를 가리키며 말했다.

"이건 나중에 챙겨가서 제수씨 드리게나."

"집필하시던 사해풍문록의 원고입니까?"

"퇴고는커녕 완결도 못 지어서 미안하군. 그 점에 대해서는 양해해 달라고 전해드리게."

"물론입니다."

짐을 모두 꾸린 백리흠은 무의식적으로 책상 옆에 세워둔 애검에 손을 뻗었다.

"……."

그러나, 그것도 잠시.

백리흠은 미련 없이 손을 거두었다.

평생을 함께했지만, 이제부터는 필요 없을 물건에게서.

"가세."

"예."

두 사람은 걸음을 옮겼다.

창살 없는 감옥을 벗어났음에도, 뒤따라야 할 조치들은 따라오지 않았다.

백리흠은 그제야 긴장을 풀고 안도의 한숨을 내쉬었다.

"일이 어떻게 끝날지는 끝까지 가봐야겠지만, 자네와 얘기하는 것도 오늘이 마지막일 것 같군."

그는 차분한 목소리로 말했다.

"묻고 싶은 것이 있다면 묻게. 내가 답할 수 있는 문제라면, 답해 주도록 하지."

"천마의 전언이 무엇이었습니까?"

"처자를 만난 뒤에 답해 주겠네."

"그럼, 다른 질문을 하지요."

장평은 백리흠의 곁을 걸으며 물었다.

"마교는 왜 그렇게 모든 이를 적대시하는 것입니까?"

"응?"

백리흠은 의아한 표정을 지었다.

"마교가 모든 이를 적대시한다고?"

"아닙니까?"

"아닐세. 마교는 오직 중화만을 적대시할 뿐. 다른 문명에게는 은폐 공작만을 펼치고 있다네. 현실에 존재하는 집단이 아닌, 허무맹랑한 소문으로 여겨지도록."

"중화만을 적대시한다고요? 왜 중화만 특별히 대하는 겁니까?"

장평은 미묘한 표정을 지었다.

"그것도 나쁜 의미의 특별대우를?"

"그 질문을 했을 때, 천마는 내게 답했지. 지금의 동방에는 혼돈이 도사리고 있다고. 진리를 추구하는 과학자로서, 결코 타협해선 안 되는 혼돈이."

"우월감이 듬뿍 담긴 발언이군요."

장평은 불쾌감이 섞인 냉소를 머금었다.

과학의 합리성을 신봉하는 광신도들이, 정작 그 자신들은 문화적 편견에 취해 있다니.

"확실히, 대부분의 마교도들은 그렇게 생각하는 모양이지만……."

그러나, 백리흠은 잠시 고민하다가 말했다.

"내 생각에는, 천마가 말한 혼돈은 다른 마교도들과는 다른 의미였던 것 같네."

"다른 의미요?"

"나도 지금의 자네와 비슷한 반박을 했고, 천마는 내 말을 정정해 주었으니까."

"……어떻게요?"

"그는, 직접 보았다고 말했네."

백리흠은 차분한 목소리로 말했다.

"혼돈이라 부를 수밖에 없는 무언가를."

* * *

"왜 동방인들과 싸워야 하느냐고?"

일물자는 파리하를 바라보았다.

"네가 마침내 그 모순에 도착했구나."

"제 불경함을 꾸짖어 주세요. 교주님."

"네가 사죄할 일은 없다. 파리하."

일물자는 온화한 표정으로 파리하를 칭찬했다.

"네 스승으로서, 네가 자랑스럽구나."

"전 칭찬 받을 일을 하지 않았어요."

"아니. 너는 증명해 냈다."

"저는 대체 무엇을 칭찬받고 있는 건가요? 제가 뭘 증명했다는 건가요?"

파리하는 혼란스러운 표정을 지었다.

"저는 패하고 또 패했어요. 동방에 쌓아 두었던 본교의 모든 자산을 소실했어요. 제 패배가 어째서 칭찬받는 건가요?"

"그 패배가, 내게 확신을 주었기 때문이다."

일물자는 대견스럽다는 표정으로 말했다.

"네가 끝냈다. 나의 가설을 증명하기 위한 일련의 실험은…… 너로 인해 결론을 도출했다."

"실험? 결론?"

파리하는 혼란스러운 표정을 지었다.

"대체 무슨 말씀을 하시는 거예요?"

"나는 이미, 보고 있었다. 두 눈으로 똑똑히 보고 있었다."

시간(時間)의 세계관을 가진 초월자. 천마 일물자. 시간의 흐름을 직시하는 황금빛 눈동자가 동쪽을 향하고 있었다.

"사리사욕에 의해 태어난 혼돈이, 시간을 집어삼키는 모습을."

* * *

"혼돈이라는 단어가 비유가 아니었다고요?"

장평은 미간을 찌푸렸다.

"글자 그대로, 혼돈이라는 존재가 중화에 도사리고 있다고요?"

"그래. 그 관점 차이에 대해서 사해견문록에 자세히 적어 두었네. 나중에 읽어 보도록 하게."

장평은 혼란스러운 기분 속에 걸음을 옮겼다.

'천마가 직접 보았다고? 혼돈이라고 부를 수밖에 없는 무언가를?'

머릿속이 복잡해지게 만드는 말이었다.

만약. 어쩌면. 혹시.

수많은 단어와 가설들이 머릿속을 맴돌았다.

너무 깊이 생각에 잠긴 탓에, 약속 장소를 지나칠 뻔했을 정도였다.

"아빠!"

장평과 백리흠을 멈춰 세운 것은, 어느 식당의 창가에서 들려 온 어린아이의 외침이었다.

"……!"
"영아야!"
 장평과 백리흠은 서로 다른 이유로 멈춰 섰다. 흠칫 놀란 장평이 주변을 돌아보는 사이, 백리흠은 식당 안으로 달려갔다.
"아빠!"
"상공!"
 상앵과 백리영. 백리흠이 가장 원하던 것들이 그의 두 팔에 안겼다.
"여보. 영아야……."
 백리흠은 굵고 뜨거운 눈물을 흘리며 흐느꼈다.
"내가 왔다. 내가 왔으니…… 이제 다시는 헤어지지 말자꾸나……."
 세 사람의 포옹은 단단하고 따뜻했다.
 마침내 백리흠은 가족을 되찾은 것이었다.
 모략으로 연결된 거짓된 관계였지만, 백리흠이 가족이라 생각하는 동안은 유지될 가족을.
 상앵과 백리영을 인솔한 서수리는 장평과 눈빛을 교환했다.
 만반의 준비를 마쳤으니 걱정하지 말라는 신호였다.
 그리고 두 사람이 눈빛을 교환하는 모습을 보고, 백리흠은 쓴웃음을 지었다.
"잠시만……."
 세 사람의 단단하고 따뜻한 포옹이 풀렸고, 백리흠은

처자를 어루만지며 말했다.

"부인. 잠시 차를 마시며 기다리고 계시오. 영아에게도 좋아하는 과자를 사 주고. 떠나기 위해 마무리 지을 일이 남아 있다오."

"예. 상공."

상앵은 백리영과 함께 식당의 이층으로 올라갔다. 그리고 백리흠은 장평에게 다가왔다.

"자, 그럼…… 이번 일을 끝내야겠지?"

"예."

백리흠은 아직 눈가에 맺혀 있는 눈물을 훔치며 말했다.

"북경에서 떠난 뒤에, 감시를 붙일 건가?"

"안 붙이겠다고 하면 믿으실 겁니까?"

백리흠은 고개를 내저었다.

"아니. 나는 얌전히 풀어놓기에는 위험한 존재가 되었으니까."

그 또한, 그 자신의 위험성을 이해하고 있기 때문이었다.

"감시까진 상관없네. 그저, 자네 같은 모략가들의 반상에서 퇴장하게만 해 주면 되네."

"평화롭고 조용한 삶이란 쟁취할 가치가 있는 것이지요."

"그러니, 의견 조율을 해 보세나. 어떻게 하면 내 위험도를 낮출 수 있을지를."

"말씀드렸다시피, 무림에서 거리를 두고……."
"그걸로는 부족하네."

백리흠은 고개를 저었다.

"나는 숙련된 첩보원이고, 마교와 접촉했네. 그리고 절정고수이기까지 하지. 내가 자네라도 날 경계했을 걸세. 아니, 경계하지 않는 것이 오히려 무책임한 일일 걸세."

첩보원과 고강한 무공은 더없이 효율적인 결합이었다. 단순히 전투능력이 높아지는 것뿐만이 아닌, 첩보원에게 필수적인 두 가지 능력을 더해 주었다.

자신보다 약한 자들이 인기척을 느끼지 못하니 은신 능력이 강화되었고, 반대로 감각이 예리해지니 탐색능력을 비롯한 관찰력이 강화되었다.

무공이 높은 자들이 굳이 첩보원을 할 이유가 없을 뿐이었다.

백리흠은 위험한 존재였다.

그의 머릿속에 들어 있는 금단의 지식들을 제외하더라도.

그리고, 백리흠 또한 그 사실을 잘 알고 있었다.

"조금이라도 덜 위험한 존재가 될 방법이 있네. 자네의 도움을 받아서."

"그게 뭡니까?"

백리흠은 자신의 단전을 톡톡 두드리며 말했다.

"무공을 포기하는 것."

"……대협."

"나는 이제 무림은 지긋지긋하네. 해야 할 일도, 되찾아야 할 것도 없으니 무공을 가지고 있을 필요도 없어졌고."

"다사다난한 곳이 세상입니다. 대협께서 힘을 잃으면 무슨 위험이 닥칠지 모릅니다."

"장평. 자네도 직접 보지 않았는가?"

백리흠은 지친 표정으로 말했다.

"힘이 세건 약하건, 사람을 도구로 쓰는 자에겐 상관없다네. 유용한 말이냐 덜 유용한 말이냐의 차이일 뿐이지."

"……."

"나는 무능력한 말이 되겠네. 이용할 가치도 없을 정도로. 경계할 필요도 없을 정도로."

"하지만……."

그를 만류하던 장평의 눈에, 편안함과 굳은 결의가 깃든 백리흠의 눈빛이 보였다.

장평은 깨달았다.

"……진심이시군요."

"나름대로의 금분세수(金盆洗手)라고 여겨주게. 이게 내가 포기할 수 있는 최선일세."

그는 편안한 미소를 지으며 말했다.

"처자를 먹여 살리려면, 팔다리를 자를 수야 없지 않은가?"

가슴에는 여전히 불씨가 타오르고 있었다. 그러나 장평

의 머리는 여전히 차가웠고, 빠르게 한 가지 결론을 내놓았다.

'이렇게 선선히 무공을 포기한다면, 그는 백면야차가 아니라는 뜻이다.'

백리흠의 무공을 폐하는 것이, 무림맹과 장평 모두에게 안전한 일이라는 것을.

"단전을 폐하고 내공을 잃으시면, 반로환동도 유지되지 않을 것입니다."

장평의 말은 만류가 아닌 확인이었다.

백리흠은 편안히 대답했다.

"함께 늙어 가는 즐거움을 누릴 수 있겠지."

"알겠습니다."

장평은 백리흠의 단전에 손을 가져다 댔다.

아무런 저항 없는 단전에 장평이 내공의 송곳을 찔러 넣는 그 순간.

퍽!

"크헉!"

백리흠은 칠공에서 피를 토하며 무너져 내렸다.

거대한 공허감과 무력감이 백리흠을 사로잡았다. 내공의 중심점을 잃는 것과 동시에, 그의 심신이 누리고 있던 많은 혜택이 서서히 소실되기 시작한 것이었다.

고통 섞인 무력감에 휘청거리면서도, 백리흠은 편안한 미소를 지었다.

"아…… 범속함이 나를 반겨 주는군……."

두 무인 모두 잘 알고 있었다.

단순히 증강된 효과가 사라지는 것으로 끝나지 않음을. 장평이 가능한 정교하게 시술했음에도 불구하고, 이 일격은 백리흠의 내장 전체에 큰 타격을 가했다는 사실을.

그는 짧지 않은 요양을 해야 하리라.

단전이 재생하지 않는 시술과, 장기들의 손상을 다스리는 치료를 겸한 요양을.

"북경에 계시는 동안에는 감시가 있을 겁니다. 너무 불편해 마시고 완전히 치료를 마친 후에 북경 밖으로 나가시지요."

"혹시 단전을 재생할까 봐 그러나?"

"제 손속은 그렇게 가볍지 않습니다. 그저, 의례적인 절차일 뿐입니다."

"알지. '자네들'의 치밀함은."

백리흠은 웃었다. 이제는 장평과 '다른 세상'의 사람이 되었음을 자축하는 미소였다.

"이게 우리의 마지막 만남이 되길 바라네. 그러니…… 지불하기로 한 것을 지불하지."

"듣고 있습니다."

장평은 덧붙였다.

"이미 점검을 마쳤습니다. 도청의 염려 없이 말씀하셔도 됩니다."

"말해두겠네만, 나는 이게 무슨 소린지 이해하지 못했다네. 들은 대로 전할 뿐이니, 내게 설명을 요구하지는 말게."

"예."

"천마는 내게 부탁했네. 불가능을 가능하게 하는 자. 단 한 번도 실패를 겪지 않은 사람을 발견한다면, 그에게 이 말을 전해 달라고."

"무슨 말입니까?"

"그는, 석방해 달라고 부탁했다네."

"누구를요?"

"천마의 한어 실력이 부족해서 잘못 말한 것인지, 아니면 내가 잘못 들은 것인지는 모르겠네. 하지만 그가 말한 그대로를 말하자면…… 그는 분명히 이렇게 말했네."

백리흠은 희게 질린 안색으로 말했다.

"너무 늦기 전에, 시간을 석방하라고."

장평이 상상조차 하지 못했던 말을.

* * *

"시간을 석방하라고요?"

혼돈대마 파리하는 혼란스러운 표정을 지었다.

"우리가 맞서야 하는 동방의 혼돈이란 것이, 진리를 외면하는 미개한 사고방식이 아니었던 건가요? 동쪽 어딘가에는 혼돈이라는 존재가 실존하는 건가요?"

"그렇다."

"그리고 그 존재가 시간에 간섭하고 있고요?"

"그렇다."

"그건 과학이 아니에요, 교주님."

파리하는 반발했다. 그녀가 지닌 과학자로서의 본성이, 가장 신뢰하는 사람의 말에 격렬히 저항하고 있었다.

"그건…… 그건 요사스러운 미신이에요."

"미신이 아닌, 가설이다. 이제는 검증까지 마친 가설."

천마 일물자. 시간의 세계관을 가진 초월자는 차분하게 말했다.

"내 가설의 증거는 너 또한 두 눈으로 직접 확인할 수 있다."

"무엇을요?"

일물자는 손가락으로 하늘을 가리켰다.

"길 잃은 별들을 찾아보아라. 흩어진 별자리들과, 천문도(天文圖)의 오차를 비교해 보아라."

파리하는 혼란스러운 표정을 지었다.

천문학자용 천문도는 때때로 어긋나기 마련이었다. 성도의 광범위함과 세밀함에 압도된 사람들은, 그 오류를 그저 사람의 실수라고 받아들이곤 했다.

관측자의 착오거나, 표기나 인쇄의 오류일 것이라고.

'하지만, 그게 오류가 아니었다면……?'

글자 그대로 별들의 위치가 바뀐 것이라면?

'아니. 관측자인 우리들의 위치가 바뀐 것이라면……?'

마교의 교주는 건곤대나이를 통해 중력을 인지한다. 그리고 일물자는 시간의 세계관을 터득했다.

그 덕분에, 그는 자신의 눈으로 '볼' 수 있었다. 중력 이외의 힘이 개입하여 시간을 왜곡하고 있음을.

"하지만, 우리가 모르는 원리로 이뤄진 것일 수도 있잖아요."

"아니. 그것은 분명 부자연스러운 현상이었다."

"어떻게 확신하세요?"

"들었으니까. 혼돈에게 포획당한 시간의 절규를 들었으니까."

"시간이 절규한다고요?"

파리하는 그게 비유나 묘사가 아님을 느낄 수 있었다. 시간을 인지할 수 있는 일물자에게는, 실제로 들릴 수도 있다는 것을.

"물리법칙에서 뜯겨나간 시간이, 혼돈에게 겁탈당하고 있었다. 그 끔찍한 참상 속에서, 나는 분명히 들을 수 있었다. 증오와 저주. 그리고 간절한 희망이 실려 있는 절규를. 가냘프지만 결코 꺾이지 않는 하나의 의지를."

"무슨 의지요?"

일물자의 금빛 눈동자는 동방을 향했다.

지금 이 순간에도, 들려오고 있었다.

일물자가 '시간'의 세계관을 각성한 순간부터, 단 한 번도 멈추지 않았던 소리가.

〈백면야차는…… 죽어야 한다……〉

시간은 여전히, 신음하고 있었다.

* * *

'한 번도 실패하지 않은 자에게, 시간을 석방하라고 전해 달라고?'

백리흠이 전한 애매한 전언으로도 충분했다.

다른 사람이라면 모를까, 장평은 곧바로 이해할 수 있었다.

'내가. 다른 사람도 아닌 내가.'

천마는 회귀에 대해 알고 있다는 것을.

그리고 '백면야차'의 마지막 용의자였던 백리흠마저도 혐의를 벗는 이 순간, 천마는 새로운 용의자를 지목하고 있다는 것을.

'내가, 백면야차라고?'

다른 누구도 아닌, 장평 자신을.

回生武士

3장

3장

마교 최대의 적은 무림이었다.

무림 최대의 적이 마교이듯이.

지혜가 모이는 신비의 땅. 샴발라에 대한 소문에 이끌려, 십만대산 어딘가에 현자들이 모이기 시작했다.

그리고 현자들의 교류 속에서 태어난 '과학적인 사고방식'은 현자들을 더 높은 경지로 이끌었다.

그러나, 세상은 학문을 논하는 것만으로는 살아갈 수 없는 곳이었다.

현자들도 사람인 이상 먹을 것과 입을 것이 필요했다. 그들이 비축한 먹을 것과 입을 것을 노리는 도적들을 물리칠 수호자도 필요했다.

〈지식을 보존하라. 현자들을 보호하라.〉

자신보다 더 현명한 사람들을 위해, 헌신적인 사람들은 붓 대신 검을 쥐었다.
　〈지식은 힘이다. 힘을 위한 지식을 연구하라.〉
　현자들은 그런 수호자들을 위해 강해질 수 있는 학문들을 연구했다.
　수호자들은 열심히 수련한 끝에 모든 도적을 물리칠 수 있었다.
　〈십만대산에는 무시무시한 강자들이 있다.〉
　그러나, 오해는 그 때부터 시작되었다.
　〈저런 강자들이 지키는 것을 보니, 십만대산에는 엄청난 보물이 있을 것이다!〉
　그로부터, 끝없는 악순환이 시작되었다.
　오해에서 비롯된 편견에, 편견으로 인한 오해가 끝없이 덧씌워졌다.
　끝없는 악순환에 질린 현자들과 수호자들은, 고립과 은둔을 택했다.
　잘 설계된 풍문과 공작 속에, 샴발라는 미신과 전설 속의 존재로 남게 되었다.
　그러나, 그들의 존재를 결코 잊지 않는 자들 또한 있었다.
　〈십만대산을 기억하라.〉
　모든 문화와 풍습들을 집어삼키고, 하나로 통합시키는 문화적 특이점, 중화.
　외부인에 대한 경계심을 품은 샴발라는 그들에 속하기

를 거부했고, 그들은 자신들이 거부당했다는 사실을 기억했다.

〈그들은 우리가 아님을 가르쳐라.〉

무림이라는 독특한 사회구조 속에서, 그들은 원한을 공유하고 증오를 상속받았다.

어디서 비롯된 원한이자 증오인지는 잊어버린 채, 마교의 존재를 용납하지 말아야 한다는 '상식'만이 무림을 떠돌았다.

무림인들이 우릴 죽이려 한다면, 우리가 먼저 그들을 죽일 수밖에 없다는 성전사들의 '상식'이 십만대산을 떠도는 것과 마찬가지로.

세월이 지나고 세대가 바뀌어도, 그 후예들은 불구대천의 숙적을 상속받았다.

〈마교는 무림의 적이며.〉

〈무림은 마교의 적이다.〉

이유를 잊었기에 멈출 수도 없는 영원한 전쟁을.

* * *

중화에 속한 동방인들이 마교의 숙적이라면, 다른 땅의 백성들에게 샴발라는 환상 속의 땅이었다.

샴발라를 찾아 온 여행자들 사이에, 무르자라 불리는 귀공자도 있었다.

신실한 종교인이었던 그는 샴발라가 신들의 은총이 함

께하는 성지로 착각했고, 긴 여정 끝에 샴발라에 도착한 뒤에야 자신이 샴발라의 본질을 착각하고 있었음을 깨달았다.

무르자는 과학이라는 새로운 가르침에 매료되었고, 사막의 사내답게 상무정신을 지닌 그는 수호자의 책임을 거부하지 않았다.

유능하고 책임감이 강한 그가 훗날 성전사의 수장으로 선출된 것이 필연이었다면, 성전사의 수장이 된 일 무르자가 강함을 추구하게 된 것 또한 필연이었다.

동방의 무림에는 '무림지존'이 있으니, '천마'로서의 책임을 다하기 위해서는 무림지존보다도 강해져야 했기 때문이었다.

그런 그가 자신의 무기로 택한 것이 '시간'이었던 것도 우연이 아닌 필연이었다.

현자들에 의해 존재가 입증된 힘들 속에서, 가장 강력한 힘은 시간으로 추정되었기 때문이었다.

그러나, 일물자조차도 예상하지 못하던 것이 있었다.

〈백면야차는 죽어야 한다.〉

시간의 지평선 너머에서 일어나선 안 될 일들이 일어나고 있었다는 사실을.

             * * *

'시간을 바로잡아야 한다.'

그리고, 모든 것은 그 순간부터 시작되었다.

'그러기 위해서는 백면야차라는 존재를 죽여야 한다.'

문제는, '백면야차'가 누군지 알 수 없다는 점이었다.

'하지만 끝내 백면야차를 찾을 수 없다면, 힘으로라도 시간을 되돌려야 한다.'

일물자는 '백면야차'에 대해 조사하는 동시에, 시간을 바로잡을 차선책에 대한 연구 또한 이어갔다.

그러던 어느 날.

비보가 날아들었다.

"혈조대마 제갈염이 전사했습니다."

"……그런가."

무림 최대의 적이 마교라면, 마교 최대의 적은 무림. 십만대산에서 전쟁을 치르고 싶지 않다면, 중원에서 전쟁을 일으켜야 했다.

그 예방 전쟁을 지휘하는 첩보전의 총지휘관이 혈조대마 제갈염. 적지에서의 중책을 묵묵히 맡아주고 있는 노장이자, 일물자의 오랜 벗이었다.

"이제, 내 동기는 북궁산도만이 남았군……."

일물자는 애도를 표하고, 보고서를 읽었다.

"이 보고서가 사실인가?"

기이함을 느낀 것은 그때였다.

"천하의 제갈염이 이렇게 간단한 임무에서 연거푸 실수를 저질렀다고?"

혈조대마는 심계가 깊고 치밀한 책략가였다.

적지이자 사지인 중원에서 보낸 세월만 수십 년. 생존조차 쉽지 않은 적지에서, 촘촘한 첩보망을 구축하고 운용할 정도였다.

"거기에, 적들의 무공을 잘못 판단하는 실수를 저질렀다고?"

애초에, 암흑무서는 대수롭지 않은 물건이었다. 잘해 봤자 소모품으로밖에 못 쓰는 미치광이를 끌어들일 뿐. 그 본질은 마교에 대해 착각하게 만드는 정보조작용 소품에 불과했다.

"고작해야 암흑무서 따위를 위해서?"

천하의 혈조대마가 직접 나서서 위험을 감수할 필요가 없었다.

"이상한 일이군……."

이상했다. 처음부터 끝까지 모든 것이.

"더 자세히 조사해 보아라. 술야에게도 정보를 모아보라고 하고."

추가 조사 덕분에, 더 많은 정보가 들어왔다.

"역시, 암중에서 첩보전이 벌어지고 있었군."

그러나, 일물자의 의문은 추가 보고서를 읽으면서도 사라지지 않았다.

대운표국의 표행 자체가 혈조대마를 제거하기 위한 함정임을 알게 된 뒤에도. 황실의 비밀병기였던 미소공주의 첫출진임을 알게 된 뒤에도, 그의 의문은 풀리지 않았다.

"장대명의 아들. 주색잡기로 시간을 낭비하는 무능한 이류 무사."

그리고 보고서를 몇 번이고 읽은 끝에, 일물자는 무엇이 이상한지를 깨달았다.

"그 애송이가 장대명과 합류한 이후부터, 모든 작전이 어긋났군."

장대명 일행은 미소공주가 쓰다 버리는 미끼에 불과했고, 그의 아들은 미끼 중에서도 제일 무능한 존재였다.

그는, 기억할 가치도 없는 무명소졸이었다.

시간의 구출이라는 대업을 추구하는 과학자로서도. 성전의 지휘관인 천마로서도.

그러나 일물자는 왠지 모르게 그의 이름이 눈에 밟혔다.

"장평. 장평이라……."

* * *

"끄윽……."

혼절한 백리흠이, 들것에 실려 의원에게 후송되고 있었다.

"상공!"

"아빠!"

그리고 상앵과 백리영이 거짓 울음과 함께 그를 따라가고 있었다. 진실을 모른다면 그녀들이 애처롭고, 진실을 안다면 백리흠이 애처로운 역설적인 상황이었다.

 그러나 장평의 정신이 향하는 것은 눈앞의 신파극이 아닌, 아득한 지평선 너머였다.

 중화 너머의 십만 대산. 무수한 산봉우리 속에서, 한 사람의 시선이 느껴졌다.

 '만약 천마가 회귀라는 가능성을 염두에 두고 있었다면……'

 무림의 재앙이자, 제국의 숙적.

 인간의 한계를 초월한 반인반신.

 천마 일물자의 시선이.

 '……내가 회귀자라는 것을 추론하는 것도 충분히 가능한 일이다.'

 발가벗겨진 기분이었다.

 아니, 피륙을 발라내고 백골과 오장육부가 드러난 기분이었다.

 '이미 들킨 것일까?'

 장평은 생각에 잠겼다.

 '아니. 백리흠을 돌려보내는 시점까지는 확신을 갖지 못한 것이 분명하다.'

 천마가 회귀자의 존재를 확신했다면, 이런 애매모호한 전언을 남길 이유가 없었다.

 '천마 본인도 반신반의하고 있었던 거다. 회귀자가 정말 존재하는지. 그리고 그게 누구인지 확신하지 못하고 있었던 것이다.'

방심하고 있는 회귀자에게, 자신이 그의 존재를 알고 있음을 가르쳐 줄 이유가 없었으니까.
 '그리고 지금쯤 확신을 가졌을 것이다.'
 하지만, 천마가 백리흠을 무림맹으로 돌려보낸 것은 일 년 전.
 일 년. 일 년은 충분히 긴 시간이었다.
 '나는…… 너무 많이 이겼다.'
 이미 의심을 품고 있던 자가, 확신을 가지고도 남을 정도로.

* * *

 파리하는 혼란스러운 표정을 지었다.
 "그러니까, 교주님은 이미 전부터 장평에 대해 의심하고 계셨고……."
 현실주의자인 파리하에게, 회귀를 논하는 일물자의 주장은 비과학적으로 느껴졌다.
 "……제 패배로서 확신을 얻으셨다고요?"
 "지금까지는 여러 가설 중 하나에 불과했지만, 이제는 확신한다."
 "어떻게요?"
 "네가 졌으니까."
 일물자는 담담한 어조로 말했다.
 "본교의 무학은 무림보다 뛰어나고, 너를 비롯한 대마

들은 본교에서 고르고 고른 인재들이다. 문무를 겸비하고 각양각색의 특기까지 갖춘 너희 대마들이 한 사람에게 연거푸 고배를 마신다는 것은 일어나기 힘든 일이고, 그 위업을 이룬 것이 훈련조차 받지 않은 약관의 난봉꾼이라는 것은 일어날 수 없는 일이다."

"그는, 장평은 그런 비현실적인 존재가 아니에요."

파리하는 고개를 내저었다.

"유능하고 교활하지만, 그 또한 사람일 뿐이에요. 투지와 교활함으로 승리를 쟁취한 한 사람이요."

그녀는 잘 알고 있었다. 장평과 몇 번이고 부딪혔기에, 그가 얼마나 치열하게 생각하고 얼마나 노력했는지 잘 알고 있었다.

"제가 겪은 패배가 제 아둔함과 허술함 때문이었던 것과 마찬가지로요."

그녀 또한 치열하게 생각하고 노력한 끝에, 아슬아슬한 차이로 승리를 빼앗겼으니까.

"내 딸아. 너 스스로에게 묻도록 해라."

일물자의 신비로운 시선이 파리하의 폐부를 꿰뚫었다.

"정말로 그렇게 생각하는 것이냐? 아니면, 그렇게 믿고 싶은 것이냐?"

"저는…… 저는……."

긴 침묵 끝에, 파리하는 고해하듯 속삭였다.

"……그렇게 믿고 싶었어요."

인정하고 싶진 않았지만, 파리하는 장평에 대해 남다른

감정을 품고 있었다.

　강적에 대한 호승심 섞인 존경심.

　"……장평은, 저를 꺾을 만한 능력이 있는 사람이라고요."

　그리고, 인정하기는 싫지만…… 그 이상의 감정까지도……

　"그러니, 언젠가 그가 실수한다면 제가 그를 꺾을 수 있을 거라고 믿고 싶었어요."

　그래서, 믿고 싶지 않았다.

　자신이 인정한 사내가, 반칙을 쓴 사기꾼에 불과했다는 것을.

　그리고 수치심을 느꼈다.

　고작 비열한 사기꾼에 불과한 자에게, 마음을 열 뻔 했다는 것에.

　"내 가설을 수용하고 싶지 않다면, 네게 기회를 주겠다. 장평이 회귀라는 반칙을 썼을 뿐인 사기꾼인지."

　일물자는 차분한 목소리로 말했다.

　"아니면, 정말 네 호의를 얻을 자격이 있는 현자인지를 시험할 기회를."

　"……기회를 주신다면, 준비할게요."

　파리하는 입술을 깨물었다.

　주륵.

　입술 끝에서, 한 줄기 피가 흘러내렸다.

　배신감에 들끓는 한 여인의 선혈이.

"그를 위한…… 특별한 선물을요."

* * *

장평은 회귀자였다.

그러나 장평이 회귀자라고 해서, 그의 삶이 순탄했던 것은 아니었다.

마교의 계략들은 이미 완성되어 있었고, 그가 알고 있는 미래의 정보는 단편적인 단서에 불과했다.

그러나, 단서는 단서일 뿐. 아무것도 보장해 주지 않았다.

장평의 승리는 모두 악전고투 끝에 쟁취한 것이었다. 불굴의 투지와 치열한 생각 끝에, 불가능해 보였던 역전승을 쟁취한 것이었다.

그러나, 그 불굴의 투지와 치열한 생각이 뻗어나갈 수 있는 토대가 회귀자로서의 단편적인 단서였던 것도 사실이었다.

그런데, 그 회귀가 들통나다니.

'빌어먹을…….'

그 자신이 회귀자인 장평조차 예상치 못한 일이었다. 마교가 회귀자라는 존재를 지금껏 짐작하지 못했던 것과 마찬가지로.

그때였다.

"무슨 일 있어요?"

서수리는 장평의 등에 손을 얹었다.

여차하면 부축할 것 같은 그 손길에, 장평은 정신이 번쩍 들었다.

서수리 앞에서 약한 모습을 보일 수는 없었다. 그가 청소반의 첩보망을 필요로 하는 동안에는.

"잠시 착잡함을 느꼈을 뿐이오."

장평은 침착함을 되찾고 말했다.

"자칫하면, 백리흠이 아닌 내가 저렇게 될 수 있었다는 사실 때문에."

"너무 성급하게 애도하지 마세요."

서수리는 미소를 지었다.

"어쩌면, 장평 대협은 지금의 백리 대협보다 더 비참한 최후를 맞을 수도 있으니까요."

"충고로 여기겠소."

"경고로 들으셔도 돼요."

서수리는 장평의 등을 어루만지며 말했다.

"우리의 협력을 가불 받았다고 해서, 떼먹을 생각은 하지 말라는 경고로요."

"그럴 생각은 없소."

장평은 옷매무새를 단정히 하며 말했다.

"그럴 필요도 없고."

"그렇다면 다행이고요."

싱긋 웃은 서수리는 거리의 인파 속으로 스며들었다.

장평은 지그시 눈을 감았다.

'생각. 생각해야 한다.'

마교가 어디까지 눈치챘는지, 그리고 그들이 어떻게 나올지를 예상해야 했다.

그러나, 생각이 나지 않았다.

어떠한 위기에서도 멈추지 않던 그의 두뇌가, 지금은 물 먹은 솜처럼 축 늘어져 있었다.

충격. 혹은 피로 때문에.

장평은 인정했다.

'시간이 필요하다.'

생각을 정리할, 혹은 휴식을 취할 시간이.

그리고, 그럴 만한 장소는 하나뿐이었다.

'집으로 가자.'

장평은 걸음을 옮겼다.

마음 놓고 쉴 수 있는, 그의 보금자리로.

* * *

녹색 기와의 장원은 조용했다.

단 두 사람을 위한 장원이지만, 남궁연연은 아직 퇴근하지 않았기 때문이었다.

'피곤하다.'

절정고수인 장평이 지치는 것은 쉬운 일이 아니었다. 몸이 아닌, 마음이 지친 것이었다.

장평은 자신의 방으로 들어가, 겉옷조차 벗지 않고 침

상에 몸을 던졌다.

"하아……."

침상이 그의 몸을 빨아들이는 기분이었다.

'휴식을 취해야 한다. 맑은 정신으로 생각하기 위해서라도.'

그러나, 그조차도 쉽지 않았다.

조급한 그의 마음은, 지쳐 움직이지 못하는 뇌를 계속 채근했다.

지친 두뇌는 답을 낼 수 없음을 알고 있으면서도, 장평의 불안감은 제멋대로 폭주하고 있었다.

'하다못해…… 연랑이 퇴근하기 전까지는 평정심을 되찾아야 하는데…….'

장평은 쑤셔오는 관자놀이를 꾹꾹 눌렀다.

그 순간이었다.

"누구냐!"

장평이 벽을 향해 검을 겨누자, 벽 너머에서 희미한 목소리가 들려왔다.

"네 적이 아닌 사람."

익숙한 목소리였다.

그렇기에 장평은 당황할 수밖에 없었다.

"……공주님?"

벽이 안쪽에서부터 열리며, 비밀통로 속에서 한 사람이 모습을 드러냈다.

미소공주 용윤이었다.

장평은 당황했다.
예상치 못한 사람이, 예상치 못한 방식으로 다가오고 있었기 때문에.
"비밀통로를 만들어 두었던 겁니까?"
"아니. 그 반대다."
용윤은 미소를 지었다.
"별운궁과 비밀통로로 연결된 집에 너희들이 들어 온 것이지."
"궁?"
장평은 그제서야 깨달았다.
그의 옆집에, 기이할 정도로 조용한 사람들이 살고 있었다는 것을.
그리고 그 비밀스럽고 조용한 궁궐은, 무림맹의 북면이자 황궁의 서면에 연결되어 있다는 것을.
'황궁과 가까운 집일수록 권력자.'
장평은 쓴웃음을 지었다.
"용윤께서는…… 제 이웃이셨군요."
"그래."
생각해 보면, 충분히 예측할 수 있는 일이었다. 무림맹과 황궁에 걸친 입지는 물론, 지나칠 정도의 조용함.
"맹주님께서는 정말로…… '좋은 집'을 소개해 주셨던 거군요."
그리고 무엇보다도, 이 녹색 기와의 장원을 선물한 것은 다름 아닌 용태계.

여동생과 장평을 맺어 주려는 오라버니였으니까.

"불편한가?"

"편치는 않습니다."

장평은 몸을 일으켜 침상에 앉았다.

그는 쓴웃음을 지으며 말했다.

"신방을 엿볼 수 있는 개구멍을 발견했는데, 기뻐할 수는 없지 않겠습니까?"

"그래. 그래서 나도 비밀로 하려고 했었다."

"왜 마음이 바뀌신 겁니까?"

"널 감시하던 이들에게서 보고 받았다. 네 상태가 이상하다는 보고를."

그를 감시하고 있었다는 말에도 불구하고, 장평은 딱히 놀라거나 불편해하지 않았다.

그가 속한 세상은 본래 그런 곳이니까.

용윤은 장평의 앞까지 다가왔다. 손을 뻗으면 닿을만한 거리였다.

"아마도, 백리흠이겠지. 그가 남긴 말이 널 동요하게 만든 거겠지."

장평 정도의 고수라면, 그녀의 목숨을 취할 수 있는 거리이기도 했다.

"말해라. 백리흠에게 무슨 말을 들었지?"

"천마가 부탁한 전언을 들었습니다."

"전언이 있었음은 나도 안다. 나는 그 내용이 뭐냐고 물은 것이었다."

장평은 반사적으로 입을 닫았다.

그가 얼굴에 가면을 쓰려는 그 순간.

"아니. 안 된다."

용윤은 한 걸음 앞으로 다가와 장평에게 손을 뻗었다.

사내의 거친 두 볼에 비단결 같은 섬섬옥수가 포개어졌다.

"내게 또다시 거리를 두는 모습을, 지켜보고 있지만은 않겠다."

"저는……."

그 순간, 용윤은 장평의 벌어진 입술에 입을 맞추었다. 서툰. 그렇기에 더욱 열정적인 입맞춤을.

"만약 도망칠 생각이었다면, 포기해라."

달아오른 두 뺨. 몽롱함에 흐트러진 얼굴로, 용윤은 속삭였다.

"나는, 더 이상 네가 도망치게 놔둘 생각이 없으니까."

용윤의 부드러운 여체가 장평의 몸에 뒤엉키기 시작했다. 열정으로 달아오른 흰 살결 너머에서, 달콤하고 우아한 향이 전해지고 있었다.

숨결 속에 녹아 있는 암컷 특유의 촉촉한 향기와 함께. 머릿속에 품었던 모든 고민거리가 판단력과 함께 녹아내리고, 오직 수컷으로서의 충동만이 끓어오르고 있었다.

그 미소공주가.

늘 자신을 내려다보며 고압적인 태도를 취하던 자신의 상관이, 한 여자로서 자신에게 몸을 내던지고 있다는 사실에 뒤틀린 정복감이 느껴졌다.

몸 안에서부터 치밀어오르는 충동을 느끼며, 장평은 착가라앉은 목소리로 말했다.

"……후회하실 겁니다."

"그건 내 계획과는 다르구나."

용윤은 장평의 다리 위에 걸터앉으며 말했다.

"나는, 더 이상 후회하지 않으려고 여기에 온 거니까."

그녀가 자신만만하게 말한 그 순간.

장평의 손길이 그녀를 밀어냈다.

"……아니. 안 됩니다."

"……장평?"

다정하고 가벼운 손길이었지만, 밀쳐냈다는 것은 분명했다. 그녀가 준비했던 계획에서 어긋난 행동이었다.

용윤의 얼굴에 당혹감이 번졌다.

"하지만…… 너는 분명히……."

거절당한 처녀의 수치심과, 통제권을 잃은 책사의 당혹감이 뒤섞인 표정이.

"내게 마음을 열고…… 네 비밀을……."

그 순간, 큼지막한 무언가가 당황한 용윤의 시야를 가득 채웠다.

침상에서 일어난 장평이, 큼지막한 체구의 사내가 그녀의 작은 몸을 내려다보고 있었다.

"여기선 안 됩니다."

노련한 사내가, 주도권을 잃은 작은 몸의 처녀를 내려

다보며 속삭였다.
"이 침상에는…… 주인이 있으니까요."
사내의 거친 몸이, 용윤의 고귀한 몸을 끌어 안았다.
"아……!"
생전 느껴본 적 없는 단단한 힘이 그녀를 힘으로 옥죄고 있었다. 주도권을 빼앗긴 금지옥엽의 황녀가 할 수 있는 것은, 당황하는 것뿐이었다.
턱.
벽이 그녀의 등에 닿았다.
사내의 늠름한 두 팔이 자신의 몸을 들어 올리는 것을 느끼며, 용윤은 당혹감을 느꼈다.
'이게 아닌데……?'
그녀가 사전에 계획했던 것과는 전혀 다른 상황이었다. 그리고, 불안감이 찾아왔다.
통제권을 잃고 휘둘리는 것에 대한 불안감과, 이제부터 벌어질 일에 대한 불안감이.
"지금이라도 그만두길 바라신다면, 지금 말씀하십시오."
그러나, 되려 용윤은 사내의 목에 두 팔을 감으며 속삭였다.
"……이런 상황에서 그만두는 바보도 있나?"
휘둘리는 것이, 놓치는 것보다는 나았으니까. 이제는 장평을 놓아줄 생각이 없었으니까.
"하고 싶은대로 해. 장평. 네가 하고 싶은 걸 해……."

"후회하실 겁니다."
"후회하지 않는다."
옷을 벗을 시간조차 주지 않았다. 그저 치맛자락을 끌어 올릴 뿐.
사내의 육욕이 그녀를 집어삼키는 것을 느끼며, 용윤은 그의 목을 힘껏 끌어안았다.
"나는…… 더 이상 널 놓지 않을 테니까……."

* * *

침상은. 원앙옥침은 남궁연연의 것이었다.
하지만, 충분한 상상력과 체력이 있다면…… 침상이 꼭 필요한 것은 아니었다.
"하아…… 하아……."
온몸이 땀에 젖은 용윤은 여전히 장평의 목에 팔을 감고 있었다.
벗을 시간조차 주지 않은 공주의 예복 너머로, 작지만 부드러운 가슴이 부풀고 줄어드는 것이 느껴졌다.
'그녀 또한 한 여자에 불과했구나.'
미소공주는 늘 빈틈없고 위엄있는 눈으로 장평을 내려다보고 있었다. 최고위 황족이자 중책을 맡은 미소공주로서, 자신의 부하인 장평에게 명령하고 있었다.
그러나 지금. 용윤은 두 팔을 감은 채 장평의 몸에 매달리고 있었다.

평소와는 달리 잔뜩 흐트러진 비단옷 한 장만을 사이에 둔 채로……

"장평……."

용윤은 위엄을 담은 말투로 말하려 했지만, 그녀의 목소리는 아직 촉촉하게 젖어 있었다.

그러나, 장평은 모른 척해 주었다.

"예. 공주님."

그녀가 벽과 장평의 몸 사이에서 토해 냈던 신음소리가 아른거리고 있음에도 불구하고.

"……나는, 널 놓지 않았다."

"예. 놓지 않으셨습니다."

"그러니, 너도 더 이상 도망치지 마라. 내가 널 놓아주기 전까지는."

장평은 쓴웃음을 지었다.

용윤의 마음이 뻔히 보였기 때문이었다.

사내의 품에 안겨 감각의 여운을 느끼고 싶은 충동을, 한 조각의 위엄과 자존심을 채우기 위해 애써 짓누르고 있다는 사실을.

"용윤."

"왜?"

"끌어안아도 되겠습니까?"

"그건……."

용윤은 우물쭈물하며 주저하다가 말했다.

"……나쁘지 않은 제안 같구나."

장평은 용윤의 아담하고 부드러운 몸을 품에 안았다. 그녀는 얼굴을 장평의 가슴에 묻은 채, 편안하고 소박한 미소를 지었다.

'이러고 싶었다.'

원한 적 없는 중책을 맡았다.

원한 적 없는 신분과 원치 않았던 부귀영화와 맞바꿔, 평생을 지고 가야 하는 책임을 맡았다.

황실의 그늘에서 암약하는, 황실의 수호자가 되어야 한다는 중책을.

〈누구도 믿지 마라.〉

〈누구에게도 의지하지 마라.〉

그것이 용윤에게 맡겨진 소임이라면, 그렇게 살아가야 했다.

하지만, 장평이 있었다.

불가능을 가능하게 만들고, 패배를 승리로 바꾸어준 사람이.

의지할 수 있고 의지하고 싶은 사내가.

'그리고, 결국은 이렇게 되었구나.'

장평의 가슴에 이마를 기댄 채, 용윤은 편안한 미소를 지었다.

'나는 결국, 이 사내의 가슴에 기대게 되었구나……'

나른함을 느낀 용윤이 지그시 눈을 감는 그 순간.

"……장평."

문 밖에서, 착 가라앉은 목소리가 들려왔다.

"나, 들어가도 돼?"

남궁연연의 목소리가.

     *   *   *

"……?!"

용윤은 화들짝 놀라 옷매무새를 다듬었다. 비밀통로로 도망칠 준비와 함께.

그러나, 장평은 차분한 목소리로 말했다.

"들어오시오."

"뭐?!"

볼이 빨개진 용윤은 작은 목소리로 외쳤다.

"들어오라고 하면 어떻게 해?!"

그러나, 당황한 것은 용윤뿐.

정작 문을 열고 들어온 남궁연연은 그저 착잡한 표정으로 장평을 바라볼 뿐이었다.

"각오는 했지만, 예상보다 빨랐네……."

"미안하오."

"그래. 미안하겠지……."

남궁연연은 원앙옥침에 앉았고, 손을 뻗어 침상이 식어 있음을 확인했다.

"……후."

잔뜩 움츠러든 용윤은 장평의 뒤에 몸을 숨기려 했다.

"혹시 미소공주님이세요?"

그러나 남궁연연은 용윤을 똑바로 바라보며 말했다.

"아니면…… 다른 여자?"

"저는…… 아니 나는…… 미소공주 용윤이다……."

첩보 지휘관으로서의 실무 능력과는 별개로, 그녀는 황실의 사람이었다. 여염과는 달리 정략결혼이 기본이고 연심(緣心)이 이루어지는 경우는 낯선 구중궁궐의 사람이었다.

그렇기에, 용윤은 당황하고 있었다.

꼬이고 꼬인 이 상황 속에서, 자신이 남궁연연을 어찌 대해야 하는지 알 수 없었기 때문이었다.

"저는 장평의 아내인 남궁연연이라고 해요. 존귀하신 공주님을 뵙게 되어 영광이에요."

예의 바른 말과는 달리, 남궁연연의 표정은 착잡했다. 그녀는 시선을 돌려 장평을 바라보았다.

"할 말 있어?"

"미안하오."

"사과하지 않았으면 좋겠어. 이해하는 것과는 별개로, 괜찮다고 말해 줄 기분은 아니니까."

"그래도 사과하고 싶소."

"그래. 그럴 것 같았어."

남궁연연은 차분히 말했다.

"하지만 우리 둘 사이의 일은 우리 둘이 있을 때 해결하자. 만약 내가 알아둬야 할 것이 있다면, 지금 얘기해."

"할 말이 많소. 어디서부터 얘기해야 할지 헷갈릴 정도로."

"너답지 않은 말이네……."

남궁연연은 잔뜩 움츠러든 용윤에게 물었다.

"혹시, 하실 말씀 있으세요?"

"나는…… 이럴 생각이……."

"공주님도, 사과는 나중에 하세요. 제가…… 그 사과를 받아 줄 수 있을 때요."

"그게…… 나는……."

남궁연연은 한숨을 내쉬며 말했다.

"제 남편이랑 결혼하실 거예요?"

"나는…… 그게……."

"결혼하실 생각까지는 없으세요? 그냥 눈이 맞아서 몸만 섞으신 거예요?"

착잡한 와중에도, 장평은 쓴웃음을 지었다.

천하의 미소공주 용윤이 이렇게 쩔쩔매는 모습을 보게 될 줄은 몰랐기 때문이었다.

"많이 화났는가……?"

"신혼의 신방에서 다른 여자를 봤는데, 화가 안 나면 사람이에요? 당연히 화났죠. 내 침상까지 건드렸으면 황족이고 뭐고 머리끄덩이 움켜쥐고 난리 피웠을 정도로요."

"우리…… 아니, 나는…… 침상 안 건드렸……."

"예. 알아요. 그래서 물어보고 있는 거예요. 일단 상황부터 파악한 다음에 화낼 생각으로요."

감정을 절제한 침착한 목소리가, 용윤을 압박하고 있었다.

남궁연연은 차분히 물었다.

"아직 논의한 적이 없다면, 어떻게 하고 싶은지라도 대답해 보세요. 결혼하실 생각이에요, 아니에요?"

"만약…… 상황과 여건이 허락한다면……."

기어 들어가는 목소리였지만, 의도는 명확했다. 용윤의 대답을 들은 남궁연연은 장평을 바라보았다.

"장평. 너는?"

"연랑이 허락하고 용윤께서 원하신다면, 책임을 질 생각이오."

"책임을 진다고……?"

남궁연연은 미묘한 표정으로 용윤을 바라보았다. 불편한 자세로 앉아 있는 용윤의 모습을 본 그녀는 당혹스러운 표정을 지었다.

"공주님께서는…… 설마……?"

용윤은 얼굴이 새빨개진 채 고개만 끄덕였다.

"하……."

남궁연연은 복잡한 눈빛으로 장평을 바라보았다.

"그 부분에 대해서도, 나중에 얘기 좀 하자."

"……알겠소."

"내가 각오해 둬야 할 사람 또 있어? 미소공주님 말고?"

"없을 예정이오."

"확실하지 않다고 해도 지금 말해. 어차피 당할 일이라면, 마음의 준비를 해두는 편이 나으니까."

"예측할 수 없는 사람이 하나 있소. 그녀와의 인연이 어떻게 끝날지는 나도 모르겠소."

장평은 차분히 말했다.

"그리고, 하인과 시녀들을 데리고 올 여자가 하나 있소. 정을 준 적도, 몸을 섞은 적도 없는 단순한 업무 관계의 지인이오."

"그게 다야?"

"내게 호감을 가진 여자는 좀 더 있지만, 나를 죽이려 들지 않는 여자 중에서는 그 두 사람뿐이오."

"알았어. 그럼 공주님 배웅해 드리고 와. 우리끼리 해야 할 얘기 하자."

"그전에 해야 할 얘기가 있소."

"무슨 얘기?"

"소소하게는 내 과거를 고백하는 것이고, 크게는 천하의 앞날이 달린 중대사에 도움을 구하는 것이오."

"……그래?"

남궁연연은 흥미로운 표정을 지었다.

장평은 이런 상황에서 허튼 소리를 할 사람이 아님을 잘 알기 때문이었다.

"그럼, 말해 봐. 천하를 뒤흔들 수 있다는 네 과거사를."

"나는 전생의 기억을 가진 회귀자요."

장평은 담담한 목소리로 말했다.

"그리고, 마교가 내 정체를 눈치챈 것 같소."

* * *

두 여자가 있었다.

연심을 억누르지 못해 사고를 친 여자와, 각오는 했지만 겪고 싶지는 않았던 상황을 마주한 여자가.

"너는 전생의 기억을 가진 사람이고, 마교는 그 사실을 알고 있다고?"

그러나 장평이 진실을 털어놓은 순간, 두 여자는 서로 다른 방식으로 본래의 모습을 되찾았다.

"그거 흥미로운 얘기네."

"그 말이 사실이라면, 우리는 어떻게 마교에 대처해야 하는가?"

그가 가장 신뢰하는 학자와 첩보 지휘관을 향해, 장평은 입을 열었다.

"일단은, 제 전생에 대해 털어놓는 것부터 시작해야 할 것 같군요."

장평은 최대한 건조하고 명확하게 사실만을 풀어 놓았다.

대운표국이 망하기 전까지의 방탕한 이십 년과, 낭인으로서 뒷골목을 떠돌던 나날들. 그리고 강호에서 쌓은 경험을 살려 무림맹에 들어간 이후의 삶을.

거기에, '한숨 소리'나 '검고 흰 노인'등의 기이한 현상까지도 가능한 선에서는 설명했다.

"그래서, 환생한 넌 지금까지 그 '백면야차'라는 자를 찾고 있던 거라고? 네 삶을 빼앗은 원한과, 그가 천하에 저지를 악행을 막기 위해 살아가고 있는 거라고?"

"그렇소."

너무나도 기이한 이야기였기에, 남궁연연은 자신도 모르게 미심쩍은 표정을 지었다.

그러나 그것도 잠시.

장평과 용윤 두 사람의 표정과 눈빛을 본 그녀는 확신했다.

"장난은…… 아닌 모양이네."

남궁연연은 용맹스러운 미소를 지었다.

"그 얘기가 사실이라면, 이건 세기를 뒤흔들 연구 주제가 될 거야."

야만스러운 학구열에 불이 붙은 학자의 표정이었다.

"그리고 나는, 그 얘기를 사실이라고 믿겠어. 내가 믿는 네가 해 준 얘기니까."

"고맙소."

세 사람 모두, 각자의 분야에서는 최고 수준의 지적 능력을 가지고 있었다.

그러나 대규모의 정보를 분류하고 정제하는 일은 학자인 남궁연연의 특기. 그녀는 장평이 풀어놓은 전생의 이야기들 속에서, '질문'을 빚어 냈다.

"네 전생에서, '백면야차'는 대체 뭘 노리고 있던 거야?"

"모르겠소."

"그가 지시한 일들을 되짚어보면, 의도를 볼 수 있지 않을까?"

"암살이나 기밀 유출 등의 직접적인 행동이었소. 나는 '백면야차'가 정확히 무슨 그림을 그리고 있었는지 이해할 수 없었소. 그저 마교의 부교주로서 무림과 황실을 약화시키는 것이라 추정했을 뿐."

"그가 정말로 마교의 부교주였다고 생각해?"

"아마 아닐 것 같소."

"그렇다면 그는, 자신만의 목적이 있어서 무림을 상대로 악행을 저질렀다는 거네?"

"그럴 거요."

"그게 대체 뭐지?"

남궁연연과 장평은 잠시 생각에 잠겼다.

그 순간, 그는 용윤이 아직도 생각에 잠겨 있다는 사실을 깨달았다.

"무슨 생각을 그리 깊이 하고 계십니까?"

"네 얘기를 듣다가 깨달은 건데……."

용윤은 고개를 갸웃거리며 물었다.

"그러니까, 전생의 너는 '백면야차'에게 잡힌 이후로는 그의 수족으로 활동했다는 거지?"

"예."

"그리고 '백면야차'는 무림맹에서 암약하며 제국에 타격을 입힌 악당이고?"

그 순간, 장평은 문득 불길한 예감을 느꼈다.

"……예."

"그렇다면 그 말은…… 그의 수하였던 너도 무림공적이자 역적이었다는 거네?"

"……."

무림맹의 첩보 지휘관이자 황실의 공주는 싸늘한 눈으로 장평을 바라보았다.

"역적……."

"협박 당해서 그랬던 겁니다."

장평은 곤혹스러운 표정으로 변명했다.

"놈은 제 몸에 고독을 심었다고요."

"역적은 구족연좌. 종범(從犯) 또한 대죄임은 너도 알고 있을 텐데?"

"어디까지나 전생의 일입니다만……."

"전생이라곤 해도, 네 기억은 이어지고 있잖나. 그렇다면 아직 끝나지 않은 일이 아니겠는가?"

"그럼, 절 죽이실 겁니까?"

장평은 용윤을 바라보며 물었다.

"제가 죽거나 도망쳐서, 당신의 삶에서 사라지길 바라십니까?"

"……어?"

조금 전까지 몸을 섞었던 정인의 교활한 말에, 용윤은

난처한 표정을 지었다.

"아니…… 그게……."

"과거는 과거일 뿐이니, 전생의 일은 전생의 일로 묻어두시지요."

"으…… 으으……."

어느새 궁지에 몰린 용윤이 쩔쩔매는 모습을 보며, 옆에서 듣고 있던 남궁연연은 고개를 절래절래 내저었다.

"넌 내 남편이지만…… 진짜 나쁜 놈이야……."

"나도 잘 알고 있소."

장평은 쓴웃음을 지으며 말했다.

"그러니, 본론으로 돌아갑시다."

"그래."

남궁연연은 장평을 바라보았다.

"네 얘기를 듣다보니, 나도 의문스러운 점이 생겼어."

"그게 뭐요?"

"넌 진짜 교활한 놈이야. 그건 너도 인정하지?"

"인정하오."

학자인 남궁연연이 박식하고 지휘관인 용윤이 현명하다면, 장평은 교활하다 할 수 있었다.

임기응변과 순발력은 변수가 난무하는 현장에서 살아남기 위한 첩보원의 자질.

'백면야차'에게 조종당하던 세월은, '장평'이 필사적으로 판단력을 갈고 닦은 시간이기도 했다.

"너는 교활하고, 전생에 대한 지식도 있어. 남의 기연을 가로채는 뻔뻔함까지 가지고 있고."

"……혼내려는 거요?"

"아니, 질문하는 거야. 네가 당연히 해야 했던 일을 하지 않은 점이 이상해서."

"그게 뭐요?"

"너는 동인하초를 위해 흑검객의 기연을 가로챘어. '백면야차'가 썼던 고독을 막기 위해서. 그런데, 대체 왜 동인하초부터 찾았던 거야?"

"그게 제일 급한 일이기 때문이었소."

"아니. 더 급하고 더 가치 있는 도구가 있잖아."

남궁연연은 고개를 갸웃거리며 물었다.

"실패하더라도 다시 시작할 수 있는 도구. 회생옥이."

"회생옥……?"

장평은 혼란스러움을 느꼈다.

"그래. 전생의 네가 확보해서 '백면야차'에게 바쳤다며. 그럼 넌 그게 어디 있는지 알고 있어야 하는 거 아니야?"

맞는 말이었다.

당연히 생각했어야 했고, 당연히 확보했어야 했다.

하지만, 장평은 하지 않았다.

아니. 하지 못했다.

지금 이 순간. 남궁연연이 지적하기 전까지는, 회생옥을 찾는다는 발상조차 하지 못했기 때문이었다.

마치, 누군가가 회생옥에 대해 생각하는 것을 금지하기라도 한 것처럼……

그 순간, 장평은 자신도 모르게 한 가지 생각을 떠올렸다.

〈백면야차는 죽어야 한다.〉

그래. 백면야차는 죽어야 했다.

장평의 삶에서, 그보다 중요한 일은 아무것도 없었다.

언제나처럼 투지가 샘솟고 정신이 맑아졌다.

그러나 장평은 혼란스러움을 느꼈다.

'왜? 내가 갑자기 왜 이런 생각을 한 거지?'

회귀한 이후부터, 저 생각은 늘 장평의 머릿속에 머물러 있었다. 지치고 궁지에 몰렸을 때, 언제나 투지와 의지를 북돋아 주었다.

그러나 장평은, 처음으로 의심을 품었다.

'어쩌면 이건…… 내 생각이 아니라…….'

그 순간, 누군가의 손길이 장평을 흔들었다.

"장평. 괜찮아?"

남궁연연과 용윤이 걱정스러운 표정으로 장평을 내려다보고 있었다.

"……음?"

장평은 고개를 갸웃거리며 물었다.

"내가 왜 누워 있는 거요?"

"기억 안 나?"

"뭐가 말이오?"

"너 기절했었어."

"기절했다고? 내가?"

기가 약하고 병약한 사람이라면 모를까, 환골탈태를 마친 장평이 기절할 리가 없었다.

장평이 용윤을 돌아보자, 그녀는 심각한 표정으로 말했다.

"나도 보았다. 넌 생각하던 도중에 갑자기 쓰러졌다."

"……."

문제는, 장평과 용윤은 이런 모습을 처음 본 것이 아니라는 점이었다.

"……백화요원?"

"그래."

지금 이 순간에도, 해일처럼 강렬한 하나의 의지가 잡념들을 집어삼키고 있었다.

지금껏, 장평의 투지처럼 의태하고 있었던……

〈백면야차는 죽어야 한다.〉

……생각의 족쇄가.

* * *

남궁연연은 투덜거렸다.

"넌 대체 머릿속에 뭘 키우고 있는 거야?"

"나도 알고 싶구려."

그녀는 상황을 정리했다.

"좋아. 그럼 일단, 회생옥에 대해 기억하는 걸 말해 봐. 어디까지 금지되어 있는지를 확인할 겸, 네가 아는 모든 것을."

"그리 많이 알고 있는 것은 아니오. 무림맹주가 회생옥을 찾아 황제에게 진상하려 했었고, 나는 운반과정에서 가로챘소."

"회생옥은 어디서 찾았어?"

회생옥의 위치에 대해 생각하는 순간, 장평의 사고가 정지했다.

"생각할 수 없소."

"무림맹주가 찾았고, 황제에게 보내려 했다. 이건 확실해?"

"확실하오."

"누가, 어떻게 찾았어?"

"생각할 수 없소."

그렇게 세 사람은 회생옥에 대한 단서들을 점검했다.

"찾아서 확보했다면, 단서가 있었단 얘기네? 회생옥이 존재한다는 정보와, 그걸 찾을 수 있는 정보가?"

장평은 용윤을 보며 물었다.

"용윤께서는 짐작 가는 바가 없으십니까?"

"전혀 없다."

용윤은 남궁연연을 바라보았다.

"과거의 기록 속에는 회생옥이나 회귀에 대한 이야기는 없었나?"

"신빙성 있는 기록은 없었어요. 민담이나 도가의 우화 정도밖에 없어요."

"그렇다면, 우리 두 사람이 찾아보도록 하자. 각자의 방식대로."

"예. 공주님."

남궁연연은 장평을 바라보았다.

"장평. 너는 가능한 회생옥에 대해서는 생각하지 않는 편이 좋겠어. 지금처럼 픽픽 쓰러지면 문제가 생길 테니까."

"······알겠소."

"너는 너무 거물이 되었어. 네가 행한 일들의 여파로, 네가 아는 미래는 점점 더 어긋나게 될 거야. 그러니, 일단은 직면한 일들부터 하나씩 처리하자."

"······황궁의 혈겁."

남궁연연은 장평을 바라보았다.

"그래. 사실, 듣는 순간부터 그게 신경 쓰이고 있었어."

"무엇이 말이오?"

"전생에서도 무림맹주는 용태계였던 거지? 회생옥이 부서질 때까지?"

"그렇소."

"무림지존이 옆집에 있는데, 어떻게 황궁에서 혈겁이 일어날 수 있었던 거야? 은밀하게 황제만 암살하는 정도가 아니라, 유력 황족이 몰살 당하는 대혈겁이?"

남궁연연의 말은 단순한 질문이 아니었다. 그 너머 어딘가에서, 어렴풋이 음모의 악취가 풍기고 있었다.

용윤은 미간을 찌푸리며 물었다.

"……무슨 말을 하고 싶은 것인가?"

"알면서 뭘 물으세요."

남궁연연은 차분한 표정으로 말했다.

"용태계가 벌였거나, 최소한 묵인했을 거라는 얘기인데."

장평은 곤혹스러운 표정으로 말했다.

"그럴 리 없소. 연랑. 맹주님의 성격 상……."

"그래. 두 사람은 잘 알겠지. 용태계라는 사람이 어떤 사람인지."

남궁연연은 냉정한 목소리로 말했다.

"하지만 난 몰라. 그가 어떤 사람이고, 무슨 생각을 하는지를. 하지만 장평 네 얘기와 현재의 상황들을 종합했을 때, 자연스럽게 용태계의 이름이 떠올랐을 뿐이야."

"황궁의 혈겁을 일으킨 범인 말이오?"

"아니. 좀 더 근본적인 질문 말이야."

"그게 무엇이오?"

"'백면야차'는 어떻게 무림맹에서 암약할 수 있었던 거야? 무림지존인 용태계가 버티고 있는 무림맹에서?"

"……."

용태계의 벗과 여동생 앞에서, 남궁연연은 잔인할 정도로 냉정하게 말했다.

"용태계 본인이 '백면야차'가 아니라면, 그 누가 '백면야차'일 수 있겠어?"

* * *

'장평'의 삶 속에서, 황궁에는 대혈겁이 벌어졌다. 그리고 무림맹에는 '백면야차'가 활개치고 있었다.

둘 다, 용태계가 있다면 일어날 수 없는 일들이. 아니. 일어나서는 안 되는 일이었다.

그러나 용태계는 계속 무림맹주의 자리에 앉아 있었다.

회생옥이 부서지는 순간까지도.

"……그럴 리가 없소."

그러나, 장평은 고개를 내저었다.

"나는 맹주님의 품성을 잘 알고 있소. 맹주님은 '백면야차'가 될 수도 없고 될 필요도 없는 분이시오."

"확신해?"

"확신하오."

장평은 용태계가 보여준 가능성의 세계관을 떠올렸다. 믿을 수 없을 정도로 아름답고 따뜻한 풍경을.

"나는, 그의 마음가짐을 직접 보았으니까."

용윤 또한 거들었다.

"맹주님이 원한다면, 혈겁까지도 필요 없이 제위에 오르실 수 있을 것이다. 조정에는 지금 에도 맹주님을 추종하는 파벌이 있고, 그들을 막고 있는 것이 맹주님 본인이시니까."

남궁연연은 장평과 용윤을 번갈아 바라보았다.

"용태계를 믿고 싶은 거야? 아니면 용태계는 믿을 수 있다고 판단한 거야?"

"둘 다요."

"이상한 대답이네."

남궁연연은 장평을 보며 말했다.

"첩보원에게, 믿음이란 가장 조심스러워야 하는 감정 아니었어?"

"……."

장평과 용윤은 침묵했다.

반박할 수 없는 정론이었기 때문이었다.

"……얘기는 끝난 것 같네요."

남궁연연은 자리에서 일어나며 말했다.

"각자의 위치에서, 할 수 있는 걸 하도록 하죠. 새로운 정보가 입수되면 서로 공유하면서요."

"……그러지."

"장평. 공주님 바래다 드리고 와."

그녀는 자신의 남편을 바라보며 말했다.

"앞날에 대한 논의도 하고."

"……알겠소."

용윤이 기관을 조작하자, 비밀통로의 문이 열렸다.

두 사람이 통로 속으로 사라지자, 남궁연연은 착잡한 표정으로 닫혀 버린 벽을 바라보았다.

"내 신방에…… 저런 구멍이 있었구나……."

* * *

해야 할 얘기가 있었다.

그러나, 장평과 용윤 모두 무거운 침묵 속에 걸음을 옮겼다.

입술이 붙어 버린 것 같았다. 목구멍이 막힌 것 같았다.

이성적이고 언변에 능한 두 사람이었지만, 그들이 나눠야 할 말은 어렵고도 어려웠다.

"……후회해?"

용윤이 조심스러운 목소리로 입을 연 것은, 비밀통로의 끝. 별운궁의 비밀 문 앞에 도착했을 때였다.

"만약…… 네가 후회한다면……."

불안함과 긴장감 속에서도 힘겹게 말을 건네는 그녀를 보며, 장평은 차분한 목소리로 말했다.

"후회합니다."

"그래. 그렇구나. 후회…… 하는 거구나……."

용윤은 고개를 떨궜다.

"하지만 나는 후회하지 않아. 나는…… 솔직할 수 있었으니까. 너에게도, 내 감정에게도."

그녀는 쓸쓸한 미소와 함께 한숨을 내쉬었다.

"오늘의 일이 너와 네 아내를 불편하게 만든다면…… 잊어버려도 좋아. 나는…… 그냥 하룻밤의 꿈으로 간직하고 있을 테니까……."

"……."

"그러니까…… 내가 하고 싶었던 말은…… 잘 가라고 말하려던 거였어. 출근한 뒤에…… 보고하러…… 오라고……."

맥없는 용윤의 손이 벽에 있는 기관을 짚은 그 순간. 장평의 크고 거친 손이 그녀의 섬섬옥수를 덮었다.

"……장평?"

"우리 사이에 있던 일을 후회하는 것이 아닙니다."

장평의 말은 무겁고 텁텁했다.

"사람으로서 이 세상에 생을 받은 이들 중에, 후회하지 않으며 살아가는 사람이 어디에 있겠습니까?"

그러나, 따뜻했다.

그의 손처럼.

"저는 그저, 그 일이 제게 소중한 사람에게 상처를 주는 방식으로 벌어진 것을 후회하는 것입니다."

"그건……."

용윤은 어색한 미소를 지었다.

"……그래. 네 말이 맞네. 오늘이 아닐 수도 있었고, 그녀의 방이 아닐 수도 있었는데 말이야."

그녀는 벽에 등을 기댔다. 그리고 미끄러지듯 주저앉았다.

"후……."

긴장이 풀린 탓이었다.

"사람의 마음이란…… 참으로 다루기 힘든 것이구나."

용윤은 투덜거리며 고백했다.

"내 안에 있는 내 마음을 다루는 것이, 황실의 계략과 마교의 책략에 맞서 싸우는 것보다 어렵다니. 정말 이상한 일이야."

"감정에는 이치를 구하지 마십시오. 정론도, 정답도 없으니까요."

장평은 용윤 옆에 앉았다.

"……날 좋아해?"

"좋아하지 않을 이유가 없지요."

"그럼, 날 좋아할 이유는 없어?"

"유능하고 현명하시니까요. 신분 덕분에 실권 또한 가지고 있으시고요."

"……그게 전부야?"

"더 필요합니까?"

용윤은 시무룩한 표정으로 말했다.

"그렇구나…… 그게 전부였구나……."

"농담입니다."

장평은 피식 웃으며 말했다.

"용윤 당신께서는 절세가인이시니, 피부는 비단결 같고 눈동자는 보석 같습니다. 몸매는 버들가지처럼 늘씬하고 속살은 갓 찧은 떡처럼 탄력 있으며, 체취는 청아하고 목소리는 낭랑합니다. 귓가에 속삭일 때의 달콤함은 마치 봄 바람과 같……."

"……적당히 하지?"

비밀통로의 어둠조차도, 홍시처럼 빨개진 처녀의 낯빛을 감출 수는 없었다.

장평은 웃으며 말했다.

"그렇다면, 평소의 까칠함 덕분에 솔직할 때의 당신께서 더욱 귀엽고 사랑스럽다는 말까지는 해도 되겠습니까?"

"이미 했잖아……."

"그렇군요. 이미 했군요."

장평의 능청스러운 말에, 바짝 약이 오른 용윤은 발을 동동 굴렀다.

"……교활해."

"제 장점이 그것 말고 또 있겠습니까?"

"있어. 많아."

용윤은 머리를 기울여 장평의 어깨에 기댔다.

"내가 기댈 수 있는 사람이잖아."

"그렇군요."

장평 또한 머리를 기울여 용윤의 머리에 기댔다. 지그시 눈을 감은 용윤은 속삭였다.

"……그녀의 말이 맞을까?"

착 가라앉은 목소리 덕분에, 장평은 직감할 수 있었다.

"저도 믿고 싶지 않습니다."

용윤은 지금, 용태계가 '백면야차'일 거라는 주장에 대해 말하고 있음을.

"하지만, 믿음 외에는 반박할 근거가 없다면…… 의심

해야 하는 것도 사실입니다."

"사람의 마음은 정말 어렵구나. 이성적인 판단인데도, 그 결론에 죄책감을 갖게 되다니."

"시간이 지나면 익숙해지실 겁니다."

"죄책감에?"

"아뇨. 죄책감마저 느끼는 일을 저지르는 것에요."

"그렇구나."

용윤은 한참 동안 침묵하다가 말했다.

"만약 맹…… 아니. 오라버니가 '백면야차'라면, 그 이유가 뭘까? 대체 무얼 위해 '백면야차'가 된 것일까?"

"모르겠습니다."

"모르는구나. 회귀라는 기적을 겪은 사람조차도, 한 사람의 생각은 알 수 없는 거구나."

용윤은 한숨을 내쉬었다.

"난 무서워. 오라버니가 괴물이 되고도 남을 능력을 가졌다는 것이, 그 무시무시한 능력을 통제하는 것이 오직 오라버니의 마음과 생각뿐이라는 것이 두려워졌어."

그녀는 장평의 손등에 자신의 손을 얹었다. 손가락 사이로 그녀의 손가락이 파고들어 깍지를 꼈다.

"내 안의 내 마음은 이렇게 제멋대로 날뛰고 있는데, 오라버니의 마음을 어찌 믿겠어?"

"맹주님은 특별한 분이십니다. 그러니, 그분의 특별함을 믿어 봅시다."

"그래. 장평. 너 같은 사람도 있으니, 오라버니 같은 사람이 있을 수도 있겠지."

장평은 쓴웃음을 지었다.

"어떤 의미입니까?"

"생각해 봐. 장평."

용윤은 활기차게 몸을 일으켰다.

"생각하는 건 네 특기잖아?"

꾹.

용윤이 벽을 짚자, 장롱으로 꾸며진 비밀문이 열렸다.

"아, 맞다."

용윤은 문득 생각났다는 듯이 말했다.

"난 너랑 결혼할 거야."

"……하는 거군요."

"응. 할 거야. 내 마음이 원하니까, 할 거야. 그리고 너도, 나랑 결혼해야 할 거야."

용윤은 활짝 웃으며 말했다.

"네 비밀을 아는 사람을, 적으로 돌리기 싫다면 말이야!"

비밀문이 닫혔고, 장평은 언제나처럼 어둠 속에 홀로 남았다.

'백면야차는 죽어야 한다.'

익숙한 생각이 머릿속에 떠오르는 그 순간.

장평은 주먹을 움켜쥐고 자신의 관자놀이를 후려 갈겼다.

빠악!

"나는 '백면야차'의 적이 아니다. 내 삶을 빼앗으려 드는 사람의 적이다."

뻐근한 통증 속에서, 장평은 으르렁거렸다.

"네가 누구건, 목적이 무엇이건 상관없다. 날 묶은 이상 너는 나의 적이다. 그러니, 내 맹세를 들어라. 내 생각을 빼앗은 자여."

자신의 생각을 묶은 족쇄와, 그 족쇄를 채운 누군가를 향해서 투지를 불태웠다.

"나는 내 삶을 다해 너와 싸울 것이다. 이번 삶에서 너를 꺾지 못한다면 다음 삶에서도. 다음 삶에서도 널 꺾지 못한다면 그 다음의 삶이 다하는 날까지 너와 싸울 것이다. 천년이 걸린다면 천년을 싸우고, 만년이 걸린다면 만년을 싸울 것이다. 내가 생각할 수 있는 한, 너와 맞서는 것을 멈추지 않을 것이다."

결의에 찬 장평의 안광이, 도깨비불처럼 어둠 속에서 빛났다.

"내 마음이, 내 삶을 되찾을 때까지!"

回生武士

4장

4장

〈'백면야차'는 죽어야 한다.〉

단순한 문장이었다.

한 첩보원이 죽는 순간까지 품고 있던 결의였고, 회귀라는 기적을 겪은 뒤에도 줄곧 장평을 이끈 목표였다.

〈그렇다면 '백면야차'는 대체 누구인가?〉

그러나, 그것은 단순한 질문이 아니었다.

'아마도 마교의 부교주일 것이다.'

처음에는 마교의 인물이라고 생각했었다.

스스로가 마교의 부교주를 자처했기에, 그리고 무림맹에 해가 되는 일들을 지시했기에, 장평은 확신을 갖고 있었다.

'아니. 백면야차는 마교도가 아니다.'

그러나 마교에는 부교주라는 지위가 존재하지 않았다. 최고 간부인 대마들조차도 백면야차라는 단어조차도 몰랐을 정도였다.

그 이름에 관련된 자들은 마교가 아닌 그 반대. 무림맹의 첩보부였다.

'마교도가 아니라면, 무림맹에 있을 가능성이 높다.'

장평은 무림맹 내부의 용의자들을 추려냈다.

정보의 흐름을 틀어쥔 개방도. 맹목개.

출신이 불확실한 광기의 명의. 화선홍.

백면야차 작전의 실행자. 첩보원 백리흠.

셋 다 의심스러운 부분이 있었지만, 모두 다 혐의를 벗었다.

그리고 지금 이 순간.

지금까지의 모든 여정 끝에, 장평은 백면야차의 정체에 대해 그 어느 때보다 가까워진 상태였다.

'용태계.'

그는 장평이 가장 신뢰하는 사람이자, 동시에 가장 적으로 돌리고 싶지 않은 인물이었다.

〈첩보원에게, 믿음이란 가장 조심스러워야 하는 감정 아니었어?〉

하지만, 남궁연연의 지적은 합리적이었다.

용태계는 '백면야차'로서 암약하고도 남을 능력이 있었고, 할 수 있다면 의심해야 했다.

'용태계는 백면야차가 될 필요가 없다.'

물론, 대답해야 할 많은 의문이 있었다.

'백면야차가 되어서까지 얻을 것이 없다.'

그러나, 그것은 장평이 멈출 이유가 되지 못했다.

'내겐 용태계를 죽일 능력도 없다.'

그저, 이제부터 해결해야 하는 문제들 중 하나에 불과했다.

'천마는 내가 백면야차라고 생각할 것이다.'

확신을 가진 천마는 장평을 제거하려 할 것이고.

'내 생각은 내 것이 아닐지도 모른다.'

장평 자신의 기억과 생각조차도 의심해야 한다 해도.

'하지만, 상관없다.'

그러나, 그건 중요하지 않았다.

해야 할 일이 조금 늘어났을 뿐, 변한 것은 아무 것도 없었다.

'백면야차는 죽어야 한다.'

복수심은 변함없이 타오르고 있었고, 이제는 이루고 싶은 소망까지 생겼으니까.

'내 마음이, 내 삶을 되찾기 위해서라도.'

* * *

장평과 남궁연연. 그리고 용윤.

회귀한 첩보원과, 열린 사고의 학자. 그리고 제국의 첩보망을 총지휘하는 황실의 금지옥엽.

너무나도 다른 세 사람이었지만, 두 가지 공통점을 가지고 있었다.
"그럼, 해야 할 일을 하도록 합시다."
각자의 분야에서는 최고 수준의 지적 능력을 지니고 있다는 점과.
"……그래. 그러자. 함께, 힘을 합치자."
필요하다면, 마음의 불편함을 잠시 묻어 둘 수 있다는 점에서.
학자. '질문을 만들어 내는' 남궁연연은 차분히 말했다.
"나는 기존의 기록들을 찾아볼게. 회귀에 대한 기록을 수집하면서……."
회귀자인 장평이었지만, 정작 장평 본인은 회귀 현상에 대해 아는 것이 거의 없었다.
정보가 부족하다면 생각하는 것을 그만두는 첩보원 특유의 실용적인 사고방식과……
"세뇌에 대한 연구를 해 보도록 할게."
……장평 본인의 정신을 억압하고 있는 미지의 존재들 때문에.
"그렇다면 나는 남궁 부인의 연구를 돕지."
첩보 지휘관. '질문을 풀 방법을 찾아내는' 용윤은 진지한 목소리로 말했다.
"그녀에게 더 많은 자료와 고급 정보를 제공하고……."
남궁연연은 현명한 학자였지만, 애매한 신분 탓에 고급 정보에는 접근할 수 없었다.

용윤은 그녀를 도울 수 있었다.

더 많은 자료와, 더 중요한 정보들을 제공하여 남궁연연의 연구를 돕고…….

"남궁 부인이 획득한 단서들을 조사하겠네."

……남궁연연이 얻어 낸 가설들을 검증할 작전을 설계할 수 있었다.

첩보원. '현장에서의 변수에 대응하는' 장평은 굳은 결의가 담긴 눈으로 두 사람을 바라보았다.

"알다시피, 나는 이제 내 정신을 신뢰할 수 없소. 그러니, 연랑이 나 대신 생각해 주시오. 그리고 용윤께서는 제가 확인해야 할 일을 지시해 주십시오."

첩보원으로 훈련된 장평은, 다른 사람을 믿을 용기를 내지 못했다.

그는 홀로 걸었고, 홀로 싸웠다.

장평이 맞서야 하는 시련이 크고 무겁기에, 더욱 비밀스럽고 거짓되게 맞서 싸우려 했다.

그러나 지금. 사고의 결락(缺落)을 자각한 장평은 타인의 도움을 받아야 한다는 현실을 인정해야만 했다.

"저는 그 지시를 따르겠습니다. 현장에서 어떤 변수가 생기더라도, 임무를 완수하겠습니다. 아무리 어렵고 불가능한 임무라 해도, 결코 포기하지 않을 것입니다. 제 삶을 되찾기 위해서. 그리고……."

장평은 결의에 찬 눈으로 두 여자를 바라보았다. 몸과 마음을 섞은 두 아내들을.

"……제 삶의 동반자인 두 분을 위해서요."
남궁연연은 피식 웃으며 말했다.
"둘로 끝이긴 해?"
"……응?"
순간적으로 말문이 막힌 장평을 보며, 용윤은 심각한 표정으로 말했다.
"아니. 어쩌면 내가 끝이 아닐 수도 있다."
"……진짜로요?"
"그래. 현 청소반장인 서수리와는 이미 여러 번 몸을 섞었고, 마교도 중에서도 장평에게 연심을 품은 여자도 있다."
"청소반이야 둘째치고, 마교도요? 장평이랑 마교는 불구대천의 원수 아니었어요?"
"홍수대마는 이미 대놓고 고백했고, 행실을 보면 혼돈대마도 수상하다."
장평은 자신의 둘째 부인을 바라보았다.
"공주님……?"
황실과 무림맹의 첩보전을 지휘하는 총지휘관이자, 장평 스스로 제출한 보고서를 가지고 있는 여자를.
"그리고 정황상, 마교에서 보낸 외교대사인 술야라는 천축인도……."
"억측이 지나치십니다. 그저 업무를 위해 접촉했던 것뿐입니다."
"하지만, 술야가 술자리에 동석한 것은 네가 손님으로 왔을 때뿐인데?"

남궁연연은 침중한 표정을 지었다.

 "자백할 거 있으면 미리 자백해. 마음의 준비라도 해둬야 배신감이라도 덜 느끼지……."

 "마교도는 내 적이고, 술야는 그 창구였을 뿐이오. 창칼이 아닌 말로서 겨루었을 뿐. 그녀 또한 내 적이오."

 장평의 말에, 용윤은 고개를 갸웃거렸다.

 "아닌 것 같던데. 네게만 특별대우하는 걸 보면 꼬신 거 같던데……."

 "절 너무 과대평가하시는 겁니다."

 장평은 딱 잘라 말했다.

 "제가 고왕추도 아니고, 만나는 여자마다 제게 반할 리가 있겠습니까?"

 "꼬셨잖나. 화란과 서수리. 동부용. 일하면서 만난 모든 여자를 꼬셨잖나."

 반박할 수 없는 말이었다.

 "그리고, 나도 꼬셨고."

 "전 안 꼬셨습니다. 용윤 당신께서 스스로 제게 반하셨을 뿐이지."

 "그래. 그 새침한 말투로 날 유혹했잖나."

 "……용윤께서는 편견을 버리실 필요가 있습니다."

 장평은 한숨을 내쉬었다.

 "사람의 관계는 다양합니다. 남녀가 만남을 이어간다고 무조건 상대방에게 연심을 품는 것은 아닙니다."

 "그래?"

"그렇습니다."
"난 반했는데……."
"그건 용윤 당신께서 이상한 겁니다."
"이상하다고?"
용윤은 남궁연연을 바라보았다.
"내가 이상한가?"
"이상해요."
"내가 이상한 거였구나……."
용윤은 주눅이 든 표정으로 말했다.
"……어쨌건, 네 호언장담이 사실이길 빌지. 너의 새로운 아내와 마주칠 일이 없기를."
남궁연연은 용윤을 빤히 바라보았다.
"그거, 낯설지 않은 바람이네요……."
"……."
흠칫 놀란 용윤이 애써 시선을 피하는 모습을 보며, 장평은 자리에서 일어났다.
"회의가 끝났으면, 이만 나가 보겠습니다."
"자리를 파하기 전에, 논하기 싫은 것이 있네."
용윤은 장평을 바라보았다.
"우린 이제 남이 아닌데, 언제까지 내 이름을 부를 것인가?"
"애칭을 불러달라는 겁니까?"
"그렇네. 예를 들면 윤매라던가 윤랑 같은……."
그 순간, 남궁연연의 시선을 느낀 용윤은 움츠러든 목

소리로 말했다.
"……아니. 랑은 빼고. 윤랑 말고 다른 애칭."
"그렇다면, 공주님이라고 부르겠습니다."
"친근감이 아니라 거리감이 느껴지는데?"
"일국의 공주를 대하듯 귀히 여기며 존중하겠다는 의미입니다."
"그런가? 공주처럼 귀하게 생각한다는 뜻이라고?"
"그렇습니다."
"네 말이 마음에 드는구나."
용윤은 싱그러운 미소를 지었다.
"공주님께서 마음에 드신다니 다행이군요."
자리에서 일어난 장평은 포권을 했다.
"그럼, 저는 먼저 나가 보겠습니다."
장평이 황급히 방에서 빠져나간 순간, 용윤은 뒤늦게 깨달았다.
"잠깐. 난 원래 공주인데……?"
절대 속지 말아야 할 그녀가 사탕발림에 넘어간 모습을 보며, 남궁연연은 한숨을 내쉬며 말했다.
"우리, 정말로 이대로 괜찮은 걸까……?"
여러모로, 복잡한 감정이 담긴 목소리로.

* * *

집 안은, 이제 다른 의미의 전장이었다.

패주하는 패잔병인 장평은 한숨을 내쉬었다.
'이대로 괜찮은 걸까……?'
속이는 것은 쉽지만 진실하긴 어려웠다.
장평은 두 여자의 마음을 받아들였고, 그 또한 두 사람 모두를 존중하고 사랑했다.
그러나 가슴 속에 존중하고 사랑하는 마음을 품는 것과, 그 마음대로 행동하는 것은 별개의 문제였다.
'어렵구나.'
한 사람의 반려에게 충실한 것도 평생이 필요한 일인데, 하물며 두 사람의 아내라니.
'처음 겪는 낯선 일이기에, 어찌해야 할지 모르겠구나.'
황실과 명문세가 출신인 두 아내는 이미 일부다처를 납득하고 있었지만, 장평은 아니었다.
그의 아버지인 장대명은 젊어서 사별한 아내를 기리며 평생 재혼하지 않았으니까.
'일단은, 더 늘리지 않도록 노력할 수밖에.'
보는 여자마다 꼬신다는 용윤의 말은 과장된 오해였지만, 어느 정도는 새겨들을 부분이 있긴 했다.
'내 입장이 바뀌었다면, 내 행실 또한 바뀔 필요가 있다.'
공사가 뒤섞이는 것은 좋은 일이 아니었다.
특히……
'이제부터는, 의심해야만 하니까.'
고개를 든 장평의 눈에, 천하에서 제일 높은 건물이 들어왔다.

'내가 제일 의심하지 않고 싶은 사람을.'

무림맹의 맹주실.

용태계가 머무는 방을.

* * *

그리고, 시간이 흘렀다.

첩보기관의 수장인 용윤은 자신의 권한 아래 첩보망을 섬세하게 조율했다.

황궁에 무력을 행사할 수 있는 이들에 대한 조사와, 권신들 사이의 권력구도에 대한 조사.

그리고 무엇보다도…….

"이로서, '타화자재천왕(他化自在天王)'에 대한 감시망이 완성되었어."

타화자재천왕. '백면야차'의 최유력 용의자인 용태계에게 붙은 암호명이었다.

불교에서 이르기를, 타화자재천왕 마라 파피야스는 현실세계를 지배하는 마왕 중의 마왕이었다. 그는 중생의 번뇌를 음미하며 즐기는 최흉의 마신으로, 수행길에 나선 붓다를 끝없이 유혹하고 시험에 들게 만든 숙적이기도 했다.

오직 깨달음을 얻은 수행자만이 그를 파멸시킬 수 있기에, 수행자를 유혹하여 수행을 방해하는 불령해탈(不令解脫)의 마신.

중원, 아니. 세계가 마주한 궁극의 적인 '백면야차'에게 걸맞은 암호명이었다.

"공주님은 불교를 깊이 믿으시는군요."

"믿어서 손해 볼 것도 없잖아? 저승이나 환생이 실존한다면 말이지."

"저승도, 환생도 미신일 뿐입니다."

"미신이 아닐 수도 있지."

용윤은 쓴 웃음을 지으며 말했다.

"당장 내 눈 앞에, 다음 삶을 살고 있는 사람도 걸어 다니는 판이니까."

"저는 '다음'이 아니라 '다시' 살고 있는 겁니다만……."

"지금의 네 입장에서는 회귀한 거지만, 전생의 '장평' 입장에서 보자면 다음 생이겠지?"

잠시 생각하던 장평은 고개를 끄덕였다.

"확실히, 틀린 말은 아닌 것 같군요."

"그렇다고 신앙을 가질 생각은 없지만?"

"이제와서 신앙을 가질 생각은 없지만요."

"그래. 그게 너다운 말이지."

용윤은 피식 웃으며 말했다.

"어쨌건, 타화자재천왕에게 협력적인 고관대작과 맹목개의 첩보망 모두를 완벽하게 감시 중이야."

"타화자재천왕에게 별개의 비선(秘線)이 있을 수도 있습니다."

"아니, 없을 거야."

용윤은 착잡한 표정으로 말했다.

"타화자재천왕. 아니, 큰 오라버니는…… 나를 신뢰하고 있으니까."

"……."

장평은 침묵했다.

가장 믿는 사람을 의심한다는 것은 쉬운 일이 아니었다. 그리고 용윤은 첩보 지휘관으로서의 능력과는 별개로 감수성이 진하고 감정이 격렬한 사람이었다.

그리고 아버지의 얼굴조차 보지 못한 그녀에게 있어, 용태계는 사실상의 아버지와 같은 사람이었다…….

"……그런 표정 짓지 마. 장평. 네가 무얼 걱정하는지는 나도 잘 알고 있으니까."

용윤은 장평의 가슴팍에 머리를 기대며 말했다.

"남궁 부인의 말이 옳아. 큰 오라버니에게 '백면야차'가 될 능력이 있다면, 일단 의심하는 것이 올바른 일이야. 그러니, 나는 최선을 다해 의심하고 조사할 거야."

"맹주님이 '백면야차'가 아니라는 증거를 얻기 위해서요?"

"그래."

장평은 고개를 끄덕였다.

"승부처는 결국…… 황궁."

황궁의 변란.

현 황제 용균은 물론, 황위 계승권을 가진 모든 황족이 몰살당하는 대참사.

누가, 어떻게, 왜 벌였는지는 알 수 없었다.

유일한 단서는 시간. 늦어도 올해 안에 벌어진다는 것뿐이었다.

"우리가 가진 유일한 패는, 알고 있다는 것뿐. 그 이점을 살리려면, 비밀을 유지해야 합니다. 비밀을 유지해서 기습이라도 할 수 있어야 합니다."

장평은 침착한 목소리로 말했다.

"최악의 경우, 우리는 지상 최강의 생명체와 싸우게 될 테니까요."

* * *

첩보전은 치명적이고 위험했지만, 격렬함과 화려함과는 거리가 멀었다. 오히려 몸을 낮추고 그림자에 숨어 상황이 바뀔 때까지 기다리는 경우가 더 많았다.

적 또한 어둠 속에 숨어 보이지 않으니, 싸울 상대는 자기 자신뿐.

사방의 모든 것을 경계하는 초조함과 압박감. 자신이 판단이 오판일지도 모른다는 불안감과 의심 속에서, 반쯤은 도박하는 마음으로 기다릴 뿐이었다.

'와라. 뭐가 됐건, 와라.'

장평은 평범한 일상을 보내는 척하면서 귀를 열어두고 있었다.

척착호와 화선홍. 악호천과 모용평. 그리고 이름도 기

억나지 않는 수많은 무림인.

장평은 말을 줄였고 귀를 열었다. 평범한 잡담을 빙자해, 어떠한 정보건 긁어모으기 위해서였다.

'변수가 생길 것이다. 그게 무엇인지 모르겠지만, 상황이 바뀔 것이다.'

시간이 흐르면 변화는 온다. 호재가 될지 악재가 될지는 모르겠지만, 급변하는 상황 속에서는 움직일 기회가 오기 마련이었다.

'어떤 변화건…… 와라.'

평온한 수면 아래서 무언가 꿈틀거리는 그림자들이 느껴졌다.

자신만의 계획을 가진 자들. 정황을 살피고 기회를 노리는 악의들. 그들이 누구고 뭘 노리는지는 모르겠지만, 한 가지는 분명했다.

언젠가는 움직일 것이라는 점은.

그리고, 그 첫 파문이 장평의 대문을 두드렸다.

"오래간만이에요. 장평 대인."

협박의 두목. 좌불안석 오연이 찾아 온 것이었다.

"혼자 올 거라고 생각했다만."

열 명의 하인들과 함께.

장평의 냉담한 눈에, 오연은 여유 있는 표정으로 말했다.

"집은 크고 손은 적으니, 가내를 돌볼 하인이 필요하실 것 같아서요."

"날 염탐할 하인이?"

"잡일을 맡을 하인이요."

장평과 오연은 서로를 바라보았다.

그 둘 사이의 관계는 건조하고 타산적이었다. 오연은 복수와 복권을 원하고, 장평은 그에게는 불필요한 자원으로 인재를 부릴 수 있었다.

하오문의 정보망에 접근 가능한 인재를.

장평은 건조한 눈빛으로 사람들을 살폈다.

"무공을 익힌 자는 없군. 독이냐 약물. 혹은 암기를 다룰 줄 아는 자는 없나?"

"없지만, 필요하시다면 구할 수는 있어요."

"필요 없으니 하는 말이다."

장평은 손톱 밑이 누런 중년인을 보며 말했다.

"미리 말해 두겠지만, 있다면 지금 말해라. 지금 말한다면 돌려보내는 걸로 끝날 것이지만, 내 집에 들어 온 이후에는 살아서 나갈 수 없을 것이다."

"대인께서 경계하시는 것은 이해합니다만, 제 손끝이 물든 것은 독 때문이 아닙니다."

중년인은 겁먹은 표정으로 말했다.

"그저 제 특기가 사천 요리라서 맵고 진한 향신료를 많이 만졌을 뿐입니다."

"숙수인가?"

오연은 변명하듯 말했다.

"일급 숙수예요. 이 북경 안에서도 주방장을 맡을 수준의 실력자지요."

"인상적이군."

장평은 오연을 바라보았다.

"이런 자들을 데리고 아무 탈 없이 북경에 잠입했다니 말이야."

"칭찬으로 듣지요."

오연은 웃으며 말했다.

"그래서, 합격인가요 불합격인가요?"

"합격이다."

장평은 몸을 돌려 길을 틔워 주었다.

"빈 건물이 많으니, 뜻대로 써라."

"우아하고 아늑한 장원이로군요."

집 안을 둘러본 오연은 미소를 지었다.

"일하는 보람이 있겠어요."

"그야 그렇겠지."

장평은 연못을 중심으로 한 세 전각들을 가리켰다.

"저 전각들은 나와 내 아내를 위한 공간이다. 바깥의 전각들은 자유롭게 드나들어도 좋지만, 저 전각들 주변에는 얼씬거리지 마라."

"가주님의 지척에 있어야 편히 부르실 수 있지 않을까요?"

"나는 불편한 삶에 익숙하다."

잠시 장평을 바라보던 오연은 고개를 끄덕였다.

"그럼 이제, 보수에 대해 논해도 될까요?"

"급료는 북경 시세의 두 배로 쳐 주지."

"그런 푼돈 말고요."

그녀가 원하는 것은 복수와 복권. 사기의 두목이자 현 하오문주인 호로견자를 제거하고 하오문주의 자리에 오르는 것이었다.

"하루아침에 해결될 문제가 아님은 네가 더 잘 알고 있을텐데?"

"그건 알지만, 계약금 정도는 받고 싶군요."

"넌 내 집에서 일할 것이다."

"그게 보수라고요?"

"부족한가?"

반박하려던 순간, 오연은 깨달았다.

"그렇군요. 전 이제, 북경에서 머물게 된 것이군요."

북경은 황궁이 위치한 제국의 수도.

거상(巨商)과 대부호. 고관대작이 득시글거리는 곳이었다. 그렇기에 북경의 관리자들은 하오문처럼 불온한 자들이 머무는 것을 용납하지 않았다.

하지만 장평은 황실과 무림맹 모두에게 명망 높은 실권자. 그의 집에 머무는 한, 아무도 오연을 쫓아내지 않을 것이었다.

"……확실히, 계약금으로 부족함은 없네요."

그리고, 그 자체가 기회였다.

제국의 심장에 머무르는 상류층. 부귀영화와 권력을 거머쥔 자들과 자유롭게 접촉할 기회.

그녀의 정적인 호로견자가 감히 손을 쓸 수 없는 북경

에서, 착실히 힘을 키울 수 있는 것이었다.

"이곳은 북경이고, 네가 대하는 사람들은 북경인이다. 그 사실을 잊지 않는 편이 좋을 것이다. 이 북경에서 집까지 얻은 사람이라면 최소한 자신의 분야에서는 일가견이 있다는 뜻이고……."

"……그 북경인들 위에 올라선 거상이나 고관대작은 교활함이 뱀과 같겠죠."

오연은 미소를 지었다.

"아무래도, 저는 아주 배려심 깊고 관대한 가주님을 모시게 된 것 같군요."

"내 도움이 되는 동안에는 그럴 것이다. 내게 방해가 되기 전까지는."

"기억해 두지요."

오연은 차분한 목소리로 말했다.

"지시를 내려주세요. 제가 가주님을 위해 해드릴 수 있는 일이 무엇인지를요."

"자원을 모아 첩보망을 재건해라."

"시간이 걸릴 거예요."

"그전까지는, 하오문에서 유통되는 정보들을 입수해라. 내가 알아야 할 것들을 내게 보고해라."

"무엇에 중점을 둘까요?"

"마교, 그리고 수상한 일."

"그러지요."

오연은 하인으로서의 예를 표했다.

그 순간, 장평의 살기가 오연을 꿰뚫었다.

"……!"

머리가 얼어붙었고, 심장이 크게 뛰었다. 뱃속이 뒤집히고 등줄기에 소름이 돋았다.

"잊었거나 잊은 척하기 전에, 미리 경고해 주겠다. 나는 절정 고수이며, 이 장원 안의 모든 인기척을 느낄 수 있다는 사실을. 내 목소리가 엿들을 수 있는 거리에 접근하기도 전에, 너희의 존재감을 느낄 수 있다는 것을."

"가주님……."

오연의 호흡이 거칠어지고 얼굴이 희게 질렸다.

그 모습을 본 장평은 살기를 거두었다.

"다행스럽게도, 네가 원하는 것과 내가 원하는 것은 서로 겹치지 않는다. 그러니, 우리는 서로를 방해할 필요가 없다."

비오듯 땀을 흘리는 오연이 안도의 한숨을 내쉬는 것과 동시에, 장평은 온화한 미소를 지었다.

"네가 선을 넘지 않는다면 말이지."

"……조심하도록 하지요."

예를 표한 오연은 도망치듯 걸음을 옮겼다.

장평은 몸을 돌리며 고개를 들었다.

"그래. 조심해야겠지."

오연은 작고 사소한 존재였다. 하지만 그녀는 바둑판 위에 올라왔고, 작고 소소하나마 판 전체에 파문을 일으키고 있었다.

그러니, 장평도 움직여야 했다.

가장 거대하고 이해하기 힘든 변수를 마주해야 했다.

"한 번 선을 넘으면, 돌이킬 수 없는 법이니까."

저벅.

장평은 걸음을 옮겼다.

북경에서 제일 높은 탑. 무림맹의 맹주실.

"나도, 그리고…… 천하도."

그 안에 도사리고 있는 불가해(不可解)의 용신을 향해서.

* * *

장평과 남궁연연. 그리고 용윤.

'백면야차'를 찾아내고 맞서 싸우기 위해, 그들은 수상한 모든 것을 조사하고 떠올릴 수 있는 모든 대책을 궁리했다.

그러나, 그 세 사람의 머릿속에는 두 가지 사실이 맴돌고 있었다.

〈용태계라면 '백면야차'가 될 수 있다.〉

〈용태계가 있는 한 '백면야차'는 암약할 수 없다.〉

합당한 논리였다. 그러나 그 합리적인 논리를 받아들이는 것은 쉽지 않은 일이었다.

장평과 용윤은 용태계를 좋아했고, 신뢰했으니까.

〈용태계에게는 '백면야차'가 될 이유가 없다.〉

〈용태계에게는 '백면야차'가 될 필요가 없다.〉

그러나, 논리가 합당하다면 감정은 중요하지 않았다. 중요한 것은 사실뿐이니까.

그리고 지금 시점에서 그 이론을 검증할 수 있는 방법은 하나뿐이었다.

용태계가 '백면야차'라는 확신. 혹은 '백면야차'가 아니라는 확신을 얻기 위해서는, 직접 확인할 수밖에 없었다.

장평이 직접.

* * *

무림맹의 자유분방함은 변함이 없었다.
장평은 탑을 올려다보며 말했다.
"맹주님. 안에 계십니까?"
"그래. 있네."
사실, 용태계와 만나는 것은 그리 어려운 일이 아니었다. 어려운 것은 그를 만날 생각을 하는 것이었다.
장평의 말에, 용태계는 언제나처럼 느긋한 목소리로 말했다.
"올라올 건가? 아니면 내가 내려갈까?"
"올라가죠."
장평은 경공술을 펼쳐 탑의 최상층에 내려앉았다. 이 탑에 계단이 없는 것은 아니었지만, 경공술이 있다면 굳이 걸어 올라갈 이유도 없었다.

용태계는 불필요한 격식이나 예법을 요구하지 않는 사

람이었으니까.

 장평이 문을 열자, 그곳에는 지루한 표정으로 느긋하게 앉아 있는 용태계가 보였다.

 그는 두 발을 책상에 얹은 삐딱한 자세로 뭔가를 읽고 있었다.

 서책이라기보다는 서류 묶음에 가까웠다.

 "뭘 읽고 계십니까?"

 용태계는 질문을 질문으로 받았다.

 "무슨 일로 왔나?"

 "겸사겸사 왔습니다."

 "겸사겸사라. 할 얘기가 많은 모양이군?"

 "바쁘시다면 나중에 다시 오겠습니다."

 "아냐. 얘기가 길어지면 나야 좋지. 너무 지루해서 동면이라도 해 볼까 생각하던 차였으니까."

 용태계는 서류뭉치를 서랍에 대충 쑤셔 박고 말했다.

 "자. 그럼, 즐겁게 만들어 주게나."

 "소소한 것부터 들으시겠습니까? 아니면 중요한 일부터?"

 "부담 없이 시작해 볼까?"

 장평은 온화한 미소를 지었다.

 '들키지 말아야 한다.'

 필사적인 의지력을 다해, 불안함과 긴장감을 억눌렀다.

 '나는 그에게 감추는 것도, 감춰야 하는 것도 없다. 그렇게 보여야 한다.'

긴장하는 것은 쉬워도, 그 반대는 어려웠다.
그러나 장평은 해내야 했다.
눈앞의 상대를 경계하고 의심하지도, 경계심과 의심을 드러내서는 안 됐다.
'용태계는 모른다. 내가 회귀자라는 것도. 용윤과 연랑에게 그 사실을 밝혔다는 것도. 연랑이 그를 의심해야 한다고 지적했다는 것도.'
사람의 형태를 한 신을 마주하면서, 장평이 지닌 무기는 교활함뿐이었다.
'무엇보다도, 내가 그를 의심하고 있다는 사실을 모른다.'
만약 용태계가 티끌만큼의 의심이라도 품는다면 순식간에 부러지는 초라하고 허술한 무기였다.
그러나 반대로 말하자면……
'들키지 않는다면, 찌를 수 있다.'
……비밀을 지켜낸다면, 찌를 수 있었다.
용태계는 사람처럼 말하고 사람처럼 생각하고 있었다. 그가 설령 사람의 형태를 한 용이라 해도, 사람처럼 생각한다면 속일 수 있었다.
'속인다. 그것부터가 시작이다.'
장평은 느긋하고 느슨한 분위기를 꾸며내며 말했다.
"즐거움을 논하자면, 사랑만큼 즐거운 것도 없겠지요."
"듣자 하니, 한 지붕에 두 살림을 차린 모양이더군?"
"엄밀히 따지면, 두 지붕에 두 살림이지요."

"그래. 엄밀히 따지면 두 지붕이긴 하군."

용태계는 키득거리며 웃었다. 마치 골목 어귀에서 음담패설을 나누는 질 나쁜 친구처럼 짓궂은 미소였다.

"아니, 결국 이렇게 될 거면서 왜 그리 사람 속을 썩였나? 자네가 너무 완고하게 버텨서, 나와 황제 폐하는 미소 시집 보내는 일은 반쯤 포기했을 정도였다네."

"저는 황실의 부마가 되고 싶지 않았습니다."

"됐잖나?"

"제가 받아들인 것은 용윤이지 미소공주가 아닙니다."

"그게 그거라고 말하진 않겠네. 자네가 무슨 말을 하는지 이해하니까."

용태계는 아련한 미소를 지었다.

"정이란 사람을 바꾸고, 오래 묵힌 감정은 특히 그렇지. 안 그런가?"

"아니라는 말은 못 하겠군요."

미소공주와 용윤은 다른 사람이었다.

냉정하고 침착한 미소공주는 외강(外剛)을 위한 갑옷이었고, 그 안에 있는 것은 내유(內柔)한 용윤의 본질이었다.

감정적이고 유약한 한 여자가, 자신의 의무를 다하기 위해 미소공주라는 갑주를 둘러쓰고 있을 뿐이었다.

"어쨌건, 잘 돌봐 주게. 미소는 남궁 부인처럼 외유내강한 사람이 못 되거든."

병약한 몸과 눈칫밥에 움츠러든 방어적인 태도 너머에,

학자로서의 투지와 단호함을 갖춘 남궁연연과는 달리.

"출신이 출신이라, 예의범절. 특히 손윗사람을 대하는 법을 배운 적이 없기도 하고."

장평은 쓴웃음만 지었다.

신혼을 빼앗긴 본처와, 신방을 더럽힌 후처.

남궁연연과 용윤의 첫 만남은, 그야말로 최악이었기 때문이었다.

"이젠 제 사람들이니, 제가 잘해야 할 일이지요."

"쉽진 않을걸?"

"확실히, 쉽지는 않겠지만요."

장평은 미워하는 사람을 상대하는 법은 잘 알지만, 사랑하는 사람을 대하는 법에는 서툴렀다.

거기에, 그 또한 결혼은 처음이었으니까.

"하여튼, 결국 자네가 미소랑 이어져서 다행이지 뭔가. 끝까지 마다할 경우에는 내 양자로 삼을 생각이었는데 말이야."

"……뭘로 삼는다고요?"

"양자. 내 아들로 삼으려고 했다고."

용태계는 대수롭지 않게 말했다.

"……아버지와 아들이요?"

장평이 미묘한 눈빛으로 바라보자, 용태계는 너털웃음을 지었다.

"왜? 그런 눈으로 보나?"

"……맹주님과 제가요?"

"나 일흔 넘었는데?"

"아니, 나이 차이로 따지면 안 될 거야 없지만······."

장평은 미묘한 표정으로 말했다.

"······저희 아버지 멀쩡히 살아 계시는데요."

"그래서 말했잖나. 끝까지 마다할 경우라고. 미소를 데려가던지 내 양자가 되던지 둘 중 하나 고르라고 압박할 생각이었지."

"그거 아무리 봐도 개족보 같······."

"우리 집안 욕하면 불경죄인거 알지?"

"······."

하던 말을 꿀꺽 삼킨 장평은 한숨을 내쉬었다. 그 모습을 본 용태계는 껄껄 웃었다.

"뭐, 아들보단 매제가 낫지. 안 그런가?"

용태계의 친근한 미소는 늘 사람의 마음을 흔들곤 했다. 그를 의심하고 경계하려는 지금 이 순간조차도.

"어쨌건, 이제 처를 더 늘리진 말게."

"물론입니다. 저도 더 이상 부인을 늘릴 생각은 없······."

"이제부터는 첩으로 만족하게나."

"······예?"

장평은 정신이 혼미해지는 것을 느꼈다.

그러나 용태계는 당연하다는 듯이 말했다.

"왜 놀라나? 설마 부인으로 맞을 셈이었나?"

"아뇨······ 그게······."

"남궁 부인이야 먼저 혼인했으니 어쩔 수 없지만, 미소가 있는데 동격의 부인을 늘리면 안 되지. 황실에도 체면이란 것이 있잖나."

비상식적인 말이었지만, 상식적인 말이기도 했다. 말문이 막힌 장평은 고개를 설레설레 내저었다.

"처형이 매제한테 할 말이 아닌 것 같습니다만."

"나는 황백부고, 자네 또한 황실의 사위일세. 우리의 권세와 명성은 범인을 넘어섰는데, 힘 있는 자가 여염의 법과 상식에 구애 될 필요가 있겠는가? 여염의 법과 상식이 힘 있는 자를 따라와야지?"

용태계는 웃으며 말했다.

"처첩이 몇인지는 중요하지 않네. 그저, 집안이 화목하고 서로 사랑과 존중이 있기만 하면 그것이 최선의 가정이지."

"처첩이라……."

장평은 흥미로운 표정을 지으며 물었다.

"그러고 보면 맹주님은 황태자셨는데, 부인 말고도 여러 후궁을 거느리지 않았습니까?"

"후궁? 없었는데?"

"왜요? 부인을 위해서요?"

"반반일세. 내 나이 열 살. 남자 노릇 하기도 전에 이미 아내가 간택되어 태자비로 동거하고 있기도 했고……."

용태계는 자신의 가슴을 툭툭 쳤다.

"사내가 되기 전에 신이 되어 버리고 말았거든."

농담처럼 들리는 말이지만, 장평은 그게 비유나 과장이

아님을 잘 알았다.

신이 어떤 존재인지에 대해서는 잘 모르겠지만, 용태계가 인간이 아니란 것은 확실했다.

"아버지가 좀 과하셨지. 이해는 하지만, 좀 과하셨어."

용태계는 어깨를 으쓱해 보였다.

"우리 용씨 가문은 자식 복이 별로 없고 요절하는 경우도 많았으니까. 적장자인 나를 건강하게 잘 키워 보려는 거였겠지."

"계획대로 되시진 않은 것 같군요."

용태계는 씁쓸한 표정을 지었다.

"말했다시피, 너무 과했으니까."

환골탈태.

타고난 몸을 버리고, 필요한 몸으로 탈바꿈하는 과정이었다.

그러나, 변화는 양날의 칼. 탈바꿈으로 얻는 것이 있다면 잃는 것 또한 있으리라.

장평 본인도 환골탈태를 한 몸이기에, 짐작이 가는 바가 있었다.

"환골탈태 때문에…… 탈속(脫俗)하게 되신 거로군요."

탈속은 환골탈태의 혜택. 혹은 부작용 중 하나였다.

환골탈태를 이루어 근골을 새로이 빚은 자들은, 허기나 피로, 통증이나 욕정 등의 신체적인 충동을 더 쉽게 조절할 수 있었다.

호연결은 환골탈태 과정에서 스스로의 성욕과 생식능

력을 제거했다.

그의 경우는 극단적인 사례였지만, 환골탈태의 본질을 보여 주는 것이기도 했다.

인체의 한계를 넘기 위해, 인체의 근본을 바꾼다는 것을.

"저보다도 많이요."

"그런 셈이네."

하물며, 용태계는 어른이 되기 전에 신이 된 자. 스스로가 인간과는 다른 존재라는 것을 뼈저리게 느끼고 있었다.

"나는 다른 사람들과 다르다네. 하지만, 그런 나이기에 알 수 있는 것도 있지."

"그게 뭡니까?"

"사람은…… 사람이라는 것."

용태계는 창밖을 바라보았다.

가능성의 세계관. 가장 따뜻하고 아름다운 세상이 그의 눈에 보이고 있었다.

"모든 사람은 자신만의 가능성을 가지고 있네. 만개한 사람이건, 아직 꽃 피울 때를 맞지 않은 사람이건. 빈부와 귀천을 넘어, 누구에게나. 그건 정말 소중한 선물이지."

탑 아래의 세상을 내려다보는 용태계의 눈빛은 너무나 상냥했다. 그를 의심해야 한다는 사실을 잊어버리고 싶을 정도로.

"사랑스러운 짐승도 짐승이고, 증오스러운 사람도 사람일세. 사람은 모두 가능성이 있으니, 가능성을 품은 모든 사람은 사람으로 대우받아야 하네."

그러나, 용태계가 모든 것을 포기한 것은 그 때문이었다.

"하지만 신이 사람을 다스린다면, 그것은 정치도 통치도 아닐 걸세. 사람이 짐승이나 낟알을 다루듯이 목축이나 농사가 될 뿐일세. 그건, 가능성을 가진 이들에 대한 정당한 대우가 아니야."

용태계는 고개를 돌려 황궁을 바라보았다.

"그래. 사람은 사람이 다스려야 하네. 사람이 아닌 것도 사람이 다스려야 해. 그 반대가 되어선 안 되는데, 아버지는 그 점을 잊고 계셨던 거지."

그는 착잡한 눈으로 옥좌를 바라보았다.

"아버지는 내가 아직 사람일 때 멈췄어야 했네. 그냥 건강하고 튼튼한 몸을 가진 황태자일 때, 멈추셨어야 했어."

장평은 이미 잘 알고 있는 이야기였다.

좀 건강해지려다가 무림지존까지 되어 버린 용태계의 일화는 너무나도 유명했으니까.

그러나, 사람들은 그 이야기를 즐겁게 말하고 유쾌하게 듣곤 했다.

그 우화의 주인공. 신이 되어 버린 덕분에 황태자를 포기한 용태계가 상냥하고 서글서글한 사람이기 때문이었다.

그러나 희극으로 포장되었을 뿐, 현실은 비극이었다.

사람으로서의 삶을 빼앗긴 아들과, 아들을 잃어버린 아버지의 후회가.

"모든 걸 깨달은 아버지는 내게 사죄하셨지. 인간으로서의 삶을 빼앗은 것에 대해. 사람들의 세상 속에서 홀로 신으로서 살아가게 만든 것에 대해, 몇 번이고 사과하셨다네."

그 순간, 장평의 눈앞에 하나의 풍경이 그려졌다.

신이 되어 버린 아들을 끌어안고 울부짖는 아버지와, 위로조차 할 수 없어 난처한 표정만 짓고 있는 아들이었던 신의 모습이.

"그래서 사람들 속에서 살아가기로 하신 겁니까? 사람들 사이(人間)에서?"

"내가 더 이상 사람일 수 없다고는 해도, 사람을 도울 수는 있겠지. 황제가 아닌 수호신으로서 아버지의 제국과 그 백성들을 보호할 수도 있을 것이고."

그 순간, 장평은 느꼈다.

'지금이다.'

대화의 흐름이 장평이 바라던 곳에 달했다.

지금이라면 질문할 수 있었고, 답을 들을 수 있었다.

"맹주님께서는 무얼 원하시는 겁니까?"

인간을 초월한 자. 그럼에도 불구하고 인세를 걷는 신 용태계에게, 들을 수 있었다.

"지금처럼 방관자로서 살아가는 것에 만족하시는 겁니까?"

그가, 도대체 무엇을 바라는지를.

* * *

"만족이라. 그거 재미있는 질문이군."
 용태계는 흥미로운 표정을 지었다.
 "갑자기 그건 왜 묻는 거지?"
 "사람에게는 원하는 것이 있습니다. 혹은 이루고 싶은 것이 있고요."
 "자네에게도 그런 게 있나?"
 "있습니다."
 "마교 멸망?"
 장평은 고개를 내저었다.
 "그건 중간 과정에 불과합니다. 제 삶의 목적은 따로 있지요."
 "뭔지 물어봐도 되나?"
 "비밀로 하고 싶군요."
 장평은 장난스러운 미소를 꾸며내며 말했다.
 "다른 사람에게는 비밀로 하기로 약속했거든요."
 "누구랑?"
 "아내들에게요."
 용태계는 웃었다.
 "미소는 외유내강하여 잡혀 살 성격이니, 아마도 남궁 부인이 두려운 모양이군?"
 장평은 대답 대신 쓴 웃음을 꾸며냈다.
 용태계는 껄껄 웃었다.

"신혼이 끝나기도 전에 새 아내를 들였으니 혼이 날 수밖에 없지. 안 그런가?"

"새 장가를 강권한 처형에게 들을 얘기는 아닌 거 같군요."

"그래. 그렇긴 하지. 그래도, 이런 것이 사람 사는 맛이 아니겠나?

용태계는 웃음기가 남은 얼굴로 말했다.

"젊은 몸을 지녔을 뿐, 나 또한 칠순의 노인이라네. 나 자신이 무슨 일을 벌이기보다는, 새싹들을 보면서 때때로 도움을 주는 것이 더 어울리는 나이가 아니겠는가?"

"새싹이라면, 가능성에 대한 말입니까?"

"그렇네."

장평은 용태계를 바라보았다.

"지금도 그 세계관은 변치 않으셨습니까? 아직도 사람들의 가능성이 보이십니까?"

"보고 있다네. 눈앞에 아른거리니, 볼 수밖에 없다네."

용태계의 눈동자는 온화한 빛을 띠고 있었다. 인세를 걷는 신이, 사람들의 가능성에 미소 짓고 있었다.

"내가 지금, 자네를 보고 있듯이."

그리고, 용태계는 장평을 보고 있었다.

이 세상 그 누구를 볼 때보다도 따뜻한 눈빛으로.

"맹주님. 저는……."

가슴 속의 불길이 일렁거렸다. 황제의 아들은 제국을 사랑했고, 신이 된 사내는 인류를 포용하고 있었다.

사람들의 가능성을 보는 따뜻한 눈빛은 봄날의 햇볕처럼 따스하고 기분 좋았다.

'정말로, 그를 의심할 필요가 있을까?'

마음을 열기만 하면 되는 일이었다. 믿고 의지하기만 하면, 편안해질 수 있었다. 햇볕에 몸을 맡기며 달콤한 낮잠을 즐길 수 있었다.

"왜 말을 하다는 건가?"

태양처럼 환한 미소를 지은 용태계는 봄날의 햇볕 같은 눈빛으로 장평을 바라보고 있었다.

장평은 느낄 수 있었다.

인세를 걷는 친절한 신은 사람들을 좋아했으며, 세상 그 어떤 사람보다도 장평을 좋아한다는 사실을.

'말하면 된다.'

장평은 말하고 싶었다.

지금까지 그를 의심하고 있었다는 사실을 털어놓고, 자신이 회귀했음을 고백하고 싶었다.

'백면야차'의 악행을 고발하고, 전생에 겪은 고통을 토로하고 싶었다.

격노한 용태계가 장평 앞에 놓인 모든 난관을 때려 부수는 것을 보고 싶었다.

"저는……."

장평이 자신도 모르게 입을 연 순간.

그의 머릿속에 무언가가 스치고 지나갔다.

'만약, 내가 오판한 것이라면?'

남궁연연과 용윤의 모습이.
　'만약 내가 오판한다면, 그녀들을 잃는다. 내 실수 때문에 그녀들이 죽는 것이다.'
　장평의 머리가 차갑게 식었고, 그는 냉정함을 되찾았다.
　도박이었다.
　장평 본인의 목숨이라면 모를까, 그녀들의 목숨을 걸 수는 없었다……
　"왜 그렇게 뜸을 들이나? 자네가 뭐?"
　침착함을 되찾은 장평은 머릿속에 떠오르는 질문을 던졌다.
　"저는 여전히 맹주님의 눈에 남들과 다르게 보입니까?"
　"다르지."
　그러자 용태계는 즐거운 미소를 지었다.
　"자네는, 남들과는 달리 특별한 사람일세."
　"어떤 의미에서요?"
　"전에도 보았듯이, 내 눈에는 사람들이 씨앗처럼 보인다네. 그들이 얼마나 싹이 텄는지. 그리고 어느 정도의 크기만큼 자랄 수 있는지가 한눈에 보이지."
　용태계는 손가락을 뻗어 창가의 선반을 가리켰다.
　그곳에는 분재 '천하만민'을 가리켰다.
　황제였던 그의 아버지가, 황태자가 아닌 아들에게 남긴 유일한 선물.
　천하 보물들도 잡동사니로 여기는 용태계가 세상에서 유일하게 아끼는 물건이었다.

"마치 나무처럼 말이야."

"그렇게 볼 수도 있겠군요."

장평은 고개를 끄덕였다.

그 또한 직접 보았기 때문이었다.

용태계가 보여 준, 가능성의 세계를.

"저는 씨앗까지밖에 보지 못했지만요."

장평은 가능성의 세계에서 오직 '가능성' 그 자체만을 볼 수 있었다. 그 가능성이 개화하는 모습을 보려는 순간, 과도한 정보량에 심각한 타격을 입었다.

그러나 인세를 걷는 신 용태계는 세계관의 주인으로서 '개화한 이후의 가능성'까지 한눈에 보이는 것이리라.

"지금의 저는 전과 어떻게 달라졌습니까?"

"음……."

용태계는 잠시 장평을 빤히 바라보았다.

그러나 그는 쓴웃음을 지으며 말했다.

"잘 모르겠네."

"예?"

"내가 대체 뭘 보고 있는지도 모르겠고, 내 눈에 보이는 걸 자네에게 설명할 방도를 모르겠어."

"그냥 보이는 대로 말씀해 주시지요."

"씨앗은 하나인데, 그 위에는 너무 많은 것이 피어났다네. 실체인지 환영인지 모를 나무들의 윤곽이 서로를 침범하며 무한히 섞여 있고, 그 잎들은 서로 다른 색이지. 보는 내 머리가 어지러울 정도라네."

장평은 직감했다.

'회귀 때문이구나.'

용태계는 장평이 남들과 다르다는 것은 관측했으면서도, 그 이유까지는 짐작하지 못한 모양이었다.

'그가 내 특이함을 볼 수 있다면, 나와 동류의 존재를 보았을 수도 있다.'

장평은 흥미로움을 느꼈다.

"저 말고 다른 사람 중에서는 특이한 경우가 없었습니까?"

"다 고만고만하네. 굳이 꼽자면 마교의 천마 정도? 내가 직접 본 것은 전대 천마이긴 하지만 말일세."

"전대의 천마는 어땠습니까?"

"그는 끝까지 자랐네. 자신이 가진 가능성을 완전히 피워냈지. 쓸데없는 일에 재능을 낭비해서 어정쩡하긴 했지만, 그것도 그 자신의 선택이겠지."

장평은 흥미로운 표정을 지었다.

"자신의 가능성을 완전히 피워 내다니. 그런 것이 가능한 겁니까?"

"열심히 살았나 보지."

시큰둥한 표정으로 말한 용태계는 장평을 바라보았다.

"그에 대해선 잘 모르겠고, 이젠 관심도 없네. 자네 쪽이 훨씬 흥미롭거든."

"제가 흥미로운 겁니까? 아니면 천마가 실망스러운 것입니까?"

"둘 다일세. 자네는 보면 볼수록 즐겁고 가슴이 두근거리는데, 전대 천마는 너무 기대하고 가서 그런지 좀 실망스러웠다네."

용태계는 투덜거렸다.

"……겨우 목 한번 잘렸다고 죽어 버릴 줄이야."

"……?"

장평은 혼란스러운 표정을 지었다.

"목 잘리면 죽어야 정상 아닙니까?"

"보통은 그렇긴 한데, 너무 평범하잖나."

용태계는 투덜거리며 말했다.

"천마도 나름 인간을 초월한 존재인데, 남들과는 좀 다를 줄 알았지."

"그러는 맹주님도 목 잘리면 죽지 않을까요?"

"목 잘리면 꼭 죽어야 한다는 법이라도 있나? 목이 잘린 뒤에도 내가 죽을 마음이 안 들 수도 있잖나?"

장평은 용태계를 살폈다.

'진담인가? 아니면 농담?'

용태계는 평소와 같이 친근하고 소탈한 모습이었다.

'모르겠다……'

표정과 말투만으로는 속내를 알 수 없었다. 장평은 곤혹스러움을 느꼈다.

'용태계가 정말로 죽음을 초월한 존재라면 어떻게 해야 하지?'

그러자 용태계는 웃으며 말했다.

"자, 그럼 더 중요한 얘기나 해 볼까?"
"……더 중요한 얘기요?"
"응. 더 중요한 얘기."
용태계는 흥미로운 눈으로 장평을 바라보았다.
"소소한 것부터 하기로 했잖나. 이제부턴 더 중요한 얘길 하자구."
"음…… 용윤과의 혼례식은……."
"둘 다 첩보기관에서 일하니까, 대놓고 치르긴 그렇지 않나?"
"……그것도 그렇군요."
"꼭 하고 싶으면 그냥 친한 사람들 불러서 간소하게 하던지."
건성으로 답한 용태계는 눈을 반짝이며 장평을 바라보았다.
"자, 그럼 이제 슬슬 본론에 들어갈 때도 되지 않았나?"
"끝인데요."
"……끝이라고?"
"예."
용태계는 눈을 깜빡거렸다.
"……왜?"
"왜라뇨. 더 드릴 말씀이 없으니까 없는 거죠."
용태계는 잠시 장평을 빤히 쳐다보았다.
웃음기 없는 표정과 무미건조한 눈빛.
처음 보는 모습이었다.

그 순간, 장평은 자신도 모르게 가슴이 철렁 내려앉는 것을 느꼈다.

큰 실수를 저질렀을 때의 느낌이었다.

그것도, 목숨이 걸린 긴박한 상황에서의 큰 실책.

"……맹주님?"

"……응?"

장평의 조심스러운 목소리에, 용태계는 머쓱한 표정을 지었다.

"아, 실망한 티를 너무 냈군. 혹시 무안함을 느꼈다면 미안하게 되었네."

"괜찮습니다."

"새신랑을 너무 붙들어 두었군. 이만 놓아줄 테니, 가서 밀월을 즐기게."

자리에서 일어난 용태계는 미소를 지으며 말했다.

"장평. 정말로 내게 할 말 다 한 건가?"

장평은 고개를 끄덕였다.

"다 했습니다."

"그래. 알겠네. 그럼…… 또 보세나."

용태계가 문을 열어 주자, 장평은 몸을 날렸다. 자신의 집. 녹색 기와의 장원까지 단번에 닿는 궤도였다.

그가 멀어져 가는 모습을 보며, 용태계는 미간을 찌푸렸다.

"……후."

용태계는 한숨을 푹 내쉬며 책상에 두 다리를 뻗고 앉

았다.
 〈장평이 갔다.〉
 그는 덮어 두었던 첩보 보고서를 씁쓸한 눈으로 바라보았다.
 〈그는 내게 아무 말도 하지 않더구나.〉
 "주군의 기대와는 정반대로 말이지요."
 저 멀리서 들려오는 맹목개의 속삭임에는 승리감이 실려 있었다.
 "제가 말씀드리지 않았습니까. 장평 일당들의 움직임이 수상하다고요."
 〈장평도 장평이지만, 미소까지 내게 비밀로 할 줄은 몰랐는데.〉
 용태계는 머리를 긁적거렸다.
 〈정확히 무슨 일을 벌이고 있는 건가?〉
 "보고서에 올린 대로, 저들은 황궁 내외. 특히 군권을 쥔 자들에 대한 사찰에 집중하고 있습니다. 아마도 궁중에서의 유혈사태를 경계하는 모양입니다."
 〈궁중에서의 유혈사태? 네 정보망에 들어 온 단서는 없나?〉
 "없습니다."
 〈미소처럼 신중한 아이가 단서 없이 움직일 리가 없는데……〉
 미소공주 용윤. 그의 막냇동생은 충직하고 신중한 사람이었다. 장평이 지닌 초자연적인 수준의 판단력을 지닌 것은 아니지만, 정통파 책사로서 일가견이 있는 몸이었다.

"하지만, 저들은 궁중에서의 유혈 사태를 경계하고 있습니다. 그리고 주군께는 어떤 정보도 공유하지 않고 있지요."

〈저들이 날 의심한다는 말처럼 들리는구나.〉

"제대로 들으셨습니다."

용태계가 미간을 찌푸리자, 허공을 격한 살기가 맹목개의 폐부를 찔렀다.

그가 움찔 놀라는 진동을 느낀 용태계는 불쾌감을 실어 전음을 보냈다.

〈네가 지금 미소와 장평을 의심하고 있는 것이냐? 내가 업어 키운 막내와, 그 막내를 시집 보낼 정도로 신뢰하는 사내를?〉

"그들은 무언가를 꾸미고 있고, 주군에겐 비밀로 하고 있습니다."

맹목개는 냉정한 목소리로 말했다.

"명령을 내려 주십시오. 그들의 목적을 캐보라는 명령을. 혹은 그들을 방해하거나 제거하라는 명령을요. 제가 저들의 음모에서 주군을 보호할 수 있도록 허락해 주십시오."

〈불허한다.〉

용태계는 냉정히 말했다.

〈무의미한 일을 하지 않는 아이들이다. 내게도 비밀로

해야 하는 이유가 있겠지.〉

"주군. 저는 주군을 보호해야 합니다."

〈불허한다. 네 보호를 받으니 저들의 도전을 받겠다.〉

"만약 주군께 무슨 일이 생긴다면요?"

맹목개의 속삭임에는 두려움이 깃들어 있었다. 비록 그것이 각인 된 감정이라 해도, 그가 용태계에게 바치는 충성심은 진심이었다.

"만에 하나라도, 주군께서 다치시거나 돌아가신다면 저는 어떻게 한단 말입니까?"

황태자 시절에 받았던 심복이지만, 황태자가 아닌 지금도 맹목개는 그를 섬기고 있었다.

귀찮다고 밥을 굶기고 화풀이로 걷어차이더라도 여전히 꼬리를 흔드는 충견처럼.

"……에휴."

마음이 약해진 용태계는 한숨을 내쉬었다.

〈간섭은 금지하지만, 상황 파악까지는 허락하겠다.〉

그는 전음을 보냈다.

〈미소나 장평에게서 협력 요청이 들어온다면, 협력하게 될 수도 있으니까.〉

"만약, 저들의 목적이 주군을 해치는 것이라면요?"

〈미소와 장평이? 그럴 이유가 없잖나.〉

용태계는 너털웃음을 지었다.

〈그 아이들에겐, 그럴 능력도 없고.〉

* * *

 장평의 집. 녹와원(綠瓦園)은 용윤의 궁전인 별운궁과 담 하나를 사이에 둔 이웃이었다.
 그리고 그 두 집 사이에는, 비밀통로가 연결되어 있었다.
 '이 비밀통로는 대체 얼마나 오래 전에 만든 거지?'
 황궁에서 멀지 않은 녹와원에는 입지상 유능한 권신이 머물 수밖에 없었고, 조용하고 인적이 드문 별운궁은 황실의 수호자에게 배정되는 곳이었다.
 '녹와원주와 별운궁주는 언제부터 협력했던 거고?'
 장평이 첫 녹와원주가 아니듯이, 용윤 또한 첫 별운궁주가 아닐 터였다.
 그들이 태어나기 이전부터.
 어쩌면 대룡제국이 건국되기 전부터 그들의 협력관계는 이어졌던 것이리라.
 어두운 통로의 끝.
 장평은 이젠 익숙한 손짓으로 기관을 조작했다.
 옷이 걸려 있는 장롱문을 열고 밖으로 나가자, 한 사람이 기다리고 있었다.
 "장신구 상인."
 "녹와부마(綠瓦駙馬)를 뵙습니다."
 장평은 대충 고개를 끄덕이며 말했다.
 "용윤께서는 어디 계신가?"

"약욕(藥浴) 중이십니다. 전갈할까요?"
"아니. 내가 직접 가지."
장신구 상인은 장평을 바라보았다.
질투나 배신감이 두 눈에 번뜩이기에 딱 좋은 상황이었다.
"……부마께서는 제 주군을 위험한 곳으로 몰고 계십니다."
그러나 심복인 그는 그런 마음을 품을 수 없었다. 그저 주군의 안위를 걱정하는 것이 장신구 상인에게 허락된 최선이었다.
"그녀가 판단했다."
"녹와부마에 대한 감정 때문에요."
장평은 장신구 상인을 마주 보았다.
"하고 싶은 말이 뭐지?"
"부마께서는 위험한 도박을 하며 살아오셨습니다. 자기 목숨을 비롯한 모든 것을 판돈으로 밀어 넣는 위험한 도박을요."
"도박이었지."
장평은 고개를 끄덕였다.
"하지만, 난 살아 있다."
"아직까지는 살아 있지요. 아직까지는."
장신구 상인은 침착하게 말했다.
"하지만 도박은 질 수도 있기에 도박입니다. 지금까지 잃지 않았다는 사실은, 이번 판에 잃지 않는다는 보장이 되지 못합니다."

"잃지 않을 거다. 이번에도 따낼 것이다."

"부마께서 따건 잃건 제가 관여할 일은 아닙니다. 하지만 저는 부마께 말씀드릴 수밖에 없습니다."

"무엇을?"

장신구 상인은 장평의 눈을 똑바로 바라보았다.

"너는 주군까지 판돈에 올렸다."

노호성이었다면 잘 어울렸을 법한 말이었다.

살의가 깃든 협박이었어도 어울릴 법했고.

하지만 장신구 상인에게 허락된 것은, 침착하고 정중한 충언이 한계였다.

"넌 파멸할 거다. 멈춰야 할 때 멈추지 않은 모든 도박꾼이 그러하듯이, 모든 것을 빼앗기고 몰락할 것이다."

"……."

"그리고 네 파멸로 인해 내 주군이 털끝만큼이라도 피해를 입는다면, 나는 널 파멸시킬 계획을 세울 것이다."

목줄에 매인 개가 짖고 있었다.

그를 묶은 목줄이야말로 그가 가진 가장 소중한 것이기에, 먼 발치에서 짖는 것 말고는 아무것도 할 수 없는 충견이.

"네가 날 해칠 계획을 짠다 한들, 용윤이 네 행동을 허락하겠는가?"

"아니겠지."

장신구 상인은 장평을 바라보며 말했다.

"그래도, 나는 계획을 짤 것이다. 상황이 바뀌면 바뀌는 대로 수정하고 보완하면서, 언제나 기다리고 있을 거다."

그 순간, 장신구 상인의 눈에서 낯선 감정이 스치고 지나갔다.

"……."

무표정한 얼굴의 장평을 보며, 장신구 상인은 차갑게 말했다.

"나의 주군께서, 널 제거하라는 명령을 내리실 때까지."

"그런 일은 없을 거다. 심복."

"없어야 할 거다. 도박꾼."

장신구 상인은 공손히 몸을 낮추며 말했다.

"최소한, 주군께서 부마의 곁에 머무시는 동안은요."

"……그래."

장평은 장신구 상인을 스쳐 지나갔다.

'약욕 중이라면, 탕원(湯院)에 있겠군.'

* * *

갈색 온수 안에, 약재 주머니들이 들어 있었다. 사람 열 명이 들어가도 충분할 대리석 욕탕에, 한 여자의 나신이 둥실둥실 떠올라 있었다.

장평이 들어서자 시녀들은 조용히 예를 표했고, 장평이 아무 말을 하지 않았음에도 뒷걸음질로 물러났다.

너무나도 빈틈없는 그 응접에 불편함이 느껴질 정도였다.

한두 명의 귀인을 편안하게 만들기 위해, 대체 몇십 명이나 되는 사람들이 매사에 조심해야 한단 말인가?

"……."

장평은 생각하는 것을 그만두었다.

불필요한 생각이었으니까.

그는 그저 수면에 몸을 맡긴 용윤을 지그시 바라볼 뿐이었다.

열기에 녹아내려 기분 좋게 달아오른 여체를. 그리고 모든 긴장이 풀린 나른하고 편안한 얼굴을.

그녀의 안락함을 방해하고 싶지 않았기에, 장평은 기꺼이 잠시 침묵하는 것을 택했다.

'아름다운 모습이다.'

처음 보는 모습은 아니었다. 밤. 혹은 낮의 침상 위에서, 지치고 땀에 젖은 그녀는 장평의 품에서 잠들곤 했었다.

그러나 부부로 보낸 시절보다 상관으로 모시던 시절이 더 길고, 마음을 연 나날보다 경계하던 시간이 더 길었다.

'어떻게 저렇게 편안할 수 있을까?'

그렇기에, 장평은 볼 때마다 신기했다. 모든 긴장이 풀린 용윤의 모습이.

'내 실패가 그녀의 파멸이 될 수도 있는데?'

그때, 용윤은 나른한 목소리로 말했다.

"목이 마르구나. 냉차를 다오."

장평은 옆의 탁자에서 차가운 찻잔을 집어 건넸다. 그녀는 눈도 뜨지 않은 채로 촉촉이 젖은 섬섬옥수를 뻗었다.

"……?"

시녀의 부드러운 손이 아닌, 사내의 거친 손.

흠칫 놀란 용윤은 몸을 일으켰다. 그녀의 날씬한 몸은 긴장감에 팽팽해졌고, 달아오른 분홍빛 피부 위로 물방울들이 흘러내렸다.

그러나, 그녀의 아름다운 얼굴에 경계심과 긴장감이 흐른 것은 단 한 순간뿐.

"장평!"

낯익은 얼굴을 발견한 용윤은 환한 미소를 지었다.

"왔으면 부르지 그랬어?"

"좋은 구경거리가 있더군요. 구경 중이었습니다."

장평은 찻잔을 건네며 말했다.

"냉차가 필요하다고 하길래."

"그래. 목이 마르긴 했어."

용윤은 냉차를 마시며 편안한 한숨을 내쉬었다.

"피부에 좋은 약탕이야. 같이 목욕하자."

그녀는 장평의 손목을 잡고 탕 안으로 이끌었다. 장평은 쓴웃음을 지으며 말했다.

"저는 옷을 입고 있습니다."

"벗으면 되지."

"그럼, 그전에 일 얘기를 해 두고 싶군요."

"그래."

용윤은 비단결 같은 머리에서 물기를 짜내고, 얇은 욕의(浴衣)를 몸에 걸쳤다.

장평은 차분한 목소리로 말했다.

"맹주님과 대화를 좀 했습니다."

"성과는?"

"맹주님은 '백면야차'가 아닌 거 같다는 인상이 강해졌습니다."

"근거는?"

"맹주님은 바라는 것이 없습니다. 사람을 다스릴 생각은 더더욱 없어 보였고요. 지금까지의 행적 또한 그의 이념에 부합합니다."

용윤은 잠시 생각에 잠겼다.

믿고 싶지만, 의심해야 했다.

그렇기에, 조사는 더욱 철두철미했다.

누군가의 결백을 밝히는 것은, 때로는 누군가의 음모를 밝히는 것보다 어렵기 때문이었다.

"그럼, 맹목개는?"

장평은 용태계의 마지막 말을 떠올렸다.

〈장평. 정말로 내게 할 말 다 한 건가?〉

그리고, 그가 읽고 있던 보고서도.

"예상대로의 반응입니다. 맹목개는 우리의 움직임을 주시하고 있고, 맹주님께도 그에 대해 보고한 것으로 보입니다."

 인세를 걷는 신인 용태계는 원한다면 '백면야차'가 되고도 남을 무력을 지니고 있었다. 하지만, 그에게 있는 것은 무력뿐.

 용태계는 '백면야차'가 될 필요가 없었다.

 용윤은 잠시 생각에 잠겼다.

 "그럼, 오라버니가 음모의 주동자가 아니라 음모의 조력자라면? '백면야차'는 따로 있고, 오라버니는 단순히 그를 도와주는 거라면?"

 "맹주님은 이미 탈속하여 어떠한 것에도 욕심이 없는데, 무엇으로 설득한단 말입니까?"

 "몰라. 하지만, 그건 네가 생각해 봐야지."

 용윤은 냉정히 말했다.

 "역심을 품어. 장평. 역적의 입장에서, 황궁을 파훼해봐. 오라버니라는 최대의 변수를 어떻게 끌어들이거나 배제할지 계획을 짜 봐."

 장평은 곰곰이 생각에 잠겼다.

 '동기에 대해서는 일단 넘어가고, 결과에서부터 역산해 보자.'

 만약 용태계가 황궁의 혈겁을 일으키거나 방관한 것이라면, 그럴만한 이유가 있어야 했다. 황제를 비롯해 황위 계승권을 가진 모든 이들을 도륙할 이유가.

 "전생의 흉수는 황위 계승권을 가진 자는 모두 죽였습니다. 그래야만 하는 이유가 무엇이라고 생각하십니까?"

"황위 계승권이 없는 사람을 황제로 만들기 위해서겠지?"

"그럼, 황위 계승권이 없는 사람들 중에서 가장 순위가 높은 사람은 누구입니까?"

"북경 안에 있는 사람이라면 도산후(塗山侯) 용화정이겠지. 북경 외각의 종묘(宗廟)의 관리를 맡은 사람이야."

"유능합니까?"

"아마 아닐 것 같아."

"애매한 대답이군요."

"그는 능력이 필요한 자리에 있어 본 적이 없어. 도산후는 결국 묘지기고, 그나마도 실무직도 아닌 명예직이니까."

위험인물로 분류하기엔 실무능력이 검증되지 않은 인물이었다.

하지만, 문제는 용태계였다.

"맹주님은 사람의 '가능성'을 볼 수 있습니다. 어쩌면 그에게서 남다른 무언가를 보았을 수도 있습니다."

"그럴 수도 있지."

용윤은 고개를 끄덕였다.

"그 개인은 어떤 사람입니까?"

"풍류와 취미 생활을 즐기는 편이지만, 사치스럽지는 않아. 그냥 돈 많은 중년의 범부야."

장평은 잠시 생각하다가 물었다.

"그는 맹주님과 안면이 있습니까?"

"있어. 가끔 만나서 밥 먹는 정도지만."
장평은 눈을 가늘게 떴다.
예상 밖의 대답이기 때문이었다.
"맹주님이요? 어째서요?"
"도산후의 취미 중 하나가 분재야."
"……맹주님이 유일하게 애착을 가진 물건도 분재고요."
"그래."
장평은 고개를 끄덕였다.
최소한, 조사해 볼 가치는 있어 보였다.
"도산후에 대해서 정보를 모아 주십시오. 제가 직접 가서 그와 대화해 보겠습니다."
"그래."
"그럼, 도산후 말고 다른 황족은 없습니까? 맹주님과 인연이 있고 피휘 하지도 않고 제위 계승권과는 거리가 먼 황족은?"
"황족들은 북경 밖에 보내는 것이 관례야. 이번 일에 엮일 만한 황족은 도산후밖에 없……."
주저 없이 답하던 용윤은 순간적으로 흠칫 놀랐다.
"……아니. 잠깐만."
다음 순간, 그녀의 얼굴은 심각하게 변해 있었다.
"생각해 보니, 하나 더 있어. 오라버니랑 친하고, 피휘도 안 했고, 제위에 오를 일도 없는 황족이."
"그게 누굽니까?"
"나."

용윤의 말에, 장평은 깨달았다.

본래, 제위는 황실의 사내들을 위한 자리였다. 국법에 그리 정해진 것이 아니지만, 관례가 그러했다.

하지만 관례는 국법이 아니었다.

"꼭 필요한 상황이라면 여제를 세울 수도 있겠군요."

"말처럼 쉬운 일은 아니야. 관례라고는 해도, 황위 계승에 얽힌 관례니까."

"하지만 관례는 관례죠. 필요하다면 무시할 수도 있는 관례."

장평은 어두운 표정으로 말했다.

"만약 제위 계승권자들이 하루아침에 몰살당한 급박한 상황이라면, 누가 그 관례를 입에 올리겠습니까?"

* * *

용윤은 웃지 않았고, 장평 또한 마찬가지였다.

"난 여제가 될 생각은 없어. 내 친척들을 쳐죽여서까지 그럴 생각은 더욱 없고."

"황제가 꼭 주동자라는 법은 없습니다. 역적 수괴에 의해 허수아비 황제로 옹립되실 수도 있습니다."

"그렇긴 하네."

용윤은 냉소했다.

"혈통은 좋으니 옹립할 명분은 있고, 여제는 관례에 어긋나니 정통성은 약하지. 허수아비로는 최적의 조건이야."

"의심 가는 사람은 있으십니까? 맹주님을 설득할 수 있고, 용윤 당신의 존재를 인지하고 있으며 실력도 있는 권신이?"

"특정할 수 없어."

용윤은 흑막 속의 인물이었고, 여러 가지 신분을 사용하며 여러 사람과 교류했었다.

꼬일대로 꼬인 인간관계를 정리하는 것도 쉬운 일은 아니었다.

"그럼 특정하는 것부터 시작합시다."

장평은 차분히 말했다.

"용윤 당신과 친분이 있는 사람이 누구인지를 확인하고, 그들에 대해 조사해 봅시다."

"나랑 친분이 있는 사람을 어떻게 확인하려고?"

"집으로 부릅시다. 불러서 물어봅시다."

"그럴 명분은 있어? 의심을 사지 않을 명분이?"

"마침, 적당한 경사가 있습니다."

장평은 담담한 목소리로 말했다.

"우리의 혼례가요."

* * *

녹와원은 쥐 죽은 듯이 조용했다.

그 조용함은 담장 하나를 사이에 둔 이웃인 별운궁과 마찬가지였다.

그러나, 그 정적의 이유는 달랐다.

별운궁의 궁인들은 어려서부터 귀인을 방해하지 않도록 훈련받았다. 한 사람의 귀인이 불편해하지 않도록, 백 사람의 궁인들이 불편함을 감수하는 것이었다.

그에 비해, 녹와원의 정적에는 긴장감이 담겨 있었다.

유연과 그 부하들은 가능한 조용하게 움직였고, 장평과 남궁연연에게 보이는 것 자체를 피하려 했다.

생쥐가 고양이를 피해 쥐구멍을 찾듯이, 두려워서 숨는 것이었다.

장평은 그들에게 경고했고, 장평의 경고는 반드시 이뤄진다는 것을 잘 알기 때문이었다.

"……."

무림맹에서 귀가한 남궁연연은 한숨을 내쉬었다.

기밀유지를 위해서라도 꼭 필요한 일이었다. 그 필요성을 이해하긴 하지만……

"……삭막하구나."

남궁연연은 착잡한 표정으로 걸음을 옮겼다.

신방 또한 텅 비어 있었다.

남궁연연은 책장에서 한 권의 책을 꺼내 책상에 앉았다.

완성될 일 없는 미완의 책.

백리흠이 남긴 사해풍문록이었다.

그녀의 특기는 열중하는 것이었다.

'책 속으로 빠져들자.'

남궁연연은 한 구절을 읽을 때마다 스스로에게 질문했다.
 '왜 이 구절이어야 했을까?'
 '왜 이 글자를 썼고?'
 '왜 그 글자를 쓰지 않았을까?'
 '저자는 어떤 것을 연상하길 바라는 걸까? 독자가 무엇으로 오해하지 않길 바랐던 걸까?'
 다른 이가 읽을 것을 기대하며 글을 쓰는 자들은, 하나의 불문율을 갖는다.
 효율적이어야 한다는 불문율.
 글자를 아껴 오해의 소지를 만들지 말고, 중언부언하여 오독의 여지를 없애야 한다는 것이었다.
 그러니, 책을 이루는 글자 중에 무의미한 것은 없었다. 범속하거나 조잡한 구절이라 해도, 저자에게는 그 범속하고 조잡한 구절을 택해야 할 이유가 있었다는 뜻이니까.
 남궁연연은 글자를 읽었고, 문맥을 읽었다.
 그렇게 뜻을 헤아려 읽다 보면(精讀), 눈앞에 저자의 환영이 떠오르곤 했다.
 '당신은 어떤 사람이에요?'
 남궁연연은 책을 읽었고, 책 너머의 저자와 대화를 나누었다.
 '이 책을 쓴 목적이 무엇이고, 무엇을 전해 주고 싶었던 거예요?'
 다행인지 불행인지 모르겠지만, 남궁연연은 이 책의 저

자를 알고 있었다.

　백리흠이 어떤 상황에서 어떤 기분으로 썼는지를 잘 알고 있었다.

　글자들로 이뤄진 형상이 점점 더 촘촘하고 견고하게 변해갔다.

　'말해 봐요. 백리흠.'

　남궁연연은 집중력을 더욱 높였고, 자신이 글자를 읽고 있다는 것을 잊었다.

　'뭘 말하고 싶었던 거예요?'

　그리고, 백리흠의 환영은 입을 열었다.

　그 순간이었다.

　화륵!

　글자로 이뤄진 세계가 깨어지며, 남궁연연은 현실로 튕겨 났다.

　자칫하면 떨어질 뻔한 남궁연연의 몸을 붙든 것은, 단단한 팔이었다.

　익숙한 감촉이었고, 편안한 느낌이었다.

　"연랑. 괜찮소?"

　"응. 괜찮아."

　걱정스러운 표정의 장평을 보며, 남궁연연은 옷소매로 이마의 땀을 훔쳤다.

　"그냥…… 책 읽는 것에 열중했을 뿐이야."

　"방해했으면 미안하오. 이미 달이 떴는데 촛불도 안 켜고 읽길래."

"아니야. 책은 기다려도 섭섭함을 느끼지 못하는 법이니, 책을 위해 사람을 기다리게 할 수는 없는 일이지."

남궁연연은 몸을 돌려 장평의 가슴에 얼굴을 묻었다. 장평은 그녀의 등을 다독였고, 남궁연연은 편안한 기분을 느꼈다.

은은하지만 분명한 탕약 냄새를 억지로 무시하면서.

"무슨 책을 그리 열심히 읽고 있었소?"

"사해풍문록."

"……그렇구려."

장평의 목소리는 미묘한 뒤틀림이 섞여 있었다. 아마도, 백리흠이란 사람을 떠올렸기 때문이리라.

"흥미로운 내용이라도 있소?"

"기본적으로는 말 그대로 풍문을 엮은 책이야. 마교에 모인 다양한 사람들에게 주워들은 것들. 풍습이나 문화. 인종이나 종교 같은 것들을 엮은 책이지."

"흥미 위주의 책이구려."

"맞아. 하지만…… 뜻깊은 독서였어."

"무슨 뜻이오?"

남궁연연은 사해풍문록을 어루만졌다.

"정보량이 많아. 깊지는 않지만, 넓어. 백리흠이 학자가 아닌 탓에 얕고 가볍게 다루긴 했지만, 이 책은 지금까지의 그 어떤 책보다 넓은 범위의 '세계'를 담은 책이야."

그녀는 장평을 바라보았다.

"세계에 대한 인식이 넓어지는 것만으로도, 이 책에는

충분한 가치가 있지."

장평은 두 손을 들어 보였다.

"아둔한 나는 연랑의 풀이를 쫓아가는 것도 힘에 부치는구려."

남궁연연은 웃었다.

"괜찮아. 책은 내가 읽을게. 나는 그냥 질문을 만들어서 네게 건네줄 테니, 너는 풀기만 해."

"기다리고 있소."

"여러 문화권에는 여러 종교가 있어. 하나의 신을 섬기기도 하고, 여러 신을 섬기기도 하지. 하지만, 공통점이 하나 있어."

"그게 무엇이오?"

"신들은, 합리적이지 않다는 것."

남궁연연은 조용히 말했다.

"신들은 자신만의 원리대로 생각하고 판단하지. 사람들은 신의 결정을 바꾸거나 거부할 수 없어. 오직 기도하고 제물을 바치며 신이 스스로 뜻을 바꾸길 간청하지."

"재미있는 이야기구려."

"아니. 그 반대야. 나는 지금 네게 경고하고 있는 거야."

"무엇을 말이오?"

남궁연연은 장평을 똑바로 바라보았다.

"신은 신이고, 사람은 사람이야. 사람이 아닌 자를 사람의 합리성으로 이해하려 하지 마."

"용태계에 대해 말하는 거요?"

"그래."
남궁연연은 차분히 말했다.
"사해풍문록에, 서방의 수도사가 한 말이 들어 있더라. 가장 단순한 답이 가장 합리적인 답이라는 말이. 그러니, 돌아가지 마. 장평. 단순하게 받아들여."
"……."
"용태계라면 '백면야차'가 될 수 있어. 용태계가 있으면 '백면야차'는 암약할 수 없어."
"하지만, 필요가 없소."
장평은 남궁연연을 바라보았다.
"맹주님은 '백면야차'가 될 필요가 없소."
"필요? 용태계가 뭘 필요로 한 적이 있긴 해?"
장평의 눈에 떠오른 것은, 어지럽게 흩어진 용태계의 방 안이었다.
천명보검은 물론, 갖가지 기진이보들이 잡동사니처럼 뒹굴고 있는 모습이었다.
"사람의 흉내를 내며 인세를 거닌다 해도, 그는 사람과 다른 존재야. 사람처럼 생각하고 판단할 거라는 선입견을 버려."
"나는 그저 신중을 기할 뿐이오."
"합리적이네. 장평."
남궁연연은 장평을 바라보았다.
"회귀한 사람답게, 정말 합리적이야."
예리한 지적이었다.

한순간 숨이 막힐 정도로.

"……."

긴 침묵이 있었다.

더 이상 할 수 있는 말이 없는 여자와, 아무 말도 할 수 없는 남자.

두 사람이 서로를 마주 볼 뿐인 침묵이.

"……에휴."

그 침묵을 깨트린 것은 남궁연연의 한숨이었다.

"나는 늘 네가 불편해할 얘기만 하고 있구나."

"내가 들어야만 하는 얘기요."

"그래. 그렇지. 널 위해서, 네가 들어야 할 이야기를 하고 있지."

그녀는 쓸쓸한 눈빛으로 장평을 바라보았다.

"하지만…… 이건 내가 꿈꾸던 신혼과는 거리가 머네."

"……미안하오."

"하지 마. 장평. 사과하지 마."

남궁연연은 쓸쓸한 목소리로 말했다.

"그 사과를 받아도, 받지 않아도 네가 잘못했다는 말이 되잖아. 나는 너와 옳고 그름에 대해 논하고 싶지 않으니, 정말 미안하다면 차라리 고맙다고 말해 줘."

"고맙소. 그리고……."

장평은 남궁연연의 작은 몸을 끌어안았다.

"……약속하겠소. 이것이 마지막이라고."

"무엇의 끝?"

"전생의 내가 남긴 숙제는 이걸로 끝이오. '백면야차'를 색출하고 물리친다면, 그리하여 내 삶을 되찾게 된다면…… 그 삶은 소박하고 조용하게 살아갈 것이오. 사랑하는 사람과 함께, 서로에게 충실한 삶이 될 거요."

"……."

"그러니, 그때까지만 내게 지혜를 빌려주시오. 힘들더라도 길을 밝혀 주시오. 그렇게 해 준다면, 나는 평생에 걸쳐 그 은혜를 갚겠소."

남궁연연은 장평의 가슴에 얼굴을 묻었다.

거짓말에 능한 사내는 진심으로 말하고 있기에, 박식한 여자는 아무 말도 하지 않았다.

또다시, 침묵이 있었다.

그 침묵은 좀 전의 적막과는 달랐다.

삭막하고 빽빽한 정적이 아닌, 따스하고 포근한 순간이었다. 서로의 촉감과 체온을 나누며, 호흡과 심박을 느끼는 시간이었다.

"……저녁은 먹었어?"

"아니. 아직 안 먹었소."

"나가서 먹을까? 아니면 사다 먹을까?"

"내가 사 올 테니, 집에서 먹읍시다."

장평은 그녀의 이마에 입을 맞추며 말했다.

"우리 둘만의 시간을, 한 다경이라도 늘리기 위해서라도."

＊　＊　＊

 대도시 북경에는 없는 것이 없었다.

 상설 시장도 여럿이었고, 식당과 술집은 모래처럼 많았다.

 장평은 자주 들리던 식당에 들어가 간단한 식사와 술안주를 주문했다.

 "얼마나 걸리지?"

 "데우기만 하면 됩니다. 길어야 반 다경입니다."

 "그리고 술은……."

 잠시 가판대를 살펴본 장평은 쓴웃음을 지었다.

 "……다른 곳에서 사는 편이 낫겠군."

 이 식당에서는 반주(飯酒)를 위한 잔술 위주로 장사하고 있었다. 독하고 거친, 막일꾼들을 위한 싸구려 술들이었다.

 남궁연연에게는 너무 거칠었다.

 "술을 사 오지. 포장해서 준비해 두게."

 장평은 걸음을 옮겼다.

 고급 주류를 전문적으로 다루는 주류상을 향해서.

 그리 멀지 않은 길이었지만, 장평은 자신도 모르게 생각에 잠겼다.

 '정말 맹주님이 백면야차일까?'

 남궁연연의 말이 옳았다. 그가 가장 유력한 용의자라는 점은 부정할 수 없었다.

하지만, 그것은 용태계라는 사람을 잘 모르는 사람의 말이기도 했다.
'어렵구나.'
장평은 긴 한숨을 내쉬었다.
그리고, 조용한 목소리로 말했다.
"시선 관리가 미숙하구려."
"저는 첩보원이 아니니까요."
골목 어귀에, 온몸을 덮다시피 한 긴 옷을 걸친 사람이 서 있었다. 슬쩍슬쩍 드러나는 살결이 유난히도 짙은 이국의 여인이.
"안녕하세요. 장평 대협."
"……슐야."
마교의 외교관. 천상루의 슐야였다.
"예상 밖의 장소에서 보게 되었구려."
"믿으실지는 모르겠지만, 우연이에요."
미행한 것이냐는 은근한 질문에, 슐야는 미소를 지으며 고개를 내저었다.
"저는 지금, 도망치는 중이었으니까요."

田生武士

5장

5장

장평은 신중한 목소리로 물었다.

"누구에게서 도망치는 거요?"

"누구에게 도망치는 것이 아니라, 여기에서 도망치는 거예요."

술야는 담담한 표정으로 말했다.

"교주님께서 북경 대사관을 폐쇄하라는 명령을 내리셨어요. 서류들은 모두 파기했고, 저희들은 도주 중이에요."

장평은 눈을 가늘게 떴다.

"천마는 대체 무슨 일을 꾸미는 거요?"

"모르겠어요. 말해 주지 않았거든요."

술야는 평소의 의미심장한 눈빛과 말투가 아닌, 차분한

눈빛으로 편안하게 말했다.

"저는 십만대산의 외교관. 제국과의 거래나 타협을 위해서라도, 대마들이 작전을 세우면 정보를 공유하곤 했죠. 최종 목표가 무엇인지, 변수가 생기면 어떻게 대처해야 할지에 대한 계획을요."

"잘 알고 있소."

"하지만, 이번엔 정말 아무 말도 없더군요. 딱 하나. 아무리 사소한 단서라도 남겨두지 말라는 영문 모를 지령을 제외하면요."

그녀는 웃으며 물었다.

"하지만 제 생각에는, 장평 대협은 짐작이 가는 부분이 있을 것 같군요?"

"그렇소."

장평은 회귀자였고, 천마는 이제 그 사실에 확신을 가진 모양이었다.

'내게 아무런 단서를 주지 않기 위해서, 제국과의 외교 창구마저 폐쇄하다니.'

장평은 두 가지 사실을 깨달았다.

'마교는 그 정도로 나를 경계하고 있구나.'

마교는 회귀자인 장평의 '기억'에 대항하기 위하여, 아예 단서 자체를 주지 않는다는 전략을 세웠다는 것과……

'날 죽일 수 있다면, 무림과의 전쟁조차 포기할 정도로.'

……십만대산 전체의 힘이, 오직 장평 한 사람을 향하고 있다는 사실을.

* * *

동방에는 혼돈이 있었다.

신성해야 할 시간을 사리사욕으로 겁탈한 '백면야차'가. 지금 이 순간에도 시간에 생긴 균열을 쑤시고 비틀며 균열을 넓히고 있었다.

"'백면야차'는 죽어야 한다."

아련히 들려오는 순리(順理)의 비명소리에, 천마 일물자는 마음을 다잡았다.

"그러기 위해서는, 용태계를 넘어야 한다."

그리고, 동방에는 용태계가 있었다.

흔해 빠진 무림지존에 불과하다고 착각했던, 고금제일인.

인간을 흉내 내며 인세를 걷는 파괴신이.

"천마를 넘어선 자. 용태계를."

마교는 과학을 숭배하는 집단.

무인들조차도 연구를 위해 무공을 사용하는 것을 미덕으로 여겼다.

특히 대마들은 '세계관'을 가진 초절정고수. 인간을 초월한 자들이기에, 초현실적인 가설들을 실험할 수 있는 실험 도구이기도 했다.

무인이자 학자라는 점은 교주인 천마 또한 마찬가지였다.

그들은 이미 자신의 세계 교주 경합에서 '중력'의 세계관을 획득하고, 자신의 세계관을 하나 더 만들곤 했다.

한 사람이 두 개의 세계관을 갖는 것은, 자신의 재능을 낭비하는 것이었다.

그러나, 낭비해도 상관없었다.

천마는 최고(最高)의 무인.

압도적인 과학력을 밑바탕으로, 최신의 무학을 최적의 방법으로 수련한다. 그렇기에 천마는 늘 인류 최강의 무인일 수밖에 없었다.

"강해지기 위해 강해졌고, 강해진 끝에 신이 된 자. 인세를 걷는 파괴신 용태계가."

용태계가 나타나기 전까지는.

천마가 최고의 지식으로 태어난 존재라면, 용태계는 최대(最大)의 자원으로 태어난 존재였다.

대제국의 막대한 예산과 터무니 없는 인력들을 퍼부어 창조된, 비현실적인 존재.

낭비였다. 비효율적이기에, 더욱 심각한 낭비였다.

그러나 그들은 완성했다.

오직 천마에게만 허락된 것이라 믿었던 경지. 그 누구도 닿을 수 없어야 했던 지고의 경지에, 한 마리의 괴물(怪物)을 올려놓았다.

"'천마'는 결코 '용태계'를 이길 수 없다."

용태계의 강호초출은 십만대산이었고, 그의 첫 살인은 전대 천마였다.

아직 여력이 남은 그를 격퇴하기 위해 대마 중 넷이 더 죽었으며, 그나마도 그가 물러난 것은 무력이 아닌 계략을 쓴 덕분이었다.

"우리에게 무공은 연구의 도구지만, 그에게 무공은 강해질 수 있는 도구니까."

무사는 무사. 학자는 학자였다.

연구를 위해 강해진 천마는, 강해지기 위해 강해진 용태계를 결코 이길 수 없었다.

그렇기에 마교는 더욱 더 첩보전과 책략에 치중할 수밖에 없었다. 인세를 걷는 무신 용태계를 북경에 묶어놓기 위해서라도.

"하지만, 우리의 목적은 바뀌었다."

일물자는 천천히 몸을 돌렸다.

"중화를 막아 내는 것보다 중요한 일이. 십만대산과 현자들을 보호하는 것보다 중대한 임무가 생겼으니까."

혼돈대마 파리하와, 흉수대마 북궁산도.

그리고 새롭게 대마가 된 두 중원인을 포함한 한 무리의 사람들이 일물자에게 예를 표하고 있었다.

"의무를 다하거라. 성전사들이여. 뒷일은 생각하지 말고 최선을 다하라."

일물자는 시선을 돌려 자신의 딸을 바라보았다.

"너희가 시간을 되찾지 못하면, '다음'이란 존재할 수 없으니."

그녀의 눈에는 여러 가지 감정들이 뒤섞여 불타오르고 있었다. 그러나, 일물자는 파리하에게 아무런 말도 건네지 않았다.

"그리고 잊지 말거라."

그 뒤틀린 열기가 대적에게 향하고 있다면, 그 악의 또한 무기가 될 테니까.

"무슨 수를 써서라도, '백면야차' 장평을 죽여야 한다는 것을!"

* * *

천마가 온다…….

전부터 각오는 했지만, 그럼에도 불구하고 마음이 무거워지는 소식이었다.

"천마는 나에 대해 오해하고 있소."

장평은 침중한 표정으로 말했다.

"나는 그가 생각하는 사람이 아니오. 필요하다면 직접 만나 해명할 수도 있소."

"제게 말씀하셔도 무의미해요."

"하다못해 말이라도 전해 주지 않겠소?"

"전해 줄 수는 있지만, 늦을 거예요."

술야는 장평의 눈을 바라보며 말했다.

"저는 숨어다녀야 하는 마교도고, 무공을 익힌 적도 없어요. 아무리 빨라도 두 달이 지난 뒤에야 십만대산에 도착할 수 있을 거예요."

"두 달이라. 꽤나 빡빡한 일정이 되겠구려."

"늦기 전에 도착해야 하니까요."

그 순간, 장평은 눈을 가늘게 떴다.

"내 전언을 전하기엔 너무 늦고, 소저의 여정은 두 달이 걸린다면……."

술야의 말 속에, 무언가가 담겨 있음을 깨달았기 때문이었다.

"그 말은, 날 노리는 마교의 본대가 늦어도 두 달 안에 도착할 거라는 말이오?"

술야는 중원의 넓음을 잘 알았고, 마교의 상황도 잘 알았다. 실무자인 그녀가 그렇게 짐작했다면, 그럴만한 근거가 있는 것이리라.

"저는 이번 작전에 대해 아무것도 듣지 못했어요."

"통보된 것이 없다면, 기밀을 엄수할 필요도 없겠구려."

"재미있는 추측이네요."

"부정하지 않는구려."

장평은 확신했다.

장평을 노리는 마교의 본대가, 늦어도 두 달 안에 올 거라는 사실을.

"……천마가 날 죽이려 하는데, 왜 나를 돕는 거요?"

술야는 장평의 질문에 대답하지 않았다.

그녀는 머리카락을 쓸어 넘기며 말했다.

"십만대산에 돌아가면, 박사학위를 얻기 위해 논문을 쓸 생각이에요. 사회학 논문이 될지, 아니면 심리학 논문이 될지는 모르겠지만, 그 주제는 아마도 장평 대협이 될 것 같네요."

"내가?"

"제가 만나 본 사람 중에서, 가장 낯설고 가장 흥미로운 사람이었으니까요."

그 순간, 장평은 깨달았다.

그녀가 말한 적 없는 그녀의 마음을.

"날 좋아했소?"

술야는 대답 대신 우아하고 기품 있는 미소만 지어 보였다. 그리고 장평은 저 질문에 대한 답은 영영 듣지 못할 것임을 깨달았다.

그들의 대화가, 언제나 그래왔던 것처럼.

"길고 험한 여행일 텐데, 내가 도울 일은 없겠소?"

"작별인사면 충분해요."

"……그렇구려."

장평은 그녀의 저의를 이해했다. 무림인들에게 자신을 추적할 수 있는 단서를 주고 싶지 않다는 말이라는 것을.

"하지만, 작별 인사는 다음으로 미뤄두겠소. 다음에 또 봅시다. 술야 소저."

"우리에게 다음이 있을까요?"

마교가 오고 있었다. 장평의 저력이었던 '전생의 기억'을 인지한 상태로, 회귀자를 상대하기 위한 작전을 세운 천마가.

"있을 것 같소."

"대담하군요. 아니면, 무모하거나. 어느 쪽인가요?"

"다시 만나면 알게 될 거요."

"맞는 말이군요."

술야는 웃으며 몸을 돌렸다.

"그럼, 다음에 또 봐요. 대담한 장평 대협."

그녀는 걸음을 옮겼다. 뒷골목의 어둠이 마침내 술야의 그림자마저 삼켰을 때, 장평은 쓴웃음을 지으며 몸을 돌렸다.

대담함. 혹은 무모함.

그야말로 장평을 요약하는 말이었다.

어떤 시련이 닥친다 해도, 결코 포기하지 않는다는 점에서.

'천마가 온다.'

그리고 장평은, 이번에도 포기할 생각이 없었다. 끝까지 매달리고 추하게 발버둥치더라도, 살아남아 승리를 쟁취할 것이었다.

'이번이 마지막이니까.'

이제, 끝이 보이고 있었다. 두 삶에 거친 긴 여정의 종착역이, 그리 멀지 않은 곳에 아른거리고 있었다.

남은 것은 최후의 난관. 전생에서부터 쫓아 온 하나의 숙원뿐이었다.

"'백면야차'는 죽어야 한다."

그 순간, 골목 너머의 짙은 어둠이 손짓하는 것처럼 느껴졌다. 어둠 속에 일렁이는 누군가가, 장평을 부르는 것 같았다.

"……."

그러나, 장평은 몸을 돌렸다.

등불 가득한 밤거리는 대낮처럼 밝았다. 밝고 곧은 길을 따라 걸음을 옮기며, 장평의 안광이 굳은 결의를 발했다.

"내 삶에, 내일을 돌려주기 위해서라도……."

* * *

다음 날.

녹와원에는 세 사람이 모였다.

장평과 남궁연연. 그리고 용윤.

그들은 바둑돌들을 앞에 두고 생각에 잠겨 있었다.

"마교가 오고 있다고? 그것도 천마가 직접 이끄는 부대가?"

"확신할 수는 없지만, 두 달 안에는 올 겁니다."

"그래. 확신할 수 없지."

용윤은 한숨을 내쉬었다.

"불굴신개는 약속을 지키는 사람이니까."

국경을 통과하는 길에는 요새가 세워져 있었다. 그러나 경공술을 익힌 고수들은 산을 넘고 강을 건널 수 있으니,

요새와 관문이 무의미했다.

 바로 그 점을 대비하기 위해, 개방은 마교도가 침공할 수 있는 지점들을 감시하고 있었다.

 문제는, 불굴신개가 마교와 거래를 했다는 점이었다.

 하루 동안 감시망을 물리겠다는 약속을.

 "약속했다고 길을 열어준다고요? 마교도한테?"

 현실적인 가풍에서 자란 남궁연연은 미심쩍은 표정을 지었다.

 "왜 그런 멍청한 짓을……?"

 "협객이니까……."

 어쨌건 국경을 넘었다면, 그 이후는 딱히 쫓을 방법이 없었다.

 "아무리 그래도 중원은 적지인데, 추적할 방법이 없다고요?"

 "여기가 중원이라만, 그들은 마교일세."

 오랜 숙적인 마교는 중원의 첩보망에 통달했고, 특히 지금은 회귀자인 장평조차도 대비하고 있었다.

 "최악의 경우에는, 북경에 들어 온 다음에야 알게 될 수도 있네."

 "……안 좋은 소식이네요."

 시간 제한이 만들어진 것이었다.

 두 달, 혹은 그 내외에 모든 조사를 마쳐야 한다는 제한이.

 남궁연연은 장평을 바라보았다.

"조사에는 진전이 있었어?"

"도산후 용화정이 의심스럽소."

"근거는?"

"피휘하지 않은 남자 황족 중에서 가장 인맥이 넓으니까."

남궁연연은 용윤을 바라보았다.

"그 사람, 유능해요?"

"모르겠네. 실무직을 맡은 경력이 없어서."

"그럼 다시 원점으로 돌아가야겠네요."

장평과 용윤의 얼굴이 어두워졌다.

그러나 남궁연연은 주저 없이 말했다.

"용태계라면 '백면야차'가 될 수 있죠. 용태계가 존재하는 이상, '백면야차'는 암약할 수 없고요."

"맹주님은 '백면야차'가 될 필요가 없소."

"하지만, '백면야차'가 될 수는 있잖아."

용윤은 참지 못하고 입을 열었다.

"그렇긴 하지만……."

남궁연연이 그녀에게 시선을 옮기자, 용윤은 더 이상 아무 말도 하지 못하고 입을 닫았다.

남궁연연은 냉정한 목소리로 말했다.

"그럴 필요가 없고 그럴 사람이 아니라는 말을 부정하는 건 아니에요. 하지만 지금 시점에서는 그가 제일 유력한 용의자이니, 대책을 마련해야 한다는 거죠."

장평과 용윤 모두 고개를 끄덕였다.

합리적인 말이었기 때문이었다.
남궁연연은 장평을 바라보았다.
"만약 용태계가 '백면야차'라면, 어떻게 대처 거야?"
"마음을 바꾸도록 설득해야겠지."
"설득할 수 없다면?"
"……죽여야겠지."
"죽일 수 있어?"
장평은 잠시 고민하다가 고개를 내저었다.
"모르겠소."
"확실히, 용태계를 죽이기 쉬운 일이 아니긴 하겠지만……."
"아니. 쉽고 어렵고의 문제가 아니오. 좀 더 근본적인 문제요."
"근본적인 문제라니?"
"어떻게 죽일 것이냐를 논하기 전에, 확인해야 할 것이 있소."
장평은 침중한 표정으로 말했다.
"맹주님이, 정말로 죽기는 하는지를."

* * *

"……지금 무슨 얘기를 하는 거야?"
남궁연연은 혼란스러운 표정을 지었다.
"아무리 고수라고는 해도 그도 사람이니까……."

"사람이 아니오."

장평은 남궁연연의 말을 끊었다.

"초절정고수까지는 분명히 인간이오. 죽이면 죽는 사람. 하지만, 맹주님은 인간을 초월한 존재요. 평범한 수단으로 죽일 수 있다는 보장이 없소."

장평은 자신의 가슴을 툭툭 쳤다.

"나는 환골탈태를 한 덕분에, 현존하는 대다수의 독에 내성을 지니고 있소. 그리고 내성이 없는 독이라 해도 점혈과 내공으로 대처할 수 있소. 고작해야 절정고수인 나조차도 이러한데, 맹주님은 무림인의 상식조차 뛰어넘는 존재요."

"목을 베거나 심장을 파괴하면?"

"죽는 것이 정상이오. 하지만 맹주님은……."

"……정상적인 생물체가 아닐 수도 있다는 말이구나."

남궁연연은 생각에 잠겼다.

"그럼, 그와 동등한 고수라면?"

"마교의 '천마'는 동격이긴 하지만, 비효율적이라 맹주님을 이길 수 없을 거요."

"척착호나 허천영은? 네 기억대로라면, 그 두 사람이 용태계랑 동급이라며?"

"십여 년 뒤. 그것도 풍문에 불과한 얘기요. 현재의 척착호는 아직 멀었고, 허천영은 전생에서도 실존 여부가 불확실했소."

남궁연연의 말문이 막히자, 용윤은 조심스럽게 말했다.

"꼭 죽여야만 하는 것인가? 설득할 방법은 없는 것인가?"

"설득할 수 있다면 설득하는 편이 낫겠죠. 하지만, 설득할 수 있어요?"

남궁연연은 냉정한 목소리로 물었다.

"그가 무슨 생각을 하는지도, 왜 '백면야차'가 되는지도 모르잖아요. 이해하지 못하는 사람을 어떻게 설득할 건데요?"

"……조사해 보겠다."

"말리진 않겠지만, 그를 죽일 방법도 함께 조사해야 해요. 하다못해, 죽일 수는 있는지만이라도."

"맹주님이 어떻게 하면 죽을지를 어떻게 조사한단 말인가?"

"그건……."

남궁연연은 말문이 막혔다.

그 순간, 생각에 잠겨 있던 장평이 입을 열었다.

"있소. 맹주님을 죽일 방법을 아는 사람이, 딱 한 사람 있소."

"그게 누군데?"

장평은 자리에서 일어났다.

* * *

"어, 미안한데 다시 한번 말해 주겠나?"

용태계는 떨떠름한 표정을 지으며 물었다.

"지금 나한테, 날 죽일 방법을 물어본 것 맞나?"

장평은 차분한 목소리로 말했다.

"그렇습니다."

"……진짜로? 진짜로 날 죽일 방법 물어보려고 온 거라고?"

황당한 표정의 용태계는 눈을 껌뻑거렸다.

"내가 뭐 죽을 짓이라도 했나?"

"그건 아닙니다."

장평은 거짓말을 했다.

"하지만, 맹주님의 한계를 알아 둘 필요가 있다고 생각했습니다."

"……갑자기 왜?"

용태계와 싸워 이기는 것은 불가능에 가까웠다. 하지만, 용태계를 속이는 것은 충분히 가능한 일이었다. 장평은 숙련된 거짓말쟁이였고, 무엇보다도…….

"맹주님을 보호하기 위해서라도요."

……용태계는 장평을 신뢰하고 있었으니까.

"자네가 날 보호하겠다고?"

용태계는 흥미로운 미소를 지었다.

"누구에게서?"

"아직은 말씀드릴 수 없습니다."

"왜?"

"외람된 말씀이지만, 맹주님은 기밀 유지에는 서투시

니까요."

용태계는 느긋한 미소를 지었다.

"내겐 비밀로 하던 그 일 때문인가?"

"예."

"굳이 감추지도 않는군?"

"감출 생각도 없었습니다."

용태계는 그제서야 깨달았다.

"그럼…… 시험해 본 거였나? 너희들의 계획을 알게 됐을 때, 내가 어떻게 반응할지에 대해서?"

"예."

"흥미롭군. 시험 결과는 어땠나?"

장평은 거짓말을 했다.

"합격이었습니다."

"합격했다니 다행이군."

용태계는 피식 웃었다.

"시험 문제가 뭐였는지는 몰라도, 합격하는 것이 불합격하는 것보다는 낫지."

용태계는 웃는 얼굴로 물었다.

"그래서, 자네가 알고 싶은 것이 정확히 무엇인가?"

"맹주님을 죽일 수 있는 방법입니다."

"죽어 본 적은 없어서 확신하지는 못하겠지만, 일단은 내공부터 소진시켜야 할 것 같군. 내공을 다 써 버리면 상처를 회복할 방법이 없으니까."

그 말은, 내공이 남은 동안에는 상처를 재생시킬 수 있다는 말이었다.
"그럼, 맹주님의 한계는요?"
"질문을 좀 좁혀 보지 그래."
"맹주님은 죽을 뻔한 적이 있으셨습니까?"
용태계는 의외로 선선히 고개를 끄덕였다.
"있었지."
"언제요?"
"예전에, 십만대산에 간 적이 있었지. 그만 좀 쳐들어오라고 설득하려고."
"잘 안 되셨군요."
"잘 안 됐으니 싸웠지. 왜 화났는지는 잘 모르겠지만, 사생결단으로 덤비더라구."
용태계는 머리를 긁적거렸다.
"천마는 생각보다 쉬웠는데, 대마 열 명이랑 차륜전을 벌이는 게 생각보다 어렵더군. 네 명까지는 어찌어찌 죽였는데, 남은 여섯 다 죽이려면 나도 죽겠구나 싶었지."
"어떻게 살아 나오신 겁니까?"
"죽일 마음이 사라져서."
"……예?"
용태계는 쓴웃음을 지었다.
"싸울 생각으로 간 것은 아니었지만, 이왕 천마도 죽인 김에 대마를 비롯한 모든 마교도를 죽일 생각이었네. 어쨌건 마교도를 전부 죽여 버리면 마교와 무림의 전쟁도 끝나는 것 아니겠는가?"

"틀린 말은 아니군요."

장평은 혼란스러움을 느꼈다.

정신 나간 발상임은 분명한데, 반박할 수 없다는 사실 때문에.

"왜 그만두셨습니까?"

"마교도 중 하나가 나를 설득하더군. 상호확증파괴라는 이론을 아냐면서."

"그게 무슨 말입니까?"

"나도 모르겠네. 그냥, 듣고 보니 맞는 말 같아서 돌아왔을 뿐이네."

"무슨 말이었는데요?"

"이대로 물러나지 않으면, 대마를 비롯한 모든 전투원을 탈출시켜 북경으로 보낼 거라고 하더군."

용태계는 재미있다는 듯이 웃었다.

"그들 중 하나라도 살아서 북경에 도착하면, 북경 전체가 지금의 십만대산 꼴이 날 거라고 협박하더군. 설령 몰살에는 실패하더라도, 아버지는 반드시 죽일 거라고."

"흠……."

끔찍한 발상이었지만, 합리적이었다.

그리고 장평은 자신이 그 발상에 합리적이라는 평가를 내렸다는 사실에 혼란을 느꼈다.

어쨌건, 장평은 납득했다.

"그래서 무림맹을 재조직하신 겁니까? 마교가 그 상호확증파괴라는 걸 시도했을 때에도 황궁과 북경을 보호할 수 있도록?"

"그렇네."

"성공하신 겁니까?"

"성공했다면, 십만대산이 아직 남아 있을 리가 없었겠지?"

용태계는 너털웃음을 지었다.

"문제는 결국 초절정고수들이더군. 어찌어찌 절정고수까지는 영입할 수 있는데, 대마와 동급인 초절정고수들은 다들 일파의 종주라서……."

"……그렇군요."

이 거대한 무림맹에서, 초절정고수는 결국 호연결과 척착호 둘뿐이었다. 그나마도 호연결은 황실에서 제작한 자였고, 척착호는 아직 하수일 때 영입한 것이었다.

초절정고수를 영입하는 것은 불가능하다고 봐야 했다.

'결국은, 상호확증파괴라는 한 단어가 용태계를 북경에 봉인한 셈이로군.'

확실히, 상호확증파괴라는 이론은 장평의 머릿속을 계속 맴돌았다. 난폭하지만, 난폭한 만큼이나 확실한 책략이었다.

'이런 발상을 할 수 있는 책사라면, 우리에게도 돌파구를 마련해 줄 수 있을지도 모른다.'

장평은 조심스럽게 물었다.

"그래서, 그 마교도는 누구였습니까?"

"누구였냐고?"

"예. 경계해야 마땅한 자니까요."

용태계는 난처한 표정을 지었다.

"너무 오래돼서 기억이 안 나는데……."

"모르시는 겁니까? 아니면 못 들으신 겁니까?"

"듣긴 들었는데, 잊어버렸네. 워낙에 낯선 이름을 많이 들어서……."

한참 생각하던 용태계는 조심스럽게 말했다.

"제로 시작하는 이름이었다는 건 기억나네."

"제씨 성을 가진 마교도를 찾아보면 되겠군요."

"그래. 그 당시에도 배짱 있던 놈이니, 지금쯤은 한 자리 해 먹고 있을 거야."

장평은 생각에 잠겼다.

'시간을 따져보면 대충 사오십 년 전. 지금쯤이면 노련함을 갖춘 경지에 이르렀을 거다. 중원 출신의 노현자를 찾으면 되겠지.'

그 순간, 장평은 미묘한 이질감을 느꼈다.

'……늙고 똑똑한 마교도?'

용태계는 팔짱을 낀 채 생각에 잠겼다.

"제건영? 제견영? 제각영? 제갈영?"

여러 이름을 되짚어보던 그는 손뼉을 치며 말했다.

"그래. 맞다. 제갈 씨였어. 제갈염. 제갈 세가 출신의 제갈염이었어."

"제갈염이라. 처음 듣는 이름이군요. 확실합니까?"

"제갈 세가 출신인 건 확실해. 아버지가 제갈세가에 이게 어떻게 된 거냐고 따졌더니, 가주가 책임을 지겠다고 자결했거든."

그 순간, 장평은 깨달았다.

그 또한, 머리가 좋은 중원 출신 마교도를 접한 적이 있다는 사실을.

"혹시, 혈조대마의 이름이 뭔지 아십니까?"

"이름까진 기억 안 나는데, 아마도 제갈 세가 출신이었을 거야."

용태계는 대수롭지 않은 표정으로 말했다.

"혈조대마한테 대판 깨진 무림인들이, 복수한답시고 제갈세가를 멸문시켰으니까."

"……후."

장평은 한숨을 내쉬며 생각했다.

'그런 중요인물이 왜 그리 쉽게 죽었단 말인가?'

혈조대마 본인이 들으면 길길이 날뛸 생각을. 어쨌건 마음을 정리한 장평은 조심스럽게 물었다.

"혹시, 허천영이라는 사람 아십니까?"

허공무신 허천영. 무림지존이었던 용태계와 척착호가 자신들과 동격이라 말하며, '싸워 이길 수 없는 자'라 평한 자였다.

"기억이 안 나는군."

용태계는 고개를 갸웃거렸다.

"내가 알아야 하는 이름인가?"

"풍문에 이르기를, 척착호와 동류의 천재라고 하더군

요. 혹시 맹주님은 아실까 해서 물었습니다."

용태계는 미심쩍은 표정을 지었다.

"척착호와 동류라고? 그게 가능한가?"

"맹주님이 척착호보다 강하시지 않습니까?"

"그거야 돈과 권력 덕분이지. 척착호는 무재(武才)만 놓고 보면 비견될 자가 없어."

"그렇군요."

장평은 생각에 잠겼다.

"고민하고 있군?"

그 모습을 본 용태계는 흥미로운 표정을 지었다.

"내가 죽을까 봐 고민하는 건가, 아니면 내가 죽지 않을까 봐 고민하는 건가?"

장평은 웃으며 반문했다.

"제가 맹주님을 죽일 필요가 있습니까?"

"자네가 무슨 생각을 하는지 어찌 알겠나?"

용태계는 웃는 얼굴로 말했다.

"자네가 나보다 훨씬 똑똑한데."

"우연이로군요. 저는 맹주님이 무슨 생각을 하시는지 알 수 없어서 고민 중인데."

"난 단순한 사람일세."

용태계는 소탈한 미소를 지었다.

"나는 힘도 있고 권력도 있다네. 힘과 권력이 있는데 머리까지 쓸 필요가 있겠나?"

"그건 그렇군요."

장평은 마음이 복잡해지는 것을 느꼈다.

'정황상 용태계일 수밖에 없는데, 왜 용태계가 아닌 거지?'

장평의 고뇌가 가면 밖으로 번진 것일까. 용태계는 장평의 등을 툭툭 두드리며 말했다.

"너무 걱정하지 말게. 난 그리 쉽게 죽을 사람도 아니고, 지금은 죽고 싶은 기분도 아니니까."

"죽고 싶으셨던 때가 있으셨습니까?"

"있었지. 두 번. 아버지가 돌아가셨을 때랑, 둘째가 죽었을 때."

용태계는 쓸쓸한 미소를 지었다.

"내 생각에는, 자네가 죽으면 사는 낙이 없어져서 죽고 싶을 것 같군. 그러니 내가 장수하길 바라면, 자네부터 오래 살게나."

용태계의 눈을 아무리 보아도, 일말의 거짓도 느껴지지 않았다.

그는 진심이었다. 장평에 대한 호의도, 장평이 죽으면 슬퍼할 거라는 말도.

"……새겨 듣겠습니다."

장평은 자리에서 일어나 몸을 날렸다. 마음의 동요를 억누를 수 없었기 때문이었다.

'왜. 대체 왜.'

도저히 용태계를 의심할 수 없었다.

그렇기에 장평은 좌절감을 느꼈다.

'이젠 당신밖에 의심할 사람이 없는데, 왜 당신조차 아닌 겁니까?'

용태계는 답이었다.

상상할 수 있는 최악의 답이지만, 답이었다.

만약 용태계조차도 '백면야차'가 아니라면, 장평은 다시 처음부터 시작해야 했다. 의심할 용의자조차도 존재하지 않는 상황에서.

'끝이 나긴 나는 건가?'

장평은 피로감을 느꼈다.

'내가 내 삶을 찾을 수 있긴 한 건가?'

비가 내리기 시작했다.

장평은 어두운 하늘을 우러러보며 탄식했다.

'나는, 대체 왜 회귀를 한 것일까?'

* * *

남궁연연이 문을 열었을 때, 장평은 문 밖에 서 있었다.

"엄마야!"

남궁연연은 깜짝 놀라 엉덩방아를 찧었다. 발끈한 그녀가 장평에게 불평을 늘어놓으려는 순간, 남궁연연은 장평의 모습을 보았다.

얼굴은 창백했고, 눈빛은 텅 비어 있었다.

옷은 이미 흠뻑 젖어 있었고, 어깨에서부터 흘러내린

빗물이 손끝에서 뚝뚝 떨어지고 있었다.
"장평……?"
그녀가 아는 장평은 날이 선 비수와 같은 사람이었다. 결의는 강철 같고 정신은 예리한 사람이었다.
그러나, 지금의 장평은 너무나도 위태로워 보였다. 한 줌의 소금처럼 이 빗물 속에서 녹아내릴 것만 같은 모습이었다.
"들어와. 장평. 들어와서 얘기하자."
장평의 손은 차갑고 힘이 없었다.
비바람에 흩어지고 있었고, 절벽 아래로 떨어지고 있었다.
그녀는 알 수 있었다. 지금 이 손을 놓는다면, 장평은 부서질 것이라는 사실을.
동시에 느낄 수 있었다.
어쩌면, 남궁연연조차도 장평을 되찾을 수 없을지도 모른다는 사실을.
"제발. 장평."
남궁연연의 두 볼에 눈물이 흘렀다.
그녀는 먹먹하고 가라앉은 목소리로 속삭였다.
"제발…… 이리 와……."
터벅.
장평의 움직임은 걸음이라기보다는, 넘어지는 과정에 가까웠다. 그렇기에, 남궁연연의 행동도 포옹보다는 부축에 가까웠다.

"……."

그러나, 장평은 문지방을 넘었다.

비에 젖은 차가운 몸이었지만, 남궁연연은 장평의 식은 몸에 온기를 나눠 줄 수 있었다.

"대체 무슨 일이 있었던 거야?"

* * *

비가 내리고 있었다.

가을이 끝나감을 말하고, 겨울이 다가옴을 전하는 차가운 비가.

남궁연연은 화로에 불을 지폈고, 장평에게 담요를 둘러 주었다. 그리고 팔팔 끓는 찻잔을 그의 손에 쥐어 주었다.

"……."

그리고, 정적이 있었다.

남궁연연은 알고 있었다.

그녀가 물어봐야 한다는 것을.

그러나 남궁연연은 두려움을 느꼈다.

장평의 입에서 어떤 대답이 나올지 짐작조차 되지 않기에, 묻는 것조차 두려웠다.

"……아닌 것 같소."

장평이 착 가라앉은 목소리로 말한 것은, 찻잔이 차갑게 식고 화로에 새 장작이 필요해질 무렵이었다.

'가녀리고 약한 목소리구나.'

 남궁연연은 상처 입고 약해진 짐승을 대하듯, 조심스러운 목소리로 물었다.

 "뭐가?"

 "맹주님은…… 아닌 것 같소."

 그 짧은 말이, 모든 것을 설명하고 있었다.

 "……그렇구나."

 모든 것을 이해한 남궁연연은 장평의 옆에 앉아 머리를 기댔다.

 "용태계를 의심하는 것이 힘들어?"

 "그렇소."

 "하지만, 용태계를 믿는 것도 힘든 거구나."

 "그렇소."

 장평은 한참 동안 아무 말도 하지 않았다.

 상처 입은 짐승처럼 화로 안에서 춤추는 불씨를 바라보고 있을 뿐이었다.

 빨간 장작에 재가 덮이기 시작할 무렵이 되어서야, 장평은 탄식하듯 말했다.

 "믿어선 안 된다는 것을 아오. 모두를 의심하고, 누구도 신뢰해서는 안 된다는 사실을. 하지만 나는……."

 "……바뀌었지."

 대협객 범소 때문이었다.

 그는 사람의 마음을 가진 채로 협의를 관철하고 있었고, 장평 또한 가슴 속에 불씨를 품게 되었다.

"나는 무뎌지고 나약해졌소. 하고 싶은 일들이 생겨 버렸기에, 해야만 하는 일에 지장이 가고 있소."

장평의 목소리에 습기가 묻어나기 시작했다.

"맹주님을 의심하는 것이 합리적인 판단인데, 그를 의심하는 것이 힘겹고 괴롭소."

"과거로 돌아가고 싶은 거야?"

남궁연연은 착잡한 목소리로 말했다.

"공주님의 마음을 외면하던 시절로. 내게 손을 내밀기 전으로 돌아가고 싶은 거야? 아무에게도 마음을 열지 않을 수 있던 그 시절로?"

"그래야 하는 것을 아오. 하지만, 도저히 그럴 수가 없소."

장평은 흐느꼈다.

"연랑과 공주님을 내 삶에서 떼어 놓을 수 없듯이, 나는 도저히 맹주님을 의심할 수가 없소……"

"……"

"나 자신이 한심하고 실망스럽소. 연랑의 가설이 합리적임을 아는데, 합리적인 행동을 하지 못하는 내가 한심해서 견딜 수 없소."

남궁연연은 몸을 일으켰다.

그녀는 화로를 등지고 장평의 맞은 편에 앉았다.

"날 봐. 장평. 날 봐."

남궁연연의 작은 두 손이, 장평의 창백한 두 뺨을 덮었다. 그녀는 고개를 떨군 장평의 얼굴을 들어 올렸다.

"내가 틀렸을 수도 있어."

"연랑의 말은 옳소."

"아냐. 용태계는 그럴 능력이 있다는 내 가설이 옳듯이, 용태계가 그럴 성격이 아니라는 네 판단도 옳아."

"하지만, 맹주님이 아니면 그 누가 '백면야차'가 될 수 있겠소?"

"아무도 없지."

남궁연연은 총명한 눈동자로 장평을 바라 보았다.

"하지만, '백면야차'가 '지금' 존재한다는 근거는 없잖아?"

"무슨 말이오?"

"전생의 네가 '백면야차'와 처음 만난 것은 무림맹 첩보부에 들어간 다음이라며."

"그렇소."

"그건 전생의 네가 몇 살이었을 때였어?"

"내가 서른을 갓 넘었을······."

그 순간, 장평은 깨달았다.

'현재'의 장평은 아직 이십 대 초중반. '백면야차'를 최초로 목격한 시점은 앞으로 몇 년이 지난 다음이라는 것을.

"연랑의 말은, '백면야차'가 아직 현세에 존재하지 않을 수도 있다는 거요?"

"그래."

"그럼······ 황궁에서 벌어진 혈사는?"

"'백면야차'가 저지를만한 일이긴 하지. 하지만, 반대로 말하자면 그게 '백면야차'의 소행이라는 증거는 없잖아."

"……."

생각에 잠긴 장평을 보며, 남궁연연은 말했다.

"지금까지는 용태계에 대해서만 말했지만, '백면야차'가 될 만한 능력이 있는 사람은 한 명 더 있어."

"그게 누구요?"

"명성 높고 인맥도 넓으며, 교활함과 임기응변을 갖춘 자. 독자적인 첩보망을 가지고 있고, 황실의 방비를 무력화시킬 수 있으며 무엇보다도 황실 최후의 보루인 용태계를 설득하거나 포섭할 수 있는 자."

장평은 깨달았다.

"나구려."

"그래."

남궁연연은 차분한 목소리로 말했다.

"지금의 너라면, 충분히 '백면야차'가 될 능력이 있어."

"난 '백면야차'가 아니오."

"그렇긴 하지."

남궁연연은 장평을 보며 말했다.

"하지만, 지금의 네 위치에는 네가 있지. 원래는 다른 사람이 있어야 할 자리에."

"……!"

그 순간, 장평은 가슴이 뛰는 것을 느꼈다.

"그 말은 '백면야차'가 되었을 사람의 자리를 내가 빼앗은 것일 수도 있다는 거요?"

 끝없이 이어지리라 믿었던 시련이, 어쩌면 이미 끝났을 수도 있다는 사실에.

 "나로 인해 역사 개변이 벌어진 탓에, '백면야차'가 될 사람이 죽거나 마음을 바꿨을 수도 있는 거고?"

 "가능성은 충분히 있지. 너는 회귀자로서 아주 많은 것을 바꾸었으니까."

 "정말이오? 그게 정말이오?"

 그 순간, 장평의 두 눈에서 두 줄기 눈물이 흘러 내렸다.

 "……이미 끝났을 수도 있다는 거요?"

 비루(悲淚)도. 분루(憤淚)도 아니었다. 가슴 벅차게 차오르는 해방감과 행복의 눈물이었다.

 "내가 내 삶을 되찾은 거요?"

 "아니. 어디까지나 가설일 뿐이야. 여전히 경계하고 대비해야겠지. '백면야차'가 우리 눈을 피해 암약하고 있거나, 이제부터 나타날지도 모르니까."

 "그건 그렇구려. 확실한 것은…… 아무 것도 없구려."

 장평이 맥빠진 표정을 짓자, 남궁연연은 장평의 젖은 볼을 어루만졌다.

 "아니. 최소한 한 가지는 확실해."

 "무엇이 말이오?"

 "너는 혼자가 아니라는 것."

 그 순간, 남궁연연은 장평의 머리를 끌어 안았다. 고서의 냄새와 풋풋한 살내음 속에, 남궁연연의 심장이 뛰는 박동이 느껴졌다.

그녀는 살아 있었고, 장평의 곁에 있었다.

지금 장평의 곁에 그녀가 있듯이, 앞으로도 함께 할 것이었다.

"네 곁에는 나도 있고, 공주님도 있어. 우리 셋이 함께 한다면, 누가 무슨 짓을 벌이건 대처할 수 있을 거야."

"연랑……."

"함께 싸우자. 장평. 네 미래는 우리의 미래이기도 하니, 힘과 지혜를 모아 함께하자."

남궁연연은 장난스러운 미소를 지었다.

"한 번에 하나씩 말이야."

변한 것은 아무 것도 없었다.

오해한 천마는 장평을 죽이러 오고 있었고, 황궁에서 일어날 혈겁은 조짐조차 보이지 않았다. 그러나 장평은 마음이 가벼워지는 것을 느꼈다.

'천마는 천마. 황궁은 황궁.'

지금껏 장평이 대비하던 것은 모든 사건이 연결되는 거대한 음모였다.

그러나 그 연결 고리가 되어 줄 '백면야차'가 존재하지 않는다면, 굳이 한꺼번에 해결할 필요가 없었다.

한 번에 하나씩 해결하면 될 일이었다.

'전생의 나는 이미 패배자였다. 내가 한 번 더 패하는 꼴을 구경하기 위해 회귀라는 기적을 일어났을 리가 없다.'

어쨌건, 시간은 장평의 편이 아니겠는가?

장평은 차분한 목소리로 말했다.

"한번에 하나씩이라면, 제일 급한 일부터 처리할 수 있겠구려."

"제일 급한 일? 그게 뭔데?"

장평은 편안한 미소를 지으며 말했다.

"차일피일 미뤄 둔 숙제 말이오."

　　　　　＊　＊　＊

용태계는 생각에 잠겨 있었다.

"허천영. 허천영이라……."

용태계에게는 '가능성'이 보였다.

고수로서의 안목. 상대방의 무재(武才)를 재어 볼 수 있는 것과는 별개로, 그 사람이 이뤄낼 수 있는 '가능성'의 한계를 볼 수 있었다.

〈맹목개. 허천영이라는 이름을 들어 본 적이 있나?〉

용태계가 전음을 날리자, 맹목개는 고개를 내저었다.

"들어 본 적 없는 이름입니다. 주군."

용태계는 고개를 갸웃거렸다.

〈장평이 신경 쓸 정도의 무림인이라면 내가 모를 리가 없는데……?〉

물론 '가능성'과 무재는 서로 다른 것이었다.

무재는 어디까지 무인으로서의 자질일 뿐. 거대한 '가

능성'을 가진 이들이 꼭 무인으로서 대성하라는 법은 없었다.

학자로서 대성할 수도 있었고, 예술가로 대성할 수도 있었다. 어쩌면 엄청난 악행을 저지르는 범죄자나 혹세무민(惑世誣民)하는 간웅일 수도 있었다.

〈이름을 숨기거나 가명을 썼을 가능성은 없나?〉

"정말 척착호와 비견될 무재를 가진 자가 존재한다면, 무명소졸로 남을 수 있겠습니까?"

척착호는 무궁한 무재와 거대한 '가능성'을 지니고 있었다.

〈그 척착호 본인도 무명소졸이었잖나.〉

"그의 환경이 특수했기 때문이겠지요."

무림인이 아닌 군문의 병졸로 시작했기에. 강호에 투신한 뒤에도 뒷골목 막싸움을 일삼고 다녔기에 안목 있는 고수를 만나지 못했을 뿐이었다.

〈확실히, 악호천 수준의 안목이라면 직접 보고도 이해할 수 없는 재능이긴 하지.〉

그런 특이한 이력을 지닌 자가 또 존재한다는 것은 믿기 힘든 일이었다. 그리고 오직 장평만이 그의 존재를 알고 있다는 사실도.

"허천영이라는 자가 그렇게 신경 쓰이십니까?"

〈좀 더 정확히 말하자면, 장평이 무슨 저의로 그 이름을 꺼냈는지가 신경 쓰이는군.〉

용태계는 머리를 긁적거렸다.

〈날 죽일 수 있는 방법을 논의하다가 나온 질문이라서.〉

"……장평이 주군을 죽일 방법을 의논했다고요?"

〈그래. 날 보호하기 위해서 알아야겠다고 하더군.〉

"대답해 주셨습니까?"

〈굳이 감출 이유가 있나?〉

그 순간, 뭔가가 부서지는 소리가 들렸다.

용태계는 한숨을 내쉬었다.

〈물건인가, 몸인가?〉

"……책상을 부쉈습니다."

〈……그래. 잘했다.〉

용태계는 피곤한 표정으로 전음을 날렸다.

〈물건을 부수는 것이 사람 다치는 것보다는 낫겠지……〉

"미천한 제 몸은 중요하지 않습니다. 문제는 장평입니다."

맹목개는 이를 악물며 말했다.

"버릇 나쁜 개를 그냥 놔두면 사람까지 물기 마련입니다. 제가 놈을 제거하도록 허락해 주십시오."

〈하지 마라.〉

"하다못해 경고나 견제라도요."

〈아무것도 하지 마라.〉

"하지만, 주군…….."

〈내 말이 부탁이나 요청처럼 들렸나?〉

"……명령에 복종하겠습니다."

맹목개의 목소리는 착 가라앉아 있었다.

"……에휴."

주인에게 걷어차이고도 꼬리를 흔드는 것이 충견. 용태계는 한숨을 내쉴 수 밖에 없었다.

〈그래서, 내가 부탁했던 물건은?〉

"준비됐습니다."

〈그래. 수고했다.〉

용태계는 고개를 돌렸다.

기진이보의 잡동사니로 엉망인 방과는 달리, 유일하게 깔끔하게 정돈된 공간.

용태계가 유일하게 아끼는 물건인 분재 '천하만민'을 위한 선반을.

그러나 오직 '천하만민'만을 위한 그 공간에, 드물게도 또 다른 무언가가 가지런히 놓여 있었다.

봉투. 그것도 고급스러운 붉은 종이에 금으로 글씨를 쓴 정성스러운 편지봉투였다.

〈기쁜 날의 특별한 자리다. 몸가짐을 바로 하고 항상 웃도록 해라.〉

용태계는 싱글벙글 웃으며 그 봉투를 어루만졌다. 그 어느 때보다 흐뭇하고 즐거운 얼굴로, 금글씨를 어루만졌다.

〈우리 막내의 혼례에 흠집을 낼 수야 없지 않느냐?〉

장평이 직접 보낸 청첩장을.

* * *

 근본적으로는, 상황은 바뀌지 않았다.

 마교의 칼날은 암중에서 다가오고 있었고, 황궁의 혈사는 실마리조차 없었다.

 "오라버니에 대한 의심을 거둔 것인가?"

 "제 판단으로는 그렇습니다."

 하지만, 용윤의 얼굴 또한 한결 밝아졌다.

 "남궁 부인도 그렇게 생각하는 건가?"

 "장평의 말대로라면, 최소한 '백면야차' 본인은 아닌 것 같아요."

 남궁연연은 담담한 목소리로 말했다.

 "황궁 혈사의 조력자나 방관자일 가능성은 아직 남아 있지만요."

 "그건 시간을 갖고 조사해 보면 되겠지."

 용태계에 대한 의심을 거두는 것만으로도, 많은 것이 바뀌었다.

 천마와의 일전에는 무림지존의 신위를 빌릴 수 있었고, 궁중의 혈사에는 황백부의 권위를 빌릴 수 있었다.

 등 뒤가 든든해지는 순간이었다.

 "그럼, 다른 용의자는?"

 "현 시점에는 없어요."

 "장기전이 되겠군."

 남궁연연은 고개를 끄덕였다.

"감시에 배치한 인력을 줄이고, 회생옥에 대한 조사나 청소반의 세뇌에 대한 연구를 우선시하는 편이 좋을 것 같아요."

"그래."

두 여자가 결론을 내자, 장평은 품속에서 뭔가를 꺼내어 내밀었다.

"……이게 뭔가?"

"청첩장입니다."

"누가 혼례라도 올리나?"

"예. 우리 셋이요."

"……?"

용윤은 멍한 표정으로 장평을 바라보았다.

"……우리가 뭘 한다고?"

"혼례를 올릴 겁니다."

"처음 듣는 얘기인데……."

"지금 처음 얘기하니까요."

장평은 웃으며 말했다.

"앞날을 논하기 어려운 직업이고 상황 아니겠습니까? 기회가 있을 때 치러야지요."

남궁연연은 미심쩍은 표정으로 물었다.

"지금 하려는 이유는 알겠는데, 왜 나까지?"

"우린 아직도 혼례를 못 올렸으니까."

"예법에 어긋나는 일이야."

그러자 용윤은 즐거운 표정으로 말했다.

"사람이 예법을 따를 이유가 있나? 예법을 사람에 맞게 고쳐야지."

"……관례 안 따질 거면 혼례는 왜 올려요?"

"즐겁고 행복하려고."

"아니, 그게 틀린 말이 아니긴 한데……."

남궁연연은 깨달았다.

국법 위에 군림하는 귀인에게, 관례나 예법 따위는 아무 의미 없다는 것을.

"……장평."

"응?"

"황족들은 다 이래?"

"내가 만나 본 황족은 다 이렇더구려."

용윤과 용태계 둘뿐이었지만.

남궁연연의 난처한 모습에 용윤은 장난스러운 미소를 지었다.

"해 보세. 겹혼례(袷婚禮). 재미있을 것 같으니 해보세."

반쯤 체념한 남궁연연은 발버둥치듯 물었다.

"혹시, 황실에는 이런 선례가 있는 건가요?"

"없는데?"

"……."

"선례가 있다면 왜 하겠나? 전에 없던 일이니 재미있는 거지."

말문이 막힌 남궁연연은 장평을 바라보았다.

"구경만 하지 말고 공주님 좀 말려 봐…… 이상한 소리 하고 있잖아……."

"지금 내게 이상함에 대해 말한 거요? 한 번 죽어서 과거로 회귀한 사람에게?"

"……다 한통속이야!"

장평의 유쾌한 목소리에, 홀로 남은 남궁연연은 탄식할 수밖에 없었다.

"세상에…… 이게 대체 무슨 개족……."

"아, 우리 집안 욕하면 불경죄라네."

말문이 막힌 남궁연연을 보며, 장평은 쓴웃음을 지었다.

"처음 듣는 말이 아니로군요."

"그렇겠지."

용윤은 깔깔 웃었다.

"내가 누굴 보고 배웠겠나?"

* * *

그렇게, 청첩장에는 세 개의 이름이 적혔다.

그나마 다행인 것은, 청첩장을 받은 이들은 많지 않다는 점이었다.

남궁연연은 무림맹 안에 지인이 별로 없었고, 용윤은 존재 자체가 기밀이었다.

이 혼례의 몇 안 되는 하객은, 모두 장평이 초청한 지인들이었다.
 "장평. 초청해 줘서 고맙네만, 청첩장을 잘못 적은 모양이군."
 악호천은 엄격한 표정으로 말했다.
 "신부 항목에 두 개의 이름이 적혀 있다네."
 "제대로 쓴 겁니다."
 "……?!"
 그가 어리둥절한 표정을 짓자, 모용평은 박장대소했다.
 "에이. 설마 장평이 그런 멍청한 실수를 했겠어요? 남궁연연의 별명이 용윤인 거겠죠!"
 "아니. 신부가 둘인데……."
 "……?!"
 장신구 상인은 피곤한 표정으로 구석에 앉아 있었다.
 "저까지 부를 필요가 있었습니까?"
 "있지. 공주님이 여기 계시니까."
 "주군을 올리면 암살할 겁니다."
 그리고 같은 백화요원 출신인 서수리도 옆 자리에 앉아 있었다.
 "혹시, 혼례 다음 일정이 부부싸움이나 이혼인가요?"
 "아니오."
 "그럼 절 왜 불렀죠……?"
 "부르면 안 될 이유도 없고, 하객도 부족해서."
 새신랑과 몸을 섞었던 여자는 한숨을 내쉬었다.

"부르면 안 될 이유…… 있는 것 같은데요……."

하지만, 하객이 부족한 것은 사실이었다.

급하게 일정을 잡은 탓에, 장대명은 물론 남궁세가의 사람들도 초대하지 못했으니까.

그러나, 용윤의 처가는 다행히도 바로 옆집이었다.

"결혼 축하하네. 장평."

용태계의 표정은 자신이 새신랑이 된 것처럼 밝았다.

장평은 피식 웃으며 예를 표했다.

"와 주셔서 감사합니다. 맹주님."

"슬슬 형이라고 부를 때도 되지 않았나?"

"처형이랑 형은 다른 거 아닙니까?"

"그게 그거지!"

용태계의 뒤에는 억지 미소를 짓고 있는 맹목개가 따라오고 있었다.

"에, 뭐. 일단은 축하하네."

"예. 뭐. 일단은 감사합니다."

잠깐의 신경전 끝에, 맹목개는 장평에게 꾸러미 하나를 건넸다.

"이거 받게. 주군께서……."

흠칫 놀란 맹목개를 보며, 장평은 심드렁하게 말했다.

"피차 알 만큼 아는 사이에 뭘 또 숨기십니까?"

"여기에 우리만 있는 것이 아니잖나……."

맹목개가 투덜대며 건넨 꾸러미에는, 상의 한 벌이 들어 있었다.

"……흠."

거미줄을 닮은 실과 거미줄보다 얇은 은빛 실로 짠 옷이었다. 무게는 가볍고 두께는 얇아, 옷 안에 덧입을 수 있는 물건이었다.

용태계는 싱글싱글 웃으며 물었다.

"마음에 드나?"

"손에서 흘러내릴 듯이 부드럽군요. 호신의(護身衣)입니까?"

"천잠사(天蠶絲)와 명은(明銀)을 엮어 짠 호룡보의(護龍寶衣) 일세. 내가 황태자 시절에 입던 건데, 장인들을 시켜서 자네의 몸에 맞게 고쳐왔다네."

장평은 미심쩍은 표정을 지었다.

"황태자 시절에 입으시던 옷이라고요?"

"왜. 헌 옷이라 불만인가?"

"그게 아니고…… 이거 저 같은 평민이 입어도 되는 겁니까?"

값을 헤아리는 것도 불가능했지만, 그 이전에 국법을 따져야 하는 보물이었다.

"사위도 한 식구인데, 폐하께서 굳이 국법을 따지겠나?"

"불법이군요……."

용태계는 껄껄 웃었다.

"하여튼 이제 내 몸엔 안 맞으니, 정 불편하면 땅속에 묻거나 바다에 버리게. 증거가 없으면 잘해 봐야 불경죄로 끝날 테니까."

"증거가 있으면요?"

"황태자만 입을 수 있는 옷이니까, 아마 강상죄(綱常罪)가 아닐까?"

"……."

한숨을 내쉬는 장평을 보며, 용태계는 껄껄 웃었다.

"자네는 의외로 소시민적인 면모가 있단 말이야."

"소시민 맞으니까요."

"이젠 부마잖나."

용태계는 호의가 담뿍 담긴 눈으로 장평을 바라보았다.

"내 동생이기도 하고."

"……매제(妹弟)입니다. 매제."

"매제나 동생이나 그게 그거 아닌가?"

"족보 꼬입니다. ……진짜로."

장평과 용태계가 농담을 주고받는 와중에, 문간이 요란스러워지기 시작했다.

"상 들어갑니다! 길 좀 비켜 주십쇼!"

관복을 입은 내시들은 땀을 뻘뻘 흘리며 광활한 식탁을 옮겼고, 다른 이들은 음식이 든 찬합을 이고 지며 사력을 다해 뛰어오고 있었다.

"맹주님이 시키신 겁니까?"

장평은 고개를 갸웃거리며 묻자, 용태계는 고개를 저었다.

"아닐세."

"그럼 관원들이 여긴 왜……?"

장평이 고개를 갸웃거리는 순간, 녹와원의 집사를 맡은 오연이 책임자에게 물었다.

"이게 다 어디서 온 건가요?"

"황제 폐하의 하사품이오."

"……예?"

관원을 어려워하는 것이 무림인. 공권력을 겁내는 것이 범죄자. 하오문의 두목으로 그 두 직종을 겸직하던 오연은 얼어붙었다.

"식기 전에 상을 차리라는 황명이 있으셨으니, 어긋남 없이 받드시오"

"어……."

오연은 장평을 바라보았고, 장평은 쓴웃음을 지으며 고개를 끄덕였다.

"……예. 그러죠."

하오문도들까지 합세해 상을 놓기 무섭게, 음식들은 끝도 없이 들어와 잔칫상을 점령해 갔다. 남는 상이 부족해 찬합들 위에 올려야 할 정도였다.

그리고 가장 놀라운 것은, 모든 음식이 다 다르다는 것이었다.

용태계는 잔칫상을 보며 흥미로운 표정을 지었다.

"이거 백선(百選)이네?"

"백선이 뭡니까?"

"궁중예법에 따르면……."

"……아니, 됐습니다. 그만 말씀하시지요."

궁중예법이란 말을 듣는 순간, 장평은 듣는 것을 거부했다.

더 들어봤자 심란할 것 같기 때문이었다.

술은 어주(御酒)요, 음식은 백선.

황제의 혼례라 해도 부족함 없을 자리였다.

"호연결이랑 척착호는? 개들은 안 불렀나? 화선홍도 안 보이는데?"

"호연결은 사람 많은 곳 싫다고 거절하더군요. 척착호는 화선홍이랑 오전 진료가 있다면서 오후에 함께 오겠다고 했고요."

"척착호는 아직도 화선홍에게 치료받는 중인가? 화살 맞은 무릎 때문에?"

"아마도 그런 모양입니다."

"이미 환골탈태를 마쳤는데, 아직도 무릎이 쑤신다고?"

"화선홍도 바로 그 점에서 흥미가 생긴 모양입니다. 환골탈태를 하면서도 고칠 수 없었던 상처거나……."

"……스스로가 아파야 한다고 생각해서 생긴 환상통(幻想痛)이거나, 흔히 볼 수 있는 증상이 아니니까."

용태계는 쓴웃음을 지었다.

"생각해 보면 신기한 일이긴 하지. 뼈가 부러지고 살점이 뜯기는 것을 대수롭지 않게 여기는 싸움꾼이, 무릎의 시큰거림에는 진절머리를 친다는 것도."
"그 또한 사람다운 일이겠지요."
하객도, 잔칫상의 준비도 끝이었다.
이제 남은 것은 신부의 화장뿐이었다.
용태계는 연못을 둘러싼 세 전각을 바라보았다.
"이제, 자네 셋이 저 전각들을 하나씩 쓰는 건가?"
"일단은 그렇습니다. 일단은 출가하는 용윤이 별운궁을 반납해야 할 수도 있으니까요."
"외곽의 전각들은 하인들의 숙소나 손님맞이 행랑채로 쓴다면, 중간의 전각이 여섯 개가 남겠군?"
"그렇겠지요."
"그럼 이제 첩은 여섯까지만 두는 것이 좋겠군."
장평은 용태계를 노려보았다.
혼례 날 새신랑에게 첩실 얘기를 하는 눈치 없는 처형을.
"……첩 안 둘 겁니다."
"이미 미소가 둘째 부인인 것만으로도 황실에서 크게 양보한 셈인데, 부인을 여섯이나 더 얻겠다고? 그건 좀 너무한 것 아닌가?"
"처도, 첩도 늘릴 생각 없습니다."
"그 얘긴 전에도 했네."
용태계는 장난스러운 미소를 지었다.
"미소와 연을 맺기 전에도."

回生武士

6장

6장

용태계의 말은 사실이었다.
말문이 막힌 장평은 투덜거렸다.
"어쨌건, 이젠 그럴 일 없을 겁니다."
"미소의 오라비로서는 그 말이 사실이길 바라네만……."
서수리를 힐끗 본 용태계는 짓궂은 미소를 지었다.
"……호언장담하기엔 조금 이른 감이 있는 것 같군?"
"……."
그때 연못을 면한 세 전각 중 하나의 문이 열렸다.
남궁연연의 처소였다.
"오……."
전문 궁녀들의 화장을 마친 남궁연연은 푸른 비단으로

된 혼례복을 입고 있었다. 맑음과 청아함을 강조한 복색에, 틀어 올린 머리는 옥비녀와 금관으로 고정시켰다.

낭창낭창한 비단옷 소매는 산들바람에도 흩날릴 정도로 가벼웠으며, 분과 연지로 화장한 얼굴은 초승달처럼 단아했다.

속세를 떠나 구름 위를 거니는 선녀처럼 아름다운 모습이었다.

"……으으."

남궁연연은 복잡한 표정을 짓고 있었다.

옷 자체의 불편함과 익숙하지 않은 화장에 대한 불안감. 그리고 이런 난처한 상황으로 끌어들인 장평에 대한 불평에 더해서……

"……무슨 말이건 좀 해 보지 그래?"

……자신의 모습을 본 장평이 무슨 반응을 보일지에 대한 기대감이 섞인 표정을.

"아름답구려."

장평은 남궁연연을 바라보며 미소 지었다.

"속세를 떠나 구름 위를 거니는 선녀처럼."

"……또, 또 입 발린 소리."

남궁연연의 얼굴은 흰 화장으로도 감출 정도로 붉게 변해 있었다.

"내가 왜 연랑에게 거짓말을 하겠소?"

"네 특기가 거짓말이잖아."

얼굴이 홍당무가 된 남궁연연이 톡 쏘아붙이자, 장평은

미소를 지었다.

"맞는 말이오. 하지만, 연랑은 그런 내가 진실만을 말해도 되는 유일한 사람이오. 내가 약한 모습을 보여도 되고 의지할 수 있는……."

"……아, 좀! 그만 좀 해!"

이미 늦가을이었음에도, 남궁연연은 홀로 여름을 맞은 듯했다. 목덜미까지 붉게 달아오른 그녀는 장평을 흘겨보았다.

"그런 낯 뜨거운 소리는…… 사람들이 없을 때 해도 되잖아……."

"옳은 말이오. 지금부터 준비해 두겠소."

"뭘?"

"오늘 밤에 무슨 칭찬을 해야 할지를."

"하지 마. 제발 준비하지 마……."

그때, 또 다른 전각의 문이 열렸다.

남궁연연이 청아한 푸름을 드러냈다면, 용윤은 강렬한 붉음으로 용윤의 고귀한 몸을 감싸고 있었다.

붉은 비단으로 된 예복은 용윤의 날씬하고 낭창거리는 몸매에 착 달라붙었다. 작지만 모양 좋은 가슴과 날씬한 허리, 그리고 늘씬한 다리 모두의 윤곽이 그려질 정도였다.

거기에, 더욱 인상적인 것은 비단 그 자체.

자수나 무늬 따위로 비단의 완벽함을 방해하지 않고, 오직 붉은색의 진함과 연함만으로 하나의 형체를 이루었다.

용윤이 움직일 때마다, 불길에 휩싸인 것처럼 느껴질 정도였다.

염색은 섬세했고, 옷은 천의무봉. 그리고 그 모든 것을 겸비한 용윤의 미모는 하나의 예술품과도 같았다.

"오라버니. 그리고…… 장평."

황족인 용윤은 남궁연연과는 달리, 의례나 예복에 익숙했다. 그러나 지금. 용윤은 강렬한 예복과는 달리 움츠러든 얼굴로 조심스럽게 물었다.

"나 어때……?"

용태계는 딸을 시집 보내는 아버지의 미소를 지었다.

"당장이라도 혼례를 치러도 될 정도로 아름답구나."

"그야, 지금 혼례 할 거니까요……."

용윤은 차마 장평과 눈을 마주치지도 못하고 힐끗힐끗 눈치만 살필 뿐이었다.

그러자 장평은 웃으며 말했다.

"제게는 과분할 정도로 아름다우십니다."

"과분하다고 말하지 마. ……불안해지니까."

"뭐가 불안하십니까?"

"이게 꿈일까 봐."

용윤은 주변을 돌아보았다.

소박하고 아늑하지만, 필요한 것은 모두 있었다.

황제의 축연에만 받을 수 있는 백선의 잔칫상이, 고풍스러운 장원과 하객들이.

그리고 무엇보다도, 장평.

기대하지도 못했던 진실된 배필. 서로 돕고 서로에게 의지할 수 있는 천생(天生)의 연분(緣分)이.

"난 무서워. 장평."

용윤은 속삭였다.

"내가 상상할 수 있는 가장 행복한 순간이라서, 마음을 놓을 수가 없어. 만약 이게 꿈이라면. 날 괴롭히기 위한 악몽이면 어떻게 해야 해?"

"공주님."

"꿈일까 봐 두려워. 아침이 되면 홀로 눈을 뜰까 봐 두려워. 이 순간의 모든 것이 또렷하게 기억나는데, 이 모든 것이 일어날 수 없는 일일까봐 두려워……."

용태계는 무심코 발을 뗐다. 늘 그렇듯이, 겁먹은 막냇동생을 안아 주기 위해서였다.

그러나 그는 발을 멈췄다.

이젠 용태계의 몫이 아니었으니까.

내유한 성품이라 쉽게 상처받으면서도, 소임을 다하기 위해 외강해야만 했던 어린 여동생은…….

"꿈이 아닙니다. 공주님."

이제, 그녀를 안아 줄 반려가 생겼으니까.

장평은 용윤을 다독이며 말했다.

"이게 꿈이라면, 저보다 백배 천배 나은 사람이 제 자리에 서 있겠지요."

"하지만, 나는 너보다 좋은 남편을 상상할 수 없어."

장평은 쓴웃음을 지었다. 용윤의 말이 진심이라는 것을 느꼈기 때문이었다.

"부담스러운 말이로군요."

"과찬이 아니야."

"압니다. 그래서 더 부담스럽고요."

장평은 용윤의 두 뺨을 어루만졌다.

"저는 보잘것없는 필부이니, 결국 공주님을 실망시킬 겁니다. 언젠가는 이 혼례를, 그리고 제게 품었던 연심을 후회하실 날이 올 겁니다."

"……왜 그런 짓궂은 소리를 하는 거야?"

"약속하기 위해서요."

장평은 용윤의 눈을 마주 보았다.

"그럼에도 불구하고, 노력하겠다는 약속을요."

날카롭고 위엄있는 눈매와는 달리, 흔들리는 눈동자를.

"완벽한 삶을 약속할 수는 없습니다. 그건 거짓말이니까요. 하지만, 최선을 다하겠다는 약속은 할 수 있습니다. 실망하시는 일이 가능한 적도록. 이 혼례를 후회하실 날이 가능한 늦도록. 제가 할 수 있는 모든 노력을 다할 것을 약속하겠습니다."

"……장평."

용윤은 장평의 말이 진심임을 알았다.

짧지 않은 세월 동안 장평의 거짓말을 마주했기에, 장평의 진심 또한 구별할 수 있었다.

"그래. 장평. 함께 노력하자."

그렇기에, 그녀는 잔잔한 미소를 지으며 고개를 끄덕였다.
"우리는, 행복하기 위해 이 자리에 서 있는 거니까……."
그때, 모용평은 헛기침을 했다.
"어, 장평?"
"왜?"
"……할 얘기 다 했으면 이제 밥 먹어도 돼?"
"물론이지. 먹어. 먹고 마시며, 함께 기뻐해 줘."

남궁연연과 용윤을 두 팔에 안으며, 장평은 하늘을 우러러보았다. 구름 한 점 없는 맑고 푸른 하늘을.

'행복하다.'

사랑하는 사람들이 품 안에 있었다. 벗들이 축하해 주고 있었다.

'상상조차 하지 못했던 행복을 손에 넣었다.'

비참하고 고통스러웠던 '장평'으로서의 삶.

사치와 주색으로 허비한 젊은 시절과, 장대명이 죽고 표국이 망한 이후 낭인으로 구르던 세월들. 그리고 무엇보다도 '백면야차'에게 협박당하고 조종당했던 끔찍한 시간들은 분명 지금 자리에 도착하기 위한 과정이었으리라.

'내 전생은 분명 이 순간을 위해서겠지. 지금의 행복을 누리기 위해서, 나는 회귀한 것이겠지.'

용태계가 모용평과 유쾌하게 웃으며 대작하고 있었고, 맹목개는 시무룩한 표정의 장신구 상인을 위로하고 있었다.

억지로 끌려 온 서수리는 가능한 눈에 띄지 않기 위해 노력하고 있었고, 오연을 비롯한 하오문도들은 시중을 드는 척하며 은근슬쩍 음식들을 빼돌리고 있었다.

장평은 웃었다. 보고 있기만 해도 즐거웠기에, 웃을 수밖에 없었다.

'이 순간을 결코 잊지 못할 것이다.'

모두가 이 순간을 기억할 것임을.

장평과 두 아내는 물론, 하객들조차도.

그리고, 장평의 예감은 현실이 되었다.

……그가 원하지 않던 방식으로.

"……어?"

한참 기분 좋게 술병을 비우던 용태계는, 어리둥절한 표정을 지었다.

그러자 술 상대였던 모용평은 그를 툭툭 치며 장난스럽게 말했다.

"뭡니까, 맹주님? 벌써 취했어요?"

"착각은…… 아닌 것 같은데……?"

당황한 용태계는 길고 깊은 심호흡을 했다. 그러자 손가락 끝에서 송진처럼 찐득한 주정(酒精)이 뚝뚝 떨어졌다.

내공으로 술기운을 몰아낸 것이었다.

무림인들에게는 익숙한 모습이었다.

그러나, 모용평은 겁먹은 표정을 지었다.

이 행동이 무슨 의미인지 알기 때문이었다.

"맹주님. 설마…… 싸울 준비 하시는 겁니까?"

용태계가 술기운을 몰아내고 있었다. 그 의미를 아는 모두가 겁에 질려 얼굴이 창백해졌다.

무림지존이 싸울 준비를 할 필요를 느꼈다는 사실에.

"지금 장난치시는 거죠……?"

"나도 장난이길 바라지만, 아니다."

용태계는 침착하게 말했다.

"여덟. 여덟 명의 고수가 북경의 성벽을 뛰어넘어 접근하고 있다."

집중력의 소모를 줄이기 위해 무시하고 있을 뿐. 용태계의 기감(氣感)은 북경 전체를 덮고 있었다.

용태계는 잔인할 정도로 침착하게 말했다.

"속도와 존재감을 미루어 볼 때, 최소한 초절정고수. 그중 둘은 그 이상이다."

"초절정고수가 여덟이라면……."

황실을 등에 업은 신생 무림맹에서도 초절정고수는 겨우 셋. 용태계와 호연결은 황실에서 직접 제작한 것이었고, 척착호는 회귀자인 장평이 영입한 것이었다.

초절정고수를 여덟이나 동원할 수 있는 집단은 천하에 단 하나뿐이었다.

"마교……!"

장평은 낭패한 표정을 지었다.

각오는 했지만, 예상하진 못했다.

'하지만 술야는…… 술야는 두 달을 말했는데……'

너무 빠르기 때문이었다.

그때, 술야의 작별인사가 장평의 뇌리를 스쳤다.

〈빨라도 두 달이 지난 뒤에야 십만대산에 도착할 수 있을 거예요.〉

본의 아니게 장평을 함정에 빠트린 그 말조차도, 천마가 노렸던 것임을.

'……술야마저도 버림 말로 쓴 거구나.'

천마는 회귀자인 장평에게 아무런 단서를 주지 않기 위해, 마교의 외교관인 술야를 철수시켰다.

그리고 그녀가 철수하면 장평이 경계할 것임을 알기에, 술야가 철수를 마치기도 전에 침공한 것이었다.

'오직, 내 빈틈을 찌르기 위해서……'

꿈결 같던 혼례는 끝나가고 있었다.

그리고, 시작되고 있었다.

북경이 겪어 본 적 없는 대혈겁이.

훗날, 〈피의 혼례식〉이라 불리게 될 피비린내 나는 하루가.

* * *

장평은 인정했다.

'천마는 기습을 시도했고, 그는 성공했다.'

그러나 그것이, 이 싸움의 승리를 뜻하지는 않았다.

장평은 두 아내에게 말했다.

"연랑. 공주님. 비밀통로로 대피하십시오. 사람들을 데리고 가십시오."

"장평 너는! 너는 어쩌려고?!"

"불청객들을 상대해야지요."

장평은 흑검을 허리에 차고, 호룡보의를 입었다. 호룡보의는 그의 몸에 꼭 맞았고, 그 압박감은 든든하게 느껴졌다.

"집주인이자 새신랑으로서……."

"아니. 안 되네."

그 순간, 용태계는 팔을 뻗어 장평의 앞을 가로막았다.

"장평 자네도 도망가게. 두 아내와 함께 황궁으로 들어가게."

"함께 싸우겠습니다."

"장평. 미안한 얘기지만, 절정 고수밖에 안 되는 자네는 내게 방해가 될 뿐일세."

장평은 입술을 깨물었다.

세계관을 획득했다고는 해도, 장평은 아직 절정고수. 상성에서 유리한 혼돈대마를 제외하면, 혼자 대마를 잡을 정도는 아니었다.

"하지만……."

"시간이 없으니 반박하지 말게. 이건 무림맹주이자 황백부로서 내리는 명령이네."

용태계는 장평을 바라보았다.

"이유는 모르겠지만, 마교놈들은 지금 상호확증파괴를 시도하고 있네. 자기들이 다 죽을 각오를 하고 북경으로

처들어온 것이야."

"……."

"이런 짓까지 해 가며 제거할 가치가 있는 사람은 황제 폐하와 나 뿐일세. 나는 내가 지킬 테니, 자네들은 황제 폐하를 지키게."

"맹주님……."

장평은 이를 악물었다.

상황을 모르는 용태계는 합리적인 판단을 하고 있었다. 말한 적이 없기 때문이었다.

천마는 오랜 관찰 끝에 장평이 회귀자임을 확신했고, 회귀자인 장평이 시간 왜곡의 원흉인 '백면야차'라고 믿고 있다는 것을.

저들이 죽을 각오로 쳐들어온 것은 오직 장평 한 사람을 죽이기 위함임을 모르기 때문이었다.

'말을 해야 하는가?'

장평은 고뇌했다.

'마교의 표적이 나라는 것을 이해시키기 위해, 회귀에 얽힌 모든 것을 밝혀야 하는가?'

장평이 고민하는 사이, 용태계는 악호천과 모용평을 바라 보았다.

"악호천. 모용평."

"예. 맹주님."

"미안한 말이지만, 자네들은 이번 싸움에서는 방해만 될 뿐일세. 절정 고수 미만인 모든 이들이 그렇듯이."

"……맞는 말씀이십니다."

악호천과 모용평은 어두운 표정으로 고개를 끄덕였다.

"자네 둘은 무림맹으로 돌아가서, 내 명령을 전달하게. 절정고수 미만은 참전하지 말고 흩어져 숨어 있으라고 하고, 절정고수 이상은 황궁에 집결해서 수비에 참가하라고."

"예!"

악호천과 모용평은 재빨리 몸을 날렸다.

용태계는 주변을 돌아보았다.

"다른 이들 또한 마찬가지일세! 내 주변은 싸움터가 될 테니, 가능한 내게서 멀리 도망치게!"

"예!"

신의 없기로 유명한 하오문도들은 주저없이 줄행랑쳤고, 전투 능력이 없는 서수리 또한 그림자 속으로 숨어들었다.

그럼에도, 녹와원에는 아직 여섯 사람이 남아 있었다.

남궁연연과 용윤. 맹목개와 장신구 상인. 두 신부와 두 심복이 떠나지 못하고 장평과 용태계를 바라보고 있었다.

"내 말 못 들었나? 대피하라니까!"

신경이 날카로워진 용태계는 날카롭게 다그쳤다.

"특히 맹목개. 너는 절정고수이니 황궁을 지키러 가야지!"

"제 주군은 여기에 계십니다. 황궁이 아닌 제 눈앞에요."

"……."

용태계는 복잡한 표정을 지었다. 기특함과 안쓰러움. 답답함을 동시에 느꼈기 때문이었다.

그러나, 지금은 생각할 때가 아니었다.

"명령이다. 맹목개. 입궐하여 황제 폐하를 지켜라."

"싫습니다. 주군."

"……뭐라고 했나?"

"싫다고 한 겁니다."

맹목개는 용태계를 바라보았다.

"그 명령은, 따를 수 없습니다!"

"……."

급박한 상황에서도, 용태계와 장신구 상인은 놀란 표정을 지었다. 맹목개가 '심복'으로서의 본성을 초월한 순간이기 때문이었다.

"분명 내가 원하던 일이건만, 왜 내가 원치 않는 순간에 벌어지는 것인가?"

용태계는 탄식했다.

시간이 촉박했다. 마교도들은 그야말로 질풍 같은 속도로 달려오고 있었다.

오직 중원 최대의 대도시인 북경의 광대함만이 그들에게서 약간의 시간을 벌어주고 있을 뿐이었다.

하지만, 부족했다. 북경의 넓음으로 가로막기에는, 마교도들이 너무 빨랐다.

용태계는 시시각각으로 느끼고 있었다. 마교도들의 존재감이 점점 가까워지는 것을.

"그렇다면 장평. 자네라도 떠나게. 미소와 남궁 부인을 데리고 입궐하게."

"저는 여기 있겠습니다."

"도망치고 숨으라는 것이 아니네. 오히려 그 반대지. 자네는 마교에 대해 잘 아니, 곧 전장이 될 황궁의 수비를 지휘하라는 것일세."

용태계는 장평을 설득했다.

"호연결과 척착호를 붙여 주지. 어떻게든 시간을 끌어주게나."

"무엇을 위한 시간을요?"

"내가 마교도들을 도륙할 시간을."

"맹주님 혼자서요?"

장평이 묻자, 용태계는 미소를 지었다.

"잊었나? 내가 무림지존이라는 것을?"

"맹주님이야말로 적이 천마와 대마들이라는 점을 잊으셨군요. 무모한 판단이십니다."

"아니. 무모하지 않네. 나는 저들 중 누구보다 빠르고 누구보다 강하니, 유격전을 펼쳐 한 번에 한 놈씩 잡으면 되네."

용태계는 침착하게 말했다.

"하지만 그러기 위해서는 내가 황궁에 발이 묶여선 안 되네. 그러니 자네에게 부탁하는 것일세. 내가 창으로서 놈들을 요격할 수 있도록, 방패를 맡아달라고."

그 순간, 장평은 느꼈다.

'용태계라면 할 수 있다.'

그는 허세나 불안감이 아닌, 확신이 깃든 표정을 짓고 있었으니까.

"각개격파에 성공하는 최선의 상황이라도, 여덟 번의 생사결입니다. 아무리 맹주님이라 해도 지치실 겁니다."

하지만, 그 작전은 용태계 한 사람에게 모든 부담을 떠맡기는 것이기도 했다.

"무엇보다도, 저 교활한 마교도들이 맹주님의 예상대로 움직일 리가 없습니다."

"저들이 어떻게 움직이건 상관없네. 발만 묶이지 않으면 내가 이길 수 있네."

"맹주님의 계산이 틀렸다면요? 저들이 예상치도 못한 기책을 쓰거나 변수를 만들어 낸다면요?"

"기책이나 변수까지 감안해서 말하는 걸세. 저들이 무슨 짓을 꾸몄건, 힘으로 때려 부술 수 있다고."

용태계가 손을 뻗자, 맹주실의 벽을 뚫고 천명보검이 날아왔다. 황실의 신물이자 천하명검이 용태계의 손에서 빛났다.

"장평. 자네는 내가 지금까지 그냥 북경에서 빈둥거린 것처럼 보이나? 상호확증파괴라는 끔찍한 발상을 듣고서도, 아무 대책도 마련하지 않았을 것 같나?"

용태계는 천명보검으로 땅을 짚었다.

쿠르르르릉……

그 순간, 기(氣)의 격류가 북경 전체를 뒤덮었다.

"……!"

깃발들이 찢어질 듯 펄럭이고, 옷소매와 치맛자락이 나부꼈다. 버티지 못한 가을의 단풍들이 가지에서 떨어졌다.

'기류(氣流)……!'

무형이어야 할 기의 흐름이, 형태를 이룰 정도로 농밀하게 결집 된 것이었다.

인체 내부의 기경팔맥을 흐르는 내공처럼, 북경이라는 도시 전체에 용태계의 내공이 흐르고 있었다.

'익숙한 기운이다.'

그 순간, 장평은 용태계를 만날 때마다 느꼈던 기이한 친밀감의 정체를 깨달았다.

'그렇구나. 이미 북경에 들어 온 순간부터, 나를 포함한 모든 사람은 용태계의 기운에 압도당했던 거였구나.'

사람을 위축시키는 살기나 적의가 아닌, 호의와 반가움을 담았기에 편안하게 여겨졌을 뿐. 모든 이들은 이미 용태계에게 압도된 것이었다.

"보게. 장평. 이게 내가 준비한 해법일세. 장평. 마교의 지식과 지혜에 대한 내 대답!"

북경 전체를 뒤덮은 기의 폭풍과, 그 폭풍의 눈에 고고히 서 있는 용태계에게!

"힘. 그 어떤 지식과 지혜로도 감히 맞설 수 없을 압도적인 힘이!"

인세를 걷는 신이, 사람의 흉내를 내던 신이 처음으로

본 모습을 드러낸 것이었다.

〈천마는 생각보다 쉬웠는데, 대마 열 명이랑 차륜전을 벌이는 게 생각보다 어렵더군.〉

한 번 그를 꺾었던 마교의 전법. 차륜전으로 인한 내력 소모에 대응하기 위해, 북경이란 도시 자체에 내력을 비축해 둔 것이었다.

'사람이 아니다. 사람일 수 없다.'

장평은 그 발상에 압도되었고, 눈 앞에 펼쳐지는 기류의 태풍에 경외심을 느꼈다.

'인세를 걷는 신이 우리들을 가호한다. 우리들의 곁에서, 우리와 함께 싸우고 있다.'

의지를 갖고 피아를 구분하는 자연재해가, 그들의 편에 서 있었다.

제아무리 의심 많고 경계심이 강한 장평이라 해도, 이 무시무시한 신위 앞에서는 마음을 열 수밖에 없었다.

"날 믿게. 그리고 내 힘을 믿게. 내가 내 힘을 발휘하기 위해서는, 자네의 도움이 필요하다는 것을 이해해 주게."

사람의 마음을 가진 자연재해에게 필요한 것은, 단 하나. 자유뿐이었다. 인세를 걷는 신의 발목에 매달린 족쇄, 사람의 정(人情)을 벗겨주는 것뿐이었다.

"그러니, 황궁으로 가게. 장평. 나를 대신해 내 아버지가 남긴 제국을 수호하고, 내 동생의 아들을 지켜 주게."

"아뇨. 저는 황궁으로 가지 않겠습니다."

장평의 대답은 예상 밖이었다. 용태계는 난처한 표정을

지었다.

"……직접 보고도 내 힘을 못 믿는 것인가?"

"그런 것이 아닙니다."

일반인이면 그냥 평범한 바람으로 착각할 수도 있겠지만, 장평은 무림인. 그것도 절정고수의 경지에 오른 고수였다.

'용태계는 신이다. 원하는 모든 것을 가질 수 있고, 가로막는 모든 것을 부술 수 있는 힘을 가진 무적의 신.'

그런 장평의 눈에는 똑똑히 보였다. 기의 폭풍을 휘감고 있는 용태계의 신위가.

그렇기에, 장평은 확신할 수 있었다.

'이런 힘을 가진 용태계가, 백면야차 따위가 될 이유가 없다.'

장평은 미소를 지었다.

"저는, 맹주님을 믿습니다."

그때, 남궁연연이 불안한 표정으로 속삭였다.

"장평……."

그녀의 눈빛은, 그만두라고 말하고 있었다.

그녀는 장평과 같은 것을 보고 있었다. 그러나 용태계의 신위를 목도한 남궁연연은 두려움과 불안함을 느끼고 있었다.

〈용태계는 '백면야차'가 될 능력이 있고, 용태계가 존재하는 한 '백면야차'는 암약할 수 없다.〉

남궁연연과 장평의 눈빛이 허공에서 뒤섞였다.

〈용태계에게는 '백면야차'가 될 이유도, 필요도 없다.〉
논리는 서로 상쇄 되었다.
그러나, 장평에게는 아직 남아 있는 것이 있었다.
'나는, 믿고 싶소.'
장평은 늘 차가운 이성을 쫓아 왔다. 그렇게 배웠고, 그렇게 살았으니까.
그러나 그런 장평의 가슴에, 대협객 범소는 불씨를 건네주었다. 올바름은 등불처럼 어둡고 혼탁한 세상을 비추었고, 선의와 호의의 따스함이 장평의 얼어붙은 가슴을 녹여 주었다.
'내 가슴 속의 불이, 맹주님에게 손을 내밀라고 말하고 있소.'
그리고, 그 불씨는 틀린 적이 없었다.
기근 속에서 최선의 결말을 얻도록 이끌어 주었고, 두 아내에게 회귀자라는 진실을 털어놓을 용기를 주었다. 용윤의 마음을 받아 줄 수 있는 솔직함을 주었다.
차가운 이성으로는 결코 얻어내지 못할 기적들이었다.
'하지만, 네가 틀렸다면?'
그러나, 남궁연연의 눈빛에는 간절함이 깃들어 있었다.
'네가 틀렸다면, 넌 모든 것을 잃게 될 거야. 나와 공주님을 포함한 모든 것을.'
장평은 죽음도, 고통도 두렵지 않았다.
그러나……
'……잃고 싶지 않다.'

……그녀들을 잃는 것은, 남궁연연과 용윤을 잃은 뒤의 삶은 상상할 용기조차 나지 않는 일이었다.

목숨보다 소중한 것이 생겨 버린 이상, 장평은 움츠러들 수밖에 없었다……

"……."

장평이 주저하자, 용태계는 기를 응축시키며 외쳤다.

"장평. 빨리 떠나게! 천마가 거의 다 왔어!"

그 순간, 장평은 용윤을 바라보았다.

그녀는 가볍게 고개를 끄덕여 장평에게 동의했다.

'나는 오라버니를 믿어. 오라버니는 백면야차 따위가 될 사람이 아니야.'

그 순간, 저 멀리서 한 줄기 섬광이 날아들었다.

피잉!

피할 수도, 막을 수도 없는 검붉은 무언가가 장평을 향해 날아오고 있었다.

"치잇!"

용태계는 기류를 움직여 검붉은 기운을 상쇄시켰고, 동시에 천명보검을 휘둘러 무언가를 쳐냈다.

따앙!

바닥에 툭 떨어진 것은, 기묘한 쇠막대였다. 나선형으로 꼬인 기묘한 모양에, 장평은 직감했다.

'마교의 물건이다.'

아직 지평선 너머에 있는 누군가가 공격한 것이었다.

장평의 앞을 막아선 용태계는 말했다.

"제발 물러나라고. 장평! 널 지키면서는 못 싸워!"
"아뇨. 전 여기에 있어야 합니다!"
"왜?! 그 빌어먹을 이유가 대체 뭔데?!"
"마교가 노리는 것은 접니다! 저들은 절 죽이기 위해 온 것이니, 맹주님의 곁에 있어야 합니다!"
"그게 무슨 헛소리야?"

초조해진 용태계는 발끈하며 말했다.

"정말로 네게 그 정도의 가치가 있다고 믿는 건가? 황제 폐하나 나 이상의 가치가 있다고, 마교의 전력을 내던져서라도 죽여야 할 필요가 있다고 생각하는 건가?"
"예. 있습니다."

수많은 시선과 생각들이 교차하는 그 순간.

장평은 가슴 속의 불씨에 힘입어 한 걸음을 내딛었다.

"저는, 회귀자입니다."
"회귀자? 그게 무슨 헛소리지?"

용태계는 발끈했다.

"그게 뭐고, 마교는 왜 자네를 노리는 건가?"
"저는 지금, 두 번째 삶을 살고 있습니다. 전생의 기억을 가진 채로요! 그리고 마교는 그걸 눈치챘기에 절 죽이러 오는 겁니다!"

용태계는 흠칫 놀랐다.

"……나나 황제 폐하가 아니라, 널 노리러 온 거라고? 네가 회귀자라서?"

벽 너머의 천마를 주시하던 그의 눈이, 옆에 서 있는

장평에게 향했다.

"지금이 네 두 번째 삶이라고?"

"예."

"그럼, 너희들이 꾸미고 있던 일은……."

"제 전생에 일어났던 불미스러운 사건을 막기 위함이었습니다."

피잉!

다시 한번 기묘한 투사체가 날아들었지만, 용태계는 보지도 않고 손을 뻗어 움켜쥐었다.

치지지지직……

여력이 남은 투사체는 손안에서 회전하며 용태계의 손바닥을 태우고 있었다.

"농담이겠지. 아니, 농담이어야 해."

그러나 고기 타는 냄새에도 불구하고 용태계는 오직 장평만을 주시하고 있었다.

"기회를 주지. 이 모든 것이 거짓말이라고 말할 기회를."

전에는 본 적 없는 착잡하고 침중한 표정으로, 장평에게 부탁하고 있었다.

"제국과 천하를 위해. 아니, 자네 덕분에 사람들에게 기대를 품었던 나를 위해서라도……."

지금껏 본 적 없는 용태계의 착잡한 모습에, 장평은 기묘한 불안감을 느꼈다.

'뭐지? 뭐가 잘못된 거지?'

뭔가 잘못되었다. 뭔지는 모르겠지만, 분명히 뭔가가

잘못되었다.

'내가 오판한 건가? 오판했다면 뭘 오판한 거지?'

하지만, 말을 꺼낸 이상 되돌릴 방법은 없었다.

"농담이 아닙니다. 저는 전생의 기억을 가진 회귀자고, 마교의 부교주를 자처했던 무림맹 내부의 배신자, '백면야차'를 잡기 위해 싸우고 있던 겁니다."

"……."

용태계는 침묵했다.

그는 천천히, 그러나 고통스럽게 장평의 말을 받아들이기 시작했다.

"그런가? 자네의 전생에서도, '백면야차'란 존재가 마교의 부교주를 자처했단 말인가? 무림맹 내부에 숨어서?"

"예."

"그렇군. 그렇게 된 거였군……."

용태계의 굳은 뺨이 뒤틀리며 미소로 변해 갔다. 평소의 온화하고 수더분한 미소가 아닌, 체념과 경멸감이 담긴 냉소가.

'경멸? 경멸이라고?'

장평은 혼란스러움을 느꼈다.

있을 수 없는 일이었다. 일어나서도 안 되는 일이었다.

용태계란 사람은, 사람을 보며 저런 감정을 표해선 안 되는 존재였으니까.

그러나 용태계는 소리 내어 웃었다.

"하하…… 하하하하……."

기쁨이 담긴 파안대소가 아니었다. 허탈감과 실망감이 담긴 자조적인 웃음이었다.

"나는 내가 틀린 줄 알았다. 장평. 네가 가진 '무한한 가능성'을 보면서 다른 필멸자들도 자신의 '가능성'을 넘어설 수 있을 거라고 생각했어."

"……맹주님?"

"하지만, 역시 내가 옳은 거였군. 유일한 예외였던 네가 반칙을 쓴 사기꾼에 불과하다면 마음 놓고 실망해도 되겠군."

북경을 흐르던 기류. 봄바람처럼 온화하고 친근하던 기류가 점점 차갑고 모질게 변하고 있었다.

용태계의 눈빛에 실리기 시작한 허무한 실망감처럼.

'이게 아닌데?'

장평은 느꼈다.

뭔가 잘못되었다는 것을.

그러나 장평은 애써 웃으며 물었다.

"맹주님께서 무슨 말씀을 하시는지 모르겠군요."

"아니. 네가 모를 리 없다. 너는 멍청할 수 있을 정도로 어리석은 사람이 아니니까."

용태계는 무미건조한 말투로 물었다.

"네가 찾던 사람이, 나라는 걸 모를 정도로."

* * *

그 순간, 두 줄기 질풍이 녹와원의 담장 위에 내려앉았다. 하나는 흉수대마 북궁산도였고, 다른 하나는 금빛의 서기(瑞氣)를 몸에 두르고 있는 금안(金眼)의 신인이었다.

마교도가 마침내 도착한 것이었다.

그러나, 용태계도 장평도 그들에게 시선을 주지 않았다.

금안의 신인은 혼란스러운 표정으로 물었다.

"산도. 저 둘 중에, 누가 장평이지?"

"흑검을 차고 갑옷을 입은 사람이요."

"그렇다면, 저 사내가 용태계겠군."

"그럴 거예요."

마교의 교주. 천마 일물자는 이를 악물었다.

"내가 틀렸다."

"뭐가요?"

"인과(因果)에 대해 잘못된 가설을 세웠다. 장평은 결과에 불과할 뿐, 원인이 아니었다. 그 또한 시간 왜곡에 휩쓸린 피해자 중 하나에 불과했다."

'시간'의 세계관을 가진 자. 일물자의 눈에는 보이고 있었다.

과거에서 이어진 모든 시간이 현재에 속박되고 있었다. 미래로 나아가지 못하게, 한 사람에게 묶여 있었다.

"장평이 아니었다. 시간 왜곡의 원흉이자 만악의 근원인 '백면야차'는······."

그리고, 그 사람은 장평이 아니었다.

"······무림지존, 용태계였다!"

＊　＊　＊

'용태계였구나.'

장평은 마침내 현실을 받아들였다.

'백면야차는, 처음부터 용태계였구나.'

그 순간, 모든 의문점이 맞아떨어지기 시작했다.

용태계가 머무는 무림맹에서 '백면야차'가 암약할 수 있던 이유도, 용태계의 지척인 황궁에서 혈사가 일어날 수 있었던 이유도.

그 외의 모든 것들이 맞아떨어졌다.

단 한 가지 의문만 제외하고는.

"왜……?"

아쉬울 것 없는 용태계가, 이런 짓을 벌이는 이유에 대한 의문이.

"대체…… 무엇 때문에……?"

"질렸으니까."

펑!

장평의 배 안쪽에서부터 폭발이 일어났다.

피와 살점과 내장. 그리고 허망하게 뚫려 버린 호룡보의의 파편이 장평의 눈앞에서 비산하고 있었다.

"……?!"

장평이 그 자리에 풀썩 무너지자, 용태계는 장평을 내려다보았다.

"필멸자들은…… 삶을 낭비하곤 하지. 자신에게 주어진 '가능성'이 얼마나 소중한 선물인지 가늠하지도 못하고, 게으르고 나태한 삶으로 낭비하고 있어. 나는 그 모습을 보는 것에 질렸다. 내 아버지의 제국이, 단순히 필멸자들의 게으름 때문에 빛이 바래는 모습을 방관하는 것에 질려 버렸지."

용태계는 고개를 돌려 천마와 흉수대마를 바라보았다.

"나는 이미 보았으니까. 노력을 거듭하며 자신의 가능성을 개화시키는 자들. 마교도들을 직접 보았으니까!"

천마와 흉수대마는 경계하며 전투 태세를 취하고 있었다.

'장평이라면 죽일 수 있다. 하지만 용태계라면…….'

작전의 전제 자체가 바뀌었다.

본래는 미끼를 던져 용태계의 발목을 잡은 사이에 장평을 죽일 계획이었지만, 죽여야 할 목표인 '백면야차'가 용태계로 바뀐 이상 다른 방식을 택해야 했다.

'대마들이 합류하기를 기다려서, 한 번에 덤빈다.'

눈빛을 교환한 천마와 흉수대마는 준비를 갖췄다. 덤빌 준비가 아닌, 거리를 벌려 동료들이 합류할 시간을 벌 준비를.

"……흥."

그들을 보며 비웃은 용태계는 비참하게 널브러진 장평을 내려다보며 말했다.

"말해봐라. 장평. 필멸자들이 '가능성'을 낭비하고 있다면, 그것을 지켜보기만 하는 것이 옳은 일인가? 공부하고 단련하며 노력한다면 더 많은 것을 이룰 수 있는 사람들이, 시간과 가능성을 허비하는 모습을 지켜보기만 할 수 있는가?"

용태계는 일갈했다.

"네가 아비라면, 자식이 빈둥대며 파락호 노릇을 하는 것을 용납할 수 있느냐 말이다!"

그 순간, 장평은 용태계가 보여 주었던 '가능성의 세계'를 떠올렸다. 희망을 품고 사람들을 보고 있던 용태계의 시점을.

그리고 뒤늦게 깨달았다.

'그는 이제, 가능성이 부족한 자들은 사람으로 여기지도 않을 생각이구나.'

……용태계가 따뜻한 눈으로 본 것은 어디까지나 가능성을 개화한 사람들 뿐.

아직 사람에게 희망을 품고 있던 시절임에도 불구하고, 가능성을 개화하지 못한 사람들에게는 눈길조차 주지 않았다는 사실을.

"난 아니다. 내 아버지가 남긴 제국을, 필멸자들의 나태함이 갉아먹는 것을 더 이상 참을 수 없다."

용태계는 장평을 보며 웃었다.

"전생의 너도, 네 결말을 용납할 수 없겠지. 그래서 회귀까지 한 것이 아니냐. 더 열심히 살고 더 좋은 결과를 얻기 위해서 회귀라는 반칙까지 저지른 것이 아니냐!"

고개를 돌린 용태계는 천마와 홍수대마를 바라보며 웃었다.

"장평이 보여 준 '무한한 가능성'이 내 착각에 불과했다면, 나는 너희들이 보여 준 길을 따르겠다. 준마를 독촉하는 채찍이 되고, 잡초를 뽑는 농사꾼이 되겠다. 열등한 자들은 도태시키고, 게으른 자들은 두렵게 만들어 필멸자들을 이끌어 주겠다. 성장하고 노력할 수 있는 환경을!"

"사람은 사람이다. 존중 받아야 하는 사람!"

천마는 더 이상 참지 못하고 반박했다.

"필멸자라는 호칭도, 도태라는 단어도 사람이 사람에게 써도 되는 말이 아니다!"

"네 전임자도 그 비슷한 말을 했었지. 그리고 그는, 내 손에 죽었고."

용태계는 비웃었다.

"비효율적인 점은 네 놈도 똑같구나. 풋내기 천마여. 네가 네 재능을 쓸데없는 곳에 낭비했기에, 넌 감히 내게 덤비지도 못하고 너보다도 열등한 네 부하들을 기다리는 것이 아니냐!"

"……용태계!"

격노한 천마를 보며, 용태계는 오만한 목소리로 말했다.

"귀인의 이름을 함부로 부르는 것이 무례임을 모르느냐? 예법을 모르는 오랑캐 놈아? 네가 감히 나를 부르고자 한다면, 백면야차라고 불러라."

용태계는 비웃었다.

"천하의 장평이 그토록 그리워한 이름이 아니냐. 눈앞에 두고도 한번 불러보지도 못한 그 이름을, 너희라도 불러줘야 작명한 보람이 있지 않겠느냐?"

저 멀리서, 대마들이 달려오고 있었다.

전투태세를 갖추는 그들을 보며, 용태계는 비웃음을 지었다.

"이게 전부냐? 나는 너희들을 막기 위해 수십 년을 들였는데, 너희들의 전력이란 것이 겨우 이게 전부란 말이냐?"

제일 먼저 도착한 혼돈대마는 장평과 용태계를 번갈아 바라보았다.

"장평……!"

잠시 동요했던 그녀는 침착함을 되찾고 용태계를 노려보았다.

"용태계. 네가 지금 허세 부릴 입장이 아닐 텐데?"

"너희들의 꼬락서니를 보고 있는데, 어떻게 긴장을 하란 말이냐?"

"넌 전술적인 약점을 지니고 있다."

"내 약점? 그게 뭐지?"

"황궁이 지척임을 잊었나?"

"아, 그래. 황실의 일을 잊고 있었군."

용태계는 손가락을 딱 튕겼다.

그 순간.

초절정고수인 대마들은 황궁에서 미세한 기의 진동이 일어나고 있음을 느꼈다.

그것도 수십 수백 번이나……
"이게 대체 무슨……."
혼돈대마의 얼굴이 백짓장처럼 희게 변했다.
지금 황궁에서 벌어지는 일을 눈치챘기 때문이었다.
"……네 손으로 죽이고 있는 거냐? 황제와 황족들을?!"
북경은 이미 용태계의 기류로 가득 차 있었다. 호흡한 공기에도, 먹고 마신 물과 음식에도 용태계의 기운이 깃들어 있었다.
그냥, 폭발시키면 되는 것이었다.
그 어떤 호신공으로도 저항할 수 없는 내장 안에서의 폭발을.
"너희 마교도들이 귀한 걸음을 했는데, 이 기회를 마다할 필요가 있나?"
용태계는 후련하다는 듯이 웃었다.
"조카는 나쁜 사람은 아니지만, '가능성'이 부족한 범부에 불과하지. 다른 이들도 별 차이가 없고. 황실에서는 오직 미소만이 비범한 '가능성'을 가지고 있으니, 미소를 위해서라도 나머지들을 제거해 주는 것이 합리적인 일이겠지."
"용윤이 가진 재능은 통치자의 자질이 아닐 터인데?"
혼돈대마는 적으로서 직접 체감하고 있었다. 용윤이 지닌 재능은 군주의 자질이 아닌, 지휘관의 자질이라는 것을.
"나는 미소의 가능성을 믿는다."

용태계는 태양 같은 미소를 지었다.

"노력하면 된다. 제왕학을 배우고, 신하들의 협조를 받으면 태평성대를 이룰 수 있을 것이다."

그러나 용태계는 희망으로 반짝이는 눈으로 말했다.

"불가능은 그저 '가능성'의 문제일 뿐이니까!"

희망을 품은 자의 열정적인 말이었다.

뒤틀린 희망과 비뚤어진 열정이었지만, 그런 것은 중요하지 않았다.

용태계는 꿈을 향해 달려 나갈 것이다. 아무리 힘들고 괴로워도 포기하지 않을 것이다.

그 끝이, 세상을 지옥으로 만드는 일이라 할지라도.

'태양이구나.'

그 사실을 직감한 혼돈대마는 말문이 막혔다.

'온누리를 짓누르는 검은 태양······.'

용윤은 희게 질린 얼굴로 말했다.

"제게 '가능성'이 있다고요? 그 빌어먹을 가능성 때문에 저보다 계승권이 높은 모든 이들을 죽였다고요? 오라버니가 보기에는 제가 그들보다 정치를 잘할 것 같다는 이유만으로요?"

"내 아버지의 제국은 유능한 통치자를 필요로 한다. 너라면 될 수 있을 거다. 네겐 이 제국을 태평성대로 이끌 만한 '가능성'이 있으니까!"

"닥쳐! 이 괴물아!"

이를 악문 용윤은 비녀를 뽑아 자신의 목에 들이댔다.

"네놈의 꼭두각시로 사느니, 네 계획을 망치기 위해 죽겠다!"
"걱정하지 말거라. 미소야."
용태계는 상냥한 미소를 지으며 손을 내밀었다.
"네 곁에는 언제나 내가 있을 것이니까."
그 순간, 기회를 노리던 장신구 상인은 용윤의 손에서 비녀를 움켜쥐었다.
"주군! 진정하십시오!"
"이거 놔!"
"일단은 살아남으셔야 합니다! 후일을 도모하게 위해서라도요!"
장신구 상인이 비녀를 빼앗은 순간, 용윤은 그 자리에 무너졌다. 그녀는 피를 철철 쏟아 내는 장평의 몸을 보며 오열했다.
"내가…… 내가 그의 등을 떠밀었어…… 내가……."
장평이 주저하고 있을 때, 그녀가 고개를 끄덕였다는 사실에 피눈물을 흘리면서 용태계를 노려보았다.
"백면야차……!"
"미소. 너는 공주다. 곧 황제가 될 것이고. 그러니 너는, 너만은 나를 오라버니라고 부르며 의지해도 좋다."
용태계는 예전과 같은 상냥한 미소를 지어 보였다.
"나는 언제나 네 곁에 있을 테니까."
"아아아악!"
용윤의 비통하게 절규하는 순간, 대마들이 전부 모였

다.

"잔치가 끝나니 버러지들이 모여드는군."

용태계는 비웃었다.

"오늘은 내 동생의 혼삿날이니, 너희 오랑캐들에게도 특사를 베푸마. 너희들 중 다섯을 황제를 시해한 대죄인으로 내놓는다면, 나머지 셋은 그 척박한 산속으로 돌아가도 좋다."

기류를 몸에 두른 용태계는 폭력만을 위한 파괴신이었다. 승산은 거의 없었고, 만에 하나 승리한다 해도 살아서 돌아갈 가능성은 거의 없었다.

"살아 돌아갈 생각이 있었다면, 여기까지 왔겠느냐?"

그러나, 그 어떤 대마도 물러섬 없이 전투태세를 취했다.

천마는 대마들을 돌아보며 말했다.

"싸우자. 성전사들이여. '다음 사람'들에게 미래를 돌려주기 위해, '옛사람'으로서의 긍지를 갖고 의무를 다하자."

"예! 교주님!"

천마는 이를 악물고 외쳤다.

"백면야차는…… 죽어야 한다!"

* * *

그렇게, 〈피의 혼례식〉은 끝이 났다.

황제를 비롯한 고위 황족들이 한순간에 몰살당하는 초

유의 대참사가.

"나쁘지 않은 하루였군."

서산에 노을이 지고 있었다.

용태계는 반쯤 비어 있는 술병을 집고 부서진 계단에 앉았다.

녹와원은 사실상 폐허가 되어 있었다.

전각들은 물론 거의 모든 것들이 부서졌고, 아름답던 연못은 잔해와 흙먼지로 흙탕물이 되어 있었다.

숨통이 막힌 잉어들은 입만 뻐끔거리며 죽어가고 있었다.

그리고, 용태계는 술병을 기울였다.

"......후."

익숙한 어사주였지만, 오늘의 술맛은 각별했다. 술에는 변함이 없으니, 아마도 사람이 변했기 때문이리라.

"하지만 사람이 바뀐다면, 세상도 바뀌어야겠지."

용태계는 느긋한 미소를 지었다.

"안 그런가, 맹목개?"

"예, 주군."

맹목개는 그의 옆에 서서 시립해 있었다.

예전의 그가 명목상으로나마 부하가 상관을 대하는 예를 취했다면, 지금의 맹목개는 거리낌 없이 군주를 섬기는 신하의 예를 취하고 있었다.

평소라면 타박을 했을 용태계는, 그저 쓴웃음만 지을 뿐이었다.

"이러지 말라고 해도 이럴 거지?"

"예. 주군."

용태계는 웃었다.

"그래. 사람이 바뀌면 세상이 바뀌듯이, 세상이 바뀌었다면 사람들도 바뀌어야겠지."

바람이 불었다. 폐허가 된 녹와원을 스치고 지나가는, 스산한 가을 바람이.

용태계는 눈을 감고 그 바람을 느꼈다.

"생각해 보면, 나는 늘 두려워했었지."

"무엇을요?"

"나를. 나 자신을. 내 힘을."

용태계는 복잡한 미소를 지었다. 후회하는 것 같기도 하고, 허탈해 보이는 것 같기도 한 미소를.

"나는 무엇이건 할 수 있고, 누구도 나를 막을 수 없지. 그래서, 나는 내가 행동하는 것 자체를 주저해왔다. 만약 내가 오판한다면 누구도 막지 못할 것이고, 내가 실책을 저지른다면 누구도 그걸 수습할 수 없을 테니까. 그래서 나는 그 누구보다도 나 자신을 두려워하며 살아왔다."

"지금은요?"

"주저했던 나날들이 후회스럽구나."

용태계는 주변을 돌아보았다.

대마들의 시체가 널브러져 있었고, 황궁에서는 통곡소리가 들려오고 있었다.

"마교는 우려보다 하찮았고, 황궁의 숙청은 생각보다

간단했다. 심지어 회귀자인 장평조차도 나를 막지 못했지. 나를 막을 수 있는 것은 아무것도 없는데, 도대체 왜 주저했는지 모르겠구나."

"그 기다림 또한, 주군의 천명일 것입니다."

"천명이라? 그럴지도 모르지. 내 아버지가 천자였으니, 내게 천명이 있다 한들 누가 반박하겠나?"

용태계는 시원스럽게 웃었다.

인세를 걷는 신을 묶었던 유일한 사슬. 스스로에 대한 불안감에서, 해방되는 순간이었다.

"나 자신에 대한 두려움을 포함한 그 무엇도 나를 막을 수 없다면, 더 이상 주저할 이유가 없다. 이제, 실행에 옮기도록 하자."

"무엇을 말입니까?"

"차마 행동으로 옮기지 못했던 생각들을."

용태계는 맹목개를 바라보았다.

"나는 그리 현명하지 못하지만, 내겐 네가 있지. 안 그런가?"

"저는 주군께 필요한 사람이 되기 위해 평생을 들였습니다."

"그 또한 내 천명이라면, 더는 거부하지 않겠다. 아직도 내게 너를 바치길 원한다면, 나를 위해 네가 쌓아 온 모든 것을 바쳐라."

용태계는 상냥한 미소를 지었다.

"날 위해 생각하고, 조사하고, 계획해라. 내가 내 아버지의 제국에서 도태시킬 자들을 찾아내어, 내가 해야 할 일들을 지시해라."

"명령해 주시는 겁니까? 주군의 꿈을 이루라는 명령을 내려 주시는 겁니까?"

맹목개는 기대에 찬 눈빛으로 용태계를 바라보았다. 용태계는 맹목개의 어깨에 팔을 두르며 웃었다.

"그래. 명령이다. 명령이니, 주저하지 말고 달려 보자꾸나."

아련한 저녁 노을을 등진 채, 두 주종이 꾸밈없는 미소를 짓고 있었다.

"생각해 봤는데, 내 암호명은 백면야차로 하는 것이 좋을 것 같구나. 무림맹에 잠입한 마교의 부교주라는 설정으로 말이야."

"첩보부의 백면야차 계획과 혼동하도록요?"

"재미있을 것 같지 않나?"

용태계는 장난스러운 미소를 지었다.

"날 막아보겠다고 회귀까지 한 장평 같은 놈들이, 자기가 헛다리를 짚은 것을 깨닫고 절망하는 모습을 보는 것이?"

"짓궂은 농담을 준비하시는군요."

"마음에 안 드나?"

"그 질문은 무의미합니다. 세상의 그 누구도 주군을 막을 수 없고, 저는 주군께서 하시는 어떤 일도 막지 않을 겁니다."

"그렇다면, 이제 시작하자. 사람들이 자신의 가능성을

개화해야만 하는 세상을 만들고, 그들로 하여금 내 아버지가 남긴 제국을 번성케 하자."

사람을 사람으로 보지 않는 신과 그를 섬기도록 조련된 노예가, 꿈과 희망에 가득 찬 미소를 짓고 있었다.

"그렇다면 이제, 사람을 위한 제국은 없어지겠군요. 제국을 위한 사람들만이 존재할 뿐."

"싫으냐?"

"제 판단은 중요하지 않습니다."

"그래도 나는 네가 좋아했으면 좋겠구나."

용태계는 미소를 지었다.

"우리가 바로 백면야차니까!"

* * *

흔들. 흔들.

느껴지는 것은 오직 흔들림뿐이었다.

눈은 보이지 않고 귀도 들리지 않지만, 규칙적인 흔들림만이 아직 생시(生時)에 속해 있음을 전해주고 있었다.

하지만, 느낄 수 있는 것은 흔들림뿐.

안개처럼 짙은 몽롱함이 모든 것을 뒤덮고 있었다. 그저, 실낱같은 생각만이 바람 앞의 불씨처럼 명맥을 이어갈 뿐이었다.

생각할 수 있었다.

하지만, 무슨 생각을 해야 하는지 알 수 없었다.

그래서 생각했다.

'나는 무슨 생각을 해야 하는 건가?'

할 수 있는 것은 생각밖에 없기에, 곰곰이 생각했다.

'장평.'

그리고, 생각해냈다.

'나는 장평이다.'

뚝.

안개 속에서, 생각이 끊겼다.

* * *

뚝.

생각이 시작되었다.

'나는 장평이다.'

얼마나 시간이 지난 것일까?

일각? 한 시진? 수 시진? 하루? 혹은 수일?

장평은 알 수 없었다.

'나는 살아 있고, 살아 있으니 생각할 수 있다.'

그는 여전히 그의 몸 안에 갇혀 있었고, 그가 알 수 있는 것은 그리 많지 않았다.

할 수 있는 것은 생각뿐이었다.

'대체 내게 무슨 일이 벌어진 거지? 내가 왜 이런······.'

뚝.

생각이 멈췄다.

＊　＊　＊

뚝.
생각이 시작되었다.
'나는 어떤 상태지?'
알 수 없었다.
장평은 질문을 바꿨다.
'내가 어디까지 기억하고 있지?'
흐릿하던 안개 속에서, 한 무리의 사람들이 뒤엉켜 싸우는 모습이 떠올랐다.
한 사람과 여덟 사람의 싸움.
그 여덟 사람 중 두 사람만 본 적이 있을 뿐, 나머지는 처음 보는 사람들이었다.
그러나, 그들을 상대하는 사람이 누구인지는 기억이 났다.
'용태계.'
그 순간, 장평은 모든 것이 희게 변하는 것을 느꼈다. 생각이 완전히 정지했고, 아무것도 떠올릴 수 없었다.
'충격을 받은 거구나. 내가, 생각하기도 싫은 일을 겪은 거구나.'
안개가 걷히고 있었다. 생각은 정지한 상황에서, 수많은 기억과 감정들이 해일처럼 밀려들고 있었다.
대부분의 기억과 감정들은 파도처럼 장평을 훑고 지나

갈 뿐이었다.

'나는 장평이다. 나는 생각하고 있고, 생각할 수 있다면 나는 살아 있다는 뜻이다.'

장평은 끝없이 되뇌였다.

정보의 해일에 부평초처럼 이리저리 휩쓸리면서도, 자신의 자아를 지켜낼 수 있었다.

그러나, 다른 파도와는 전혀 다른 무언가가 장평을 덮쳤다. 탁하고 끈적한 기억들은 다른 기억들처럼 흘러가는 대신 장평의 자아에 달라붙었다.

'생각하고 싶지 않다.'

장평은 느낄 수 있었다. 정말 끔찍한 기억이라는 것을. 그렇기에 그는 필사적으로 외면했다. 스멀스멀 기어오르는 탁한 기억에서 벗어나려 발버둥쳤다.

하지만, 도망칠 수 없었다. 생각하는 것을 그만두는 것조차 불가능했다.

'나는 실패했다.'

마침내, 그는 현실을 직시해야만 했다.

'용태계는 백면야차였다.'

아팠다. 마음이 아팠다.

'내가 믿던 용태계는 백면야차였다.'

용태계에 대해 품었던 생각들이 떠올랐다. 그를 믿고 의지하고 좋아했던 것이. 남궁연연의 품에 안겨 그를 의심할 수 없다고 울먹이던 것이 떠올랐다.

용태계를 위해 흘린 눈물이 증오스럽고, 그에게 품었던

모든 호의가 저주스러웠다.

'용태계가 백면야차라는 단서는 많이 있었다.'

장평에게 호의를 품은 용태계는, 장평이 묻는 모든 것을 선선히 답해 주었다.

용태계는 직접 보여 주었다. 자신이 사람들의 '가능성'을 볼 수 있다는 것을.

용태계는 직접 보여 주었다. 자신이 '천하만민'을 어떻게 다루고 있는지를.

용태계는 직접 보여 주었다. 자신이 마음만 먹으면 무슨 일을 저지를 수 있는지를.

그는 아무것도 감춘 적이 없었다.

그저, 장평이 외면했을 뿐이었다.

용태계를 의심하기 싫었으니까.

'피할 수 있었다. 피할 수 있었어.'

제대로 된 질문 하나만 던졌다면. 충분한 조심성을 가지고 묻기만 했다면, 진실을 낚아챌 수 있었다.

'하지만 나는 그를 믿었다. 단순히 믿고 싶다는 감정 때문에, 그에게 모든 것을 걸었다.'

그 순간, 장평은 떠올렸다.

지금까지 필사적으로 외면했던 현실. 그가 잃어버린 것들이 무엇인지를.

'나는 연랑을 잃었다.'

남궁연연이 넋을 놓고 무너지는 모습이 떠올랐다.

'공주님을 잃었어.'

비녀를 뺏긴 용윤이 절규하는 모습이 떠올랐다.

'나는 실패했다.'

그 순간, 장평은 모든 것이 사소하게 느껴졌다. 용태계를 믿어버린 오판도, 그가 느끼는 배신감과 패배감도 대수롭지 않게 느껴졌다.

'그녀들까지 내 실패에 휩쓸리게 만들었어!'

비통했다. 비통하고도 비통했다.

개미 떼가 온몸을 물어뜯는 것처럼, 끓는 기름이 내장을 가득 채우는 것처럼. 천 번에 걸쳐 피부를 도려내고 만 번에 걸쳐 살점을 뜯어내는 것처럼.

'연랑이 울고 있었다. 공주님이 울고 있었어. 가장 행복해야 할 혼례날을, 가장 끔찍한 악몽으로 만들어 버렸다.'

고통스러웠다.

상상할 수 있는 모든 종류의 고통이 느껴졌다. 형언할 수 없는 모든 고통마저도 느껴졌다.

'내 오판과 실패가 그녀들까지 망쳤어.'

피륙을 찢는 고통이라면 무뎌지기라도 했을 텐데. 죽어서 끝낼 수라도 있을 텐데.

그러나, 지금의 장평이 할 수 있는 것은 생각뿐. 생각에는 끝이 없었고, 기억은 무뎌지지 않았다.

'차라리 회귀하지 말았을 것을. 나 홀로 죽는 것으로 끝냈으면 좋았을 것을.'

장평은 더 이상 전생의 기억이 괴롭지 않았다. 백면야차의 노예로 부려진 것도, 토사구팽 당했던 것도 대수롭지 않게 느껴졌다.
 '내가 무슨 짓을 한 거지?'
 지금 겪는 후회에 비한다면, 사소한 일이었으니까.
 '회귀까지 해 가면서, 대체 무슨 짓을 저지른 거지?'
 남궁연연을 잃었다. 용윤을 잃었다.
 상상조차 하기 싫었던 일이 현실로 이루어졌다.
 '왜 아직도 생각을 하는 거지? 무슨 생각을 해도 돌이킬 수 없는데, 내가 왜 아직도 고통 받으면서 생각해야 하는 거지?'
 고통스럽고 고통스럽고 고통스러웠다.
 '어차피, 내가 할 수 있는 것은 아무것도 없잖아!'
 힘으로는 용태계를 이길 수 없었다. 유일한 무기였던 회귀는 스스로 실토해 버렸다.
 이길 수 없었다. 바꿀 수 없었다. 이길 가능성과 바꿀 기회를 스스로 날려 버렸기에, 할 수 있는 일은 아무것도 없었다.
 장평은 자신의 자아를 저주했다.
 '미쳐 버려. 제발! 정신이 나가서 아무것도 떠올리지 못하는 미치광이라도 되어 버려!'
 고통을 느끼는 것은, 생각하기 때문이었다.
 생각하지 않으면 고통도 느낄 수 없었다.
 '……?'
 그 순간, 어렴풋한 영감이 스치고 지나갔다.
 장평은 이 실낱 같은 직감에 필사적으로 집중했다.

'방법이 있다. 이 고통을 끝낼 방법이 있어!'

그리고 장평은 마침내 답을 얻었다.

'살아있기에 생각을 멈출 수 없다면, 생각을 멈출 방법은 간단하다.'

아무리 생각해 봐도, 최선의 해결책이었다.

'죽으면 된다. 내가 죽으면, 후회할 필요가 없다.'

장평은 사고하는 것을 그만두었다. 그는 칠흑 같은 절망에 모든 것을 맡기며, 오직 한 가지 소망만을 뇌리에 남겼다.

'죽여 줘…….'

* * *

그의 뱃속에, 따뜻한 무언가가 흘러 들어왔.

영약일까? 아니면 그냥 죽이나 국물?

장평은 신경 쓰지 않기로 했다.

'죽여 줘…….'

장평은 생각했다.

'죽여 줘…….'

* * *

목이 말랐다.

누군가가 뭔가를 흘려 넣었고, 목마름이 가셨다.

'죽여 줘…….'
조금씩이지만 감각이 돌아오고 있었다.
장평의 몸은 회복되고 있었다. 내장에서부터 폭발이 일어났음을 감안하면, 기적 같은 일이었다.
'날 살리지 마…….'
장평은 불쾌감을 느꼈다.
'죽어가게 놔둬…….'
그 순간, 불쾌감에서부터 생각들이 뻗어나갔다.
'생각하지 말자. 생각하면 안 돼.'
장평은 황급히 절망 속으로 도망쳤다.
'죽여 줘…….'

* * *

추위가 느껴졌다.
숨 쉬는 것이 힘들어졌다.
되살아난 몸의 감각들이 그의 생각에 잡음들을 쑤셔 넣고 있었다.
'죽여줘…….'
삶이 차오르고 있었다.
장평은 밀려드는 삶에서 필사적으로 몸을 피했다.
'이러지 마…… 제발 살아나지 마…….'
그의 몸은 치열하게 죽음과 맞서고 있었다.
마음은 무너지고 정신은 답을 내렸는데도, 생명은 무책

임하게도 살아나려고 하고 있었다.

'눈을 뜨면⋯⋯ 마주해야 하잖아⋯⋯.'

죽으려면 힘이 필요했다.

역설적이게도, 장평에게는 이 끈질긴 생명력을 멈출 힘이 없었다.

장평이 할 수 있는 것은 생각뿐.

'죽여 줘⋯⋯.'

그래서 생각했다.

그러나, 삶과 감각들은 끊임없이 그를 자극했다. 절망하는 것을 방해받은 장평은 원치 않게도 삶에 대해 생각해야만 했다.

'나는 감당할 수 없어⋯⋯ 내 실패와 내 현실을 마주하는 것조차⋯⋯ 불가능하단 말이야⋯⋯.'

장평은 흐느꼈다.

'제발⋯⋯ 나를 현실로 끌어내지 마⋯⋯.'

그의 몸이 흐느낄 수 있을 정도로 회복되었다는 사실에 절망감을 느끼며, 흐느꼈다.

'죽여 줘. 제발. 죽여 줘⋯⋯.'

* * *

몸이 뜨거웠다.

지금의 장평은 그것이 고열로 앓고 있는 것임을 느낄 수 있었다.

'거의 다 나았구나.'

장평은 알 수 있었다. 이 발열은 그의 육신이 죽음에 맞서 마지막 결전을 벌이고 있다는 의미라는 것을.

회복이 멀지 않았다.

통제불능인 그의 생명이, 정신의 코앞까지 현실을 끌고 오는 중이었다.

'살아나지 마…….'

머리가 어지러웠고, 생각하기가 힘들었다.

장평은 흐느꼈다.

"죽여 줘……."

장평은 말했고, 자신이 말했음에 놀랐다.

그 순간, 그는 누군가가 자신의 손을 잡았음을 느꼈다.

그 압력에서, 굳건한 삶의 기운이 느껴졌다.

동굴에 틀어박힌 장평의 정신을 단번에 뽑아 현실로 내던질 것 같은 굳건한 힘이었다.

열이 오른 장평의 머리는 절망하는 것조차 잊고 그 손에 매달렸다.

부드럽고, 따뜻하고, 단단한 그 손을.

'죽어야 하는데…….'

장평은 혼미한 상황에서도 안도감을 느꼈다.

마음은 부서졌고 정신은 곪았지만, 장평의 본능은 그 손길에 위로받고 있었다.

현실을 마주하는 대신, 절망하며 죽음을 갈구하는 대신, 촉감과 실물감에 집중할 수 있었다.

'이 손은 누구의 손이지?'

그 순간, 장평은 생각했다.

'끙끙 앓는 내 곁에 앉아서 내 손을 잡아 줄 사람이 누가 있지?'

절망의 보루에 한 조각의 균열이 생긴 순간, 범람하는 희망이 제멋대로 폭주했다.

'어쩌면, 끝난 것이 아닐지도 모른다. 이 모든 것이 한바탕 악몽에 불과할 수도 있고, 내가 기절한 사이에 마교도들이 용태계를 물리쳤을 수도 있다.'

아니, 솔직히 말하면 어떤 상황인지는 중요하지 않았다.

'두 사람이 살아 있으면 돼. 그녀들이 살아 있기만 하다면, 맞서 싸울 이유는 충분해.'

남궁연연과 용윤.

장평의 목숨보다, 삶보다도 소중한 사람들.

그녀들이 장평의 곁에 있다면, 행복하게 만들어 줄 기회가 남아 있다면 어떠한 현실이건 맞서 싸울 가치가 있었다.

장평은 있는 힘을 다해 손길을 움켜쥐었다.

'놓지 마. 날 놓아 버리지 말아 줘.'

미약한 그의 악력으로 붙잡아 둘 수 있다고는 생각하지 않았다. 그저, 신호였다.

손길을 뻗어 준 사람이라면 이해할 수 있을 거라는 막연한 믿음 속에, 그의 애처로움과 간절함을 전하는 것이었다.

장평은 한 조각의 기대를 품고 속삭였다.

"연랑……? 공주님……?"

이제, 장평은 들을 수 있었다.

낮고 쉰 목소리였지만, 자신이 말을 했다는 사실을 확인할 수 있었다.

"……."

그러나, 상대방은 아무 말이 없었다.

'눈을 떠야 한다.'

들을 수 없다면, 볼 수 없었다.

보기 위해서는 눈을 떠야 했다.

애매한 희망에 이끌려, 장평은 피딱지가 붙은 눈꺼풀을 힘겹게 뜯어냈다.

'눈부셔…….'

밤이었다. 어두운 방 안이었다.

그러나 오랫동안 닫혀 있던 장평의 눈은 작은 등불 하나의 빛조차도 감당하기 힘들었다.

눈을 깜빡여 묵은 눈물을 흘려내자, 시력이 조금씩 회복되기 시작했다.

열 때문에 눈앞이 가물거리긴 하지만, 머리맡에 앉은 것이 작은 체구의 여성임은 분명했다.

그 순간, 장평은 안도의 한숨을 내쉬었다.

'악몽이었구나. 백면야차를 찾아야 한다는 압박감에 짓눌려 악몽을 꾸었을 뿐이구나.'

눈알이 뻐근했다. 편안함을 되찾은 장평은 지그시 눈을 감았다.

"정말이지 끔찍한 악몽을 꾸었소."

그는 지그시 눈을 감은 채 읊조렸다.

"내가 모든 것을 망치고, 두 사람을 비롯한 많은 사람이 죽는 꿈이었지. 너무나도 현실 같아서 마음이 부서질 것 같은 악몽이었소."

장평은 천천히 팔을 기울였다. 자신의 이마에 부드러운 손등을 얹었다.

"……악몽이라 천만다행이지 뭐요. 아무리 끔찍하고 고통스럽더라도, 꿈이라면 언젠가는 깰 수 있으니 말이오."

"……꿈이 아니라면?"

착 가라앉은 목소리에, 장평은 잔잔한 미소를 지었다.

"농담으로라도 그런 말은 하지 마시오. 정말로 무서웠으니까."

"……."

침묵이 있었다. 무겁고 불길한 정적이.

"……?"

그 순간, 장평은 마음이 얼어붙는 것을 느꼈다. 조금 전. 남궁연연과 용윤의 이름을 불렀을 때, 그녀는 어느 쪽에도 반응하지 않았다는 것을 떠올렸기 때문이었다.

"……."

불안했다. 하지만 확인해야 했다.

장평은 힘겹게 눈을 떴다. 피딱지가 녹은 핏물 탓에 안

구가 따끔거리고 뻑뻑했지만, 그는 최선을 다해 초점을 잡았다.

마침내 장평은 볼 수 있었다.

"……어?"

방 안의 구조와 가구들이 낯설고 이국적이라는 것을. 그리고 장평이 잡고 있던 여자의 손이, 진한 갈색을 띠고 있다는 것을 보고야 말았다.

"……!"

겁에 질린 장평은 천천히 고개를 들었다.

그리고 마침내, 착잡한 표정으로 자신을 내려다보는 여자의 얼굴이 시야에 들어왔다.

"안 돼……."

갸름하고 이국적인…… 갈색…… 얼굴이……

"안 돼. 안 돼. 안 돼. 안 돼……!"

"꿈이 아니야. 장평."

좌절감과 불안감에 온몸을 비트는 장평을 보며, 혼돈대마 파리하는 착잡한 표정을 지었다.

"안타깝게도…… 꿈이 아니지……."

"아아아아아악!"

모든 것을 잃은 사내는 절규했다.

……십만대산 전체를 뒤흔드는 절규를.

(회생무사 11권에서 계속)